늑대와 향신료

I

하세쿠라 이스나 지음
아야쿠라 쥬우 일러스트
박소영 옮김

〈제책 방식의 차이로 컬러 화보의 내용은 오른쪽에서부터 읽어 주시기 바랍니다.〉

"…후우. 달빛 한번 좋구나.
술 같은 건 없는가?"

풍작의 신 · 현랑(賢狼) 호로

달빛에 비친 소녀의 모습.
소녀의 머리에 달려 있는 귀.
짐승의, 그것.

"헤헤헤, 나리. 참 대단하십니다."

수수께끼의 상인 제렌

"뭘. 나도 처음 시작했을 때는 행상인들이 죄다 괴물로 보였지. 그래도 어떻게든 목구멍에 풀칠은 하게 되더군." 행상인 로렌스

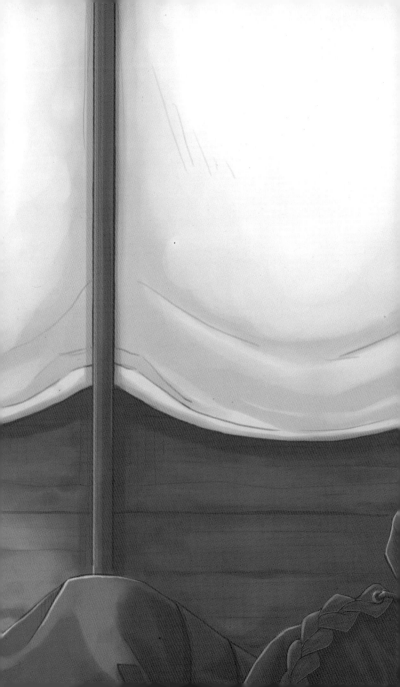

"무사해서 다행이야."

"당신이 그 보리를 갖고 있는 한, 나는 죽지는 않아."

CoNTeNTs

늑대와 향신료

학산문화사

0 | 마을에서는 잘 익은 보리이삭이 바람에 흔들리는 것을 '늑대가 달린다' 고 말한다.

바람에 흔들리는 광경이 보리밭 속을 늑대가 달리는 것처럼 보이기 때문이다.

또한, 바람이 너무 강해 보리이삭이 쓰러지는 것을 '늑대에게 밟혔다' 고 하고, 흉작일 때는 '늑대에게 먹혔다' 고 말한다.

근사한 표현이긴 하지만, 억울한 부분도 있는 것이 옥의 티다 싶다.

하긴, 그나마 지금은 약간 멋을 부리며 말하는 것뿐이지, 옛날처럼 친근함과 경외하는 마음을 담아 그런 말을 하는 이는 거의 없다.

바람에 흔들리는 보리이삭 사이로 보이는 가을하늘은 몇 백 년이 흘렀어도 여전하건만, 그 아래의 상황은 참으로 많이 변했다.

해마다 보리를 심어온 이 마을 사람들도 오래 살아 봐야 고작 70년이다.

몇 백 년씩이나 변함없는 것이 되레 잘못인지도 모른다.

다만, 그러니까 이제는 옛날 옛적의 약속을 예의상 지킬 필요는 없지 않은가 하는 생각도 들었다.

무엇보다, 나는 더 이상 이곳에는 필요치 않은 것 같다.

동쪽으로 치솟은 산 때문에 마을의 하늘 위를 지나는 구름은 대개 북쪽을 향해 흘러간다.

구름이 흘러가는 그 끝. 북쪽의 고향을 떠올리며 한숨짓는다.

시선을 하늘에서 보리밭으로 되돌리니, 코끝에서 움직이는 자랑스러운 꼬리가 눈에 들어왔다.

할 일도 없고 하여 꼬리털을 다듬기 시작한다.

가을하늘은 높다랗고 아주 맑았다.

올해도 또 추수철이 다가왔다.

보리밭을, 수많은 늑대가 달리고 있었다.

"이게 마지막인가?"

"예. 딱 70장… 이네요. 항상 고맙습니다."

"어이구, 우리가 고맙지. 로렌스 씨밖에 없다우, 이런 산골까지 들어와 주는 건. 덕분에 살았지."

"대신 질 좋은 모피를 얻어 가는데요. 또 오겠습니다."

으레 주고받는 그런 인사말을 나눈 뒤 산골마을을 떠난 것이 대충 다섯 시간도 더 전이다. 동 트자마자 바로 출발해서 산을 내려와 들판으로 나왔을 쯤에는 이미 점심때가 다 돼 있었다.

하늘은 맑고 바람도 없다. 짐마차를 타고 느긋이 들판을 지나기엔 딱 좋은 날씨다. 요 며칠 추워서 겨울도 이제 얼마 안 남았구나 싶던 것이 거짓말 같다.

행상인(行商人)으로 독립을 한 지 7년째. 올해 나이 스물다섯인 로렌스는 마부석 위에서 한가로운 하품을 늘어지게 했다.

키 큰 초목이 거의 없어 시야가 탁 트였다. 그 덕분에 상당히 멀리까지 훤히 내다보이는데, 시야 저쪽 가물가물한 끝으로 몇 년쯤 전에 세워진 수도원이 눈에 들어왔다.

어느 귀족 집안의 자제를 영입했는지 모르겠으나, 이런 촌구석에 있으면서도 번듯한 석조건물에 믿어지지 않지만 대문도 철제(鐵製)다. 스무 명 남짓의 수도사들이 지내고 있고, 그와 비슷한 수의 하인들이 그들의 생활을 떠받들고 있을 것이다.

수도원이 세워지기 시작했을 무렵 로렌스는 새로운 고객의 냄새에 기대가 부풀었으나, 아무래도 이 수도원은 민간 상인들을

16

끼워 주지 않고 독자적으로 물자를 조달하는 모양이라 로렌스의 기대는 허무하게 사그라지고 말았다.

하긴, 수도사들은 사치도 부리지 않고 밭도 직접 가니, 거래가 성사되었다 한들 실제 손에 쥐는 이익은 쥐꼬리에 불과할 수도 있다. 오히려 기부를 강요하거나, 외상을 긋는 경우도 있으니 생각해 볼 일이다.

단순한 거래 상대로서는 도둑놈보다도 질이 별로이긴 하나, 그래도 그들과 거래를 하면 상인으로서 여러 모로 좋은 점이 있다.

그런 연유로 로렌스는 못내 아쉬운 마음에 수도원 쪽을 보고 있었는데, 문득 뭔가가 시선을 잡아끌었다.

수도원 앞에서 누군가가 이쪽을 향해 손을 흔들고 있는 것이었다.

"뭐지?"

하인으로는 보이지 않는다. 하인들은 짙은 갈색의 때 묻은 작업복을 입고 있기 때문이다. 손을 흔드는 사람은 쥐색 옷을 입고 있었다. 일부러 거기까지 가기는 귀찮았지만, 무시했다가는 나중에 문제가 될 수도 있다. 로렌스는 하는 수 없이 말고삐를 돌려 그리로 향했다.

그러자, 손을 흔들던 사람은 로렌스가 자기를 향해 오기 시작한 것을 알았는지 손 흔드는 것을 멈췄으나, 자기 쪽에서 다가오려고 하지는 않았다. 로렌스가 당도하기를 쭉 기다릴 태세다. 교회 관계자가 오만한 것은 어제오늘 일이 아니다. 이런 일쯤으로는 일일이 화낼 마음도 들지 않는다.

하지만, 느긋이 수도원으로 다가갈수록 뚜렷해지는 그 모습에 로렌스는 자기도 모르게 소리를 높였다.

"…기사?"

맨 처음에는 그럴 리 없다는 생각이 들었으나, 가까이 가 보니 틀림없는 기사였다. 쥐색으로 보였던 옷은 은빛 갑옷과 투구였던 것이다.

"너는 누구냐?"

대화를 하기에는 아직 조금 먼 거리에서 기사가 외쳤다. 자기 이름을 대지 않아도 어디 사는 누군지 당연히 알겠거니 하는 말투다.

"행상인 로렌스라고 합니다만, 무슨 일이신지요?"

이제 수도원은 바로 코앞이다. 남쪽으로 펼쳐진 밭에서 일하는 하인들의 숫자도 셀 수 있을 정도다.

그리고 기사가 이 사람 하나만이 아니라는 것도 알 수 있었다. 수도원 건너편에도 또 한 사람이 서 있는 것이 보인다. 어쩌면 경비를 서고 있는 것일 수도 있다.

"행상인? 네가 온 쪽에는 마을 같은 건 없을 텐데?"

기사는 은제 흉갑(胸甲)에 새겨진 새빨간 십자가를 자랑스럽게 내보이기라도 하듯 가슴을 펴며 거만하게 말했다.

하지만, 어깨에 바로 달린 외투는 쥐색이다. 하급기사라는 얘기다. 금빛 머리털을 짧게 깎은 지도 얼마 되지 않은 것 같고, 몸도 야전(野戰) 경험이 있는 것처럼은 보이지 않으니, 기사가 되었답시고 의욕에 넘쳐 있는 것이리라. 이런 부류는 여유를 가지고 대처해야 한다. 바로 기어오르기 때문이다.

그래서 로렌스는 바로 대답하지 않고, 품에서 가죽주머니를 꺼내 입구를 묶은 끈을 천천히 풀었다. 주머니 안에는 벌꿀을 굳힌 과자가 들어 있다. 하나를 집어 입에 던져 넣고는 주머니째 기사 쪽으로 내밀었다.

"하나 드시겠습니까?"

"읏."

기사는 순간 망설이는 몸짓을 보였으나, 달콤한 과자의 유혹에는 이기지 못한 모양이다.

그래도 기사로서의 오기가 있는지, 고개를 끄덕인 뒤로 손을 뻗을 때까지는 꽤 뜸을 들였지만.

"여기서 한나절쯤 동쪽으로 가면 산속에 작은 마을이 있습니다. 그 마을에 소금을 팔러 갔다 오는 길입니다."

"그래? 헌데 짐이 있는 것 같던데, 그것도 소금인가?"

"아닙니다. 이건 모피입니다. 보십시오."

로렌스는 말을 하면서 짐칸을 돌아보고 덮개를 벗겼다. 근사한 담비 모피. 눈앞에 있는 기사의 봉급으로 따지면 1년 반 어치는 대수도 아닐 것이다.

"흠, 이건?"

"아아, 그건 그 마을에서 받아온 보리입니다."

산더미 같은 모피 한쪽에 놓인 보릿단은, 로렌스가 소금을 팔러 갔던 마을에서 키운 것이다. 추위에 강하고 벌레도 잘 먹지 않는다. 지난해 북서 지방에서 냉해가 맹위를 떨친 터라 팔러 갈 생각이었다.

"흠. 별일 없겠지. 가도 좋다."

기껏 오라고 해 놓고는 너무하다 싶지만, 여기서 얌전히 "예." 한다면 상인 실격이다. 로렌스는 일부러 아까 그 가죽주머니를 슬쩍슬쩍 내보이면서 기사를 향해 바로 앉았다.

"무슨 일 있었습니까? 평소에는 이런 곳에, 기사님은 안 계시 잖습니까?"

젊은 기사는 질문을 받은 것이 불쾌했는지 조금 눈살을 찌푸 렸는데, 로렌스의 손에 들린 가죽주머니를 보고는 더더욱 인상 을 썼다.

제대로 걸려든 모양이다. 로렌스는 끈을 풀고 하나를 꺼내 기 사에게 건넸다.

"음… 맛있군. 이거 예를 표해야겠구만."

기사는 구실을 갖다 붙이기를 좋아한다. 로렌스는 영업용 웃 음을 지으며 참으로 감사한 듯이 머리를 숙였다.

"이 근방에서 조만간 이교도 축제가 열린다는 소리가 들리거 든. 그래서 이곳 경비를 맡게 됐는데, 혹시 아는 것 없나?"

난 또 뭐라고, 하며 낙담의 빛을 내보여서야 삼류도 못 될 터. 로렌스는 잠시 고민하는 척한 뒤 "모르겠는데요."하고 대답했다. 사실은 새빨간 거짓말이었으나, 기사의 말도 옳은 이야기가 아 니니 어쩔 수 없다.

"역시 비밀리에 하는 모양이로군. 이교도 놈들은 하나같이 비열하니까."

　기사의 생뚱맞은 말투가 웃겼으나 로렌스는 물론 지적은커녕 그 말에 동의를 표한 뒤 작별을 고했다.

　기사는 고개를 끄덕이더니 다시 한 번 벌꿀과자에 대한 예를 표했다.

　어지간히 맛있긴 했나 보다. 하급기사는 장비와 여비에 돈이 많이 드는 탓에 실제 생활은 이제 막 도제*로 들어간 구두 직공 쪽이 더 낫다. 단 음식을 먹어 본 지도 오랜만인 것이 틀림없었다.

　물론, 그렇다고 더 이상 줄 마음이 있는 건 아니었다. 벌꿀과자도 싸지는 않다.

　"나 원, 이교도 축제라니…."

　수도원을 뒤로 한 지 한참 후에야 로렌스는 기사의 말을 되뇌며 쓴웃음을 지었다.

　기사가 한 말에는 짚이는 구석이 있었다. 아니, 이 근방 사람이라면 다들 알고 있을 것이다.

　하지만 그건 이교도도 뭣도 아니다. 우선, 이교도는 훨씬 더 북쪽이거나 훨씬 더 동쪽으로 가야만 있다.

　이 근방에서 행해지는 축제는 굳이 기사까지 배치할 만한 종류는 아니다. 보리 수확을 축하하고 풍작을 기원하는, 어디에나 있는 흔한 축제다.

※도제(徒弟): 직업에 필요한 지식, 기능을 배우기 위하여 스승의 밑에서 일하는 직공.

하지만 이 근방 축제는 다른 곳에 비해 조금 특이하고 성대한 탓에 수도원 측 사람들이 눈에 불을 밝히고 도시부 교회에 보고를 했으리라. 오랜 기간 교회의 손길이 제대로 미치지 않은 점에서 더욱 신경을 곤두세웠을 수도 있다.

게다가, 최근 교회는 이단심문(異端審問)이나 이교도 개종에 적극적으로 나서고 있고, 요사이에는 도시부 교회에서 신학자들과 자연학자들 간에 언쟁이 벌어지는 일도 드물지 않다. 옛날처럼 모든 민중들이 무조건적으로 교회 앞에 넙죽 엎드리는 일은 없어졌다.

절대적이었던 교회의 권위가 무너지기 시작하고 있는 것이다. 도시에 사는 사람들이라면 말은 안 해도 어렴풋이 느끼고들 있으리라. 실제로 교황은 세금이 생각보다 많이 걷히지 않자, 대성당의 복구비를 국왕에게 얼마간 떠넘겼다고 한다. 십 년 전 같으면 믿어지지 않을 이야기였다.

정세가 그러하니, 교회도 권위를 부활시키려고 기를 쓰고 있는 것이다.

"어디나 장사는 쉽지 않구만."

로렌스는 씁쓸하게 웃고는 벌꿀과자를 입안에 던져 넣었다.

로렌스가 광활하게 펼쳐진 보리밭에 도착했을 때 서쪽 하늘은 이미 보리보다도 더 아름다운 황금빛이었다. 저 멀리 새가 작은 그림자가 되어 둥지로 돌아가는 길을 서두르고, 개구리도 잠자리에 들 시간이라는 것을 알리려는 듯 여기저기서 개굴대고 있다.

보리 수확이 거의 끝난 것으로 보아, 축제가 며칠 남지 않았을 것이다. 이르면 모레 정도에 열릴지 모른다.

로렌스의 눈앞에 펼쳐져 있는 것은 이 지방에서는 상당히 높은 수확량을 자랑하는 파슬로에 마을의 보리밭이다. 수확량이 많으면 많을수록 마을 사람들의 주머니도 얼추 넉넉해진다. 게다가, 이 일대를 다스리는 엘렌도트 백작은 인근에 소문이 자자할 만큼 유별난 인물이다. 귀족이면서도 땅을 만지작거리는 것을 좋아하는지라, 자연히 축제에도 협조적이어서 매년 부어라 마셔라 노래가 넘쳐나며 한바탕 떠들썩해지는 모양이다.

하지만 로렌스는 그 축제에 참가해 본 적이 없다. 유감스럽게도 외지인은 참가할 수가 없는 것이다.

"여어, 수고 많으십니다."

마을의 보리밭 한켠에서 짐마차에 보리를 싣고 있는 농부에게 말을 걸었다. 잘 여문 보리다. 밭떼기로 보리를 미리 매입했던 사람들은 안도의 한숨을 쉬며 가슴을 쓸어내리고 있을 것이다.

"응?"

"야레이 씨는 어디 계십니까?"

"아아, 야레이? 저쪽, 저기 저, 저쪽에 사람들이 모여 있잖수? 저기 저 밭에. 올해 야레이네는 젊은 것들 천지라서 말이지. 손끝들이 야물지 않으니, 올해는 저 밭의 누군가가 '호로'가 될 테지."

농부는 볕에 그을린 얼굴로 함박웃음을 지으며 즐겁게 말한다. 장사꾼에게는 절대 있을 수 없는, 속과 겉이 똑같은 사람만이 지을 수 있는 웃음이다.

로렌스는 농부에게 영업용 미소를 지으며 인사를 건네고 야레이가 있다는 쪽으로 말머리를 돌렸다.

그 구역에는 농부가 말한 대로 사람들이 모여서 밭 한가운데를 향해 저마다 뭐라고 소리를 지르고 있었다.

마지막까지 작업을 하고 있는 패들에게 고함을 치고 있기는 하나, 딱히 일이 늦어졌다고 야단을 치는 것은 아니다. 소리를 지르는 것도 모두 축제의 일부분인 것이다.

로렌스가 느긋하게 다가가자, 이윽고 소리치는 내용이 들려왔다.

"늑대다, 늑대가 있다!"

"저기, 바로 저기 늑대가 누워 있다!"

"맨 마지막에 늑대를 잡는 건 누구냐, 누구냐, 누구냐?!"

제각각 한마디씩 소리치면서, 술이라도 한잔 걸친 양 화통하게 웃는다. 로렌스가 사람들 뒤로 짐마차를 세워도 아무도 알아채지 못할 정도였다.

하지만 그들이 말하는 늑대는 실제 늑대는 아니다. 실제로 늑대가 있다면 그야말로 웃고 있을 때가 아니리라.

여기에서 늑대는 풍작의 신(神)의 화신(化身)으로— 마을사람들에게 들은 바에 따르면, 맨 마지막에 베어낸 보리 속에 깃들어 있다가, 그것을 벤 사람 속으로 들어간다는 전설이 있다고 한다.

"마지막 한 다발이다!"

"너무 많이 베지 않도록 조심해라!"

"욕심쟁이의 손에서는 호로가 도망친다!"

"늑대를 잡은 건 누구냐, 누구냐, 누구냐?!"

"야레이다, 야레이다, 야레이다!"

로렌스가 짐마차에서 내려 사람들 너머를 들여다보자, 야레이가 마지막 한 다발을 손에 쥔 참이었다. 흙과 땀으로 범벅된 새카만 얼굴 가득 웃음이 번지더니, 단숨에 보리를 베고 다발을 쳐든 뒤, 하늘을 향해 울부짖는 것이었다.

"아오오오오오오오오오오오오."

"호로다, 호로다, 호로다!"

"아오오오오오오오오오오오오."

"늑대 호로가 나타났다! 늑대 호로가 나타났다!"

"늑대를 붙잡아라, 어서 붙잡아라!"

"놓치지 마라, 잡아라!"

냅다 뛰기 시작한 야레이를 뒤쫓아, 그때까지 저마다 소리치던 사내들도 달려갔다.

풍작의 신은 쫓기다가 인간의 몸속으로 옮겨 붙어 어디론가 도망치려 한다. 그것을 붙들어서 또 한 해, 이 밭에 머물도록 하는 것이다.

로렌스는 각지를 돌아다니는 행상인이다 보니, 교회의 가르침을 무작정 믿지는 않는 데다 미신에 대한 신봉, 신심의 깊이로 따지자면 이 지역의 농부들 이상이다. 기껏 고생 고생해 산을 넘어 마을에 당도했더니 상품 가치가 폭락해 버렸더라 하는 경우가 일상다반사다. 미신이든, 신심이든 깊어지지 않을 수 없는 것이다.

그러니, 열렬한 신자들이나 교회 관계자들이 봤다가는 눈을 부라릴 이런 의식도 로렌스는 아무렇지 않다.

다만, 야레이가 호로가 된 것은 조금 난감했다. 이렇게 되면 야레이는 축제가 끝날 때까지 진수성찬과 함께 곡물창고 안에 일주일 가까이 갇혀 있게 되니, 이야기를 나눌 수가 없어지기 때문이다.

"하는 수 없지…."

로렌스는 한숨을 짓고 짐마차 있는 곳으로 돌아와, 촌장의 집 쪽으로 말머리를 돌렸다.

낮에 수도원에서 들은 이야기를 전한 다음 야레이와 오랜만에 술이라도 한잔 하고 싶었으나, 짐칸에 실린 모피를 어서 돈으로 바꿔야 한다. 다른 지방에서 산 상품의 대금지불일이 닥쳐오고 있다. 그리고 산골마을에서 가져온 보리도 빨리 팔아치우러 가고 싶으니 축제가 끝날 때까지 기다릴 수는 없었다.

로렌스는 축제 준비를 지휘하고 있던 촌장에게 낮의 일을 간략하게 전한 뒤, 자고 가라는 말을 정중히 사양하고 마을을 뒤로했다.

로렌스는 예전에— 아직 이곳 영지에 현재의 백작이 오기 전에, 과중한 세금이 매겨진 탓에 가격이 치솟아 시장에서 인기가 별로 없던 이 지방의 보리를 사다가 다른 곳에 이익을 그다지 안 남기고 판 적이 있었다. 꼭 무슨, 이 지역 사람들을 돕자고 한 일은 아니었다. 단순히 값싸고 인기 좋은 보리를 다른 상인들과 경쟁까지 해가며 구입할 만한 자금력이 없었던 것뿐이었으나, 그때의 일로 지금까지 고맙다는 소리를 듣고 있다. 야레이는 당시 마을 측의 가격 교섭인이었다.

야레이와 술을 마시지 못하게 된 것은 아쉽지만, 어차피 호로가 나오고 나면 곧이어 외지인들은 쫓겨나고 축제가 한바탕 벌어지게 된다. 자고 가라는 대로 묵어 봐야 금세 쫓겨날 뿐이다. 그 소외감은 짐마차 위에서 홀로 지내는 것이 다소 적적해지기 시작한 사람에게는 좀 사무친다.

선물로 받은 야채를 아작거리며 진로를 서쪽으로 잡자, 작업을 마치고 마을로 돌아가는 쾌활한 농부들과 스쳐 지난다.

다시금 평소의 외톨이 길로 돌아온 로렌스는 동료가 있는 그들이 약간 부러워지는 것이었다.

로렌스는 올해 나이 스물다섯의 행상인이다. 열두 살 때 행상을 하는 친척 밑으로 들어가 열여덟 살에 독립했다. 행상인으로서는 아직 모르는 지역이 더 많고, 이제부터가 관건이라는 느낌이다.

돈을 모아 어딘가의 마을에 가게를 차리고 싶다는, 행상인이라면 누구나 품기 마련인 꿈을 갖고 있으나, 그 꿈도 아직은 한참 먼 듯하다. 무슨 기회가 생기면 그렇지만도 않겠지만, 공교롭게도 그런 기회는 대(大) 상인들이 돈으로 채어가 버린다.

게다가 곳곳에 돈 줄 날짜를 깔아둔 채 짐칸 가득 상품을 싣고 이동하니, 기회가 보인다 한들 붙잡을 여유라곤 없다. 행상인에게 그런 건 저 하늘에 떠 있는 달이나 진배없는 것이었다.

로렌스는 하늘을 올려다보며 아름다운 보름달에 한숨을 지었다. 최근 한숨이 잦다는 생각은 스스로도 들긴 했으나, 먹고살기 위해 죽을 둥 살 둥 애쓴 반동(反動)에서인지, 어느 정도 여유가 생긴 요즘에는 불쑥불쑥 장래의 일을 떠올리게 된다.

설상가상으로, 머릿속이 외상수금과 지불기한으로 꽉 차서 한 시라도 빨리 다음 마을로 가야겠다고 필사적이었던 시절에는 생각지도 못했던 것들이 머릿속을 종종 휘저어댄다.

구체적으로 말하자면, 지금까지 알고 지내온 사람들에 대한 기억.

행상을 하며 자주 찾은 마을에서 안면을 익히게 된 상인들, 물건을 사러 간 곳에서 친해지게 된 마을사람들, 그리고 폭설로 발목이 묶여 장기간 체류하게 된 여관에서 좋아하게 된 하녀 등등.

요는, 사람이 그립다는 생각이 부쩍 든다는 것이었다.

일 년의 대부분을 홀로 짐마차 위에서 지내는 행상인이 사람을 그리워하게 되는 것은 직업병이라고도 할 수 있으나, 그것을 로렌스가 실감하기 시작한 것은 최근의 일이었다. 그때까지는 자신만큼은 절대 그럴 일 없다고 장담하고 있었다.

그러나 혼자서 몇날 며칠이고 말과 함께 지내다 보면, 말이 말을 할 수 있으면 좋겠다는 생각마저 든다.

그러니 행상인들끼리 하는 이야기 중에 가끔 듣는, 짐 끄는 말이 사람이 됐다는 이야기도 처음 들었을 때는 말도 안 된다며 웃어 넘겼지만 요즘에는 혹시 사실인가 싶기도 하다.

마시장의 주인들 가운데는 젊은 행상인이 짐마차를 끌 말을 사러 오면, 말이 사람으로 변해도 괜찮도록 암말을 사 두라며 진지한 얼굴로 권하는 이도 있을 정도다.

로렌스도 그런 소리를 들었지만 물론 무시하고 힘 좋은 수말을 샀다.

지금도 건강하게 일을 해주는— 로렌스의 눈앞에 있는 말이 바로 그 말인데, 가끔 물밀듯이 사람이 그리워져오면 '암말을 살 걸 그랬나' 하는 생각이 들고 만다.

하기야 날이면 날마다 무거운 짐만 끌게 하고 있으니, 설령 인간이 됐다 한들 흔히 듣는 이야기처럼 말이 주인님인 행상인과 사랑에 빠진다거나 신비한 힘으로 행상인에게 행운을 안겨다 준다는 것은 도저히 상상할 수 없다.

기껏해야 휴식과 급료를 달라는 요구나 받고 말겠지.

그런 생각이 들자 순간 말은 그냥 말인 채로 있게 해달라고 빌고 싶어지니, 그야말로 제멋대로다. 로렌스는 혼자 쓴웃음을 짓고는, 그런 자신이 어이가 없어 한숨이 나오는 것이었다.

이런저런 생각을 하다가 이윽고 강과 맞닥뜨렸다. 오늘은 이쯤에서 노숙을 하기로 했다. 아무리 보름달이라 길이 밝다 해도 강물 속으로 떨어지지 말란 보장은 없기 때문이다. 그랬다가는 큰일 날 정도가 아니다. 로렌스는 목을 매달아야 할지도 모른다.

그것만은 사양이다.

로렌스가 고삐를 당겨 멈추라는 신호를 보내자, 말도 그제야 찾아온 휴식의 낌새를 알아챈 모양이었다. 두세 차례 발을 차더니 한숨을 쉬듯 푸르르댔다.

로렌스는 먹다 남은 야채를 말에게 먹이며 짐칸에서 물통을 꺼냈다. 강에서 물을 떠서 말 앞에 두었다. 첨벙 첨벙 소리를 내며 맛있게 마시는 걸 보고, 로렌스도 마을에서 떠온 물을 마신다.

사실은 술이 좋았으나 대화 상대도 없는 데서 술을 마셔 봐야 되레 더 쓸쓸해질 뿐이다. 자칫 과음을 하게 될 우려도 있으므로, 로렌스는 일찍 자기로 결심했다.

여기까지 오는 동안 야채를 아작거린 탓에 배가 어중간하게 불렀기 때문에 육포 한 조각만 입에 물고 짐칸으로 올라갔다. 평소에는 짐칸의 덮개를 겸하고 있는 마포(麻布)로 몸을 둘둘 말고 자지만, 오늘은 모처럼 담비 모피가 있으니 그 속에서 자면 그만이다. 아무리 로렌스라도 짐승의 가죽냄새는 다소 역했으나, 추운 것보다는 낫다.

하지만 모피 속으로 들어가다가 보리 모종을 짓누르면 안 되니까 그것을 옮겨 놓으려고 덮개를 벗겼다.

그 순간 아무 소리도 지르지 못한 것은 그 광경이 너무도 믿어지지 않았기 때문이었는지도 모른다.

"……."

먼저 온 손님이 있었던 것이다.

"어이."

하고 목소리가 나왔는지 어땠는지도 알 수 없다. 단순히 놀라기도 했지만, 쓸쓸한 나머지 그만 환각을 본 게 아닌가 했던 것이다.

그러나 머리를 흔들고 눈을 비벼도, 먼저 온 그 손님의 모습은 여전히 그대로다.

아리따운 소녀가 차마 깨우기 망설여질 만큼 깊이 잠들어 있었다.

"어이! 야, 너!"

그래도 로렌스는 마음을 다잡고 그렇게 말했다. 어쩔 작정으로 남의 짐마차에서 자고 있는 것인지 따져야 한다. 어쩌면 마을에서 가출한 소녀인지도 모르기 때문이다. 귀찮은 일에 휘말리는 건 질색이었다.

"…으응?"

로렌스의 목소리에 눈을 감은 채 반응을 보인 소녀의 음성은 그렇게 얼빠지고 무방비한 것이었다. 여자를 접해 볼 데라곤 고작해야 마을의 유곽 정도밖에 없는 행상인에게는 현기증이 날 만큼 달콤한 소리다.

더욱이 달빛 아래에서 모피에 싸여 자고 있는 이 소녀— 아직은 어려 보이긴 해도 무서우리만치 요염하다.

자기도 모르게 군침을 꿀꺽 삼켰으나, 오히려 그 덕분에 로렌스는 곧 냉정을 되찾았다.

이 정도로 예쁜데, 혹시 매춘부라면 섣불리 손을 댔다가는 얼마를 요구할지 모르기 때문이다. 돈 계산은 교회의 기도보다도 더 자신을 냉정하게 해주는 특효약이다. 로렌스는 곧 평상시의 자세를 되찾고 목청을 높였다.

"야, 일어나! 너, 남의 짐마차에서 뭐하는 거야?"

그러나 전혀 일어날 생각을 않는다.

안달이 난 로렌스는 통 일어나려 들지 않는 소녀의 머리를 받치고 있던 모피를 확 잡아 뽑았다. 지지대를 잃은 소녀의 머리가 덜렁하고 구멍 속으로 떨어지자, 그제야 심기가 불편한 듯한 소리가 들려왔다.

로렌스는 다시금 목청을 돋우려다가 그대로 굳어 버렸다.

소녀의 머리에 개처럼 귀가 달려 있었던 것이다.

"응…. 후아암…."

그래도 다행히 소녀가 눈을 뜬 것 같아 로렌스는 마음을 가다듬고 배에 힘을 준 뒤 입을 열었다.

"이봐, 너! 이게 무슨 짓이야? 남의 짐마차에 멋대로 올라타다니."

로렌스도 혼자서 들로 산으로 돌아다니는 행상인이라 건달이며 도적패에 둘러싸인 적이 한두 번이 아니다. 배짱과 박력도 보통 이상은 된다고 자부해 왔다. 머리에 사람의 것이 아닌 짐승의 귀가 달렸다고 해서, 여자애 하나를 앞에 두고 쫄 로렌스가 아니다.

그러나, 로렌스의 말에 소녀가 아무 대꾸도 하지 않았는데도 다시 따져 물을 수가 없었다.

천천히 몸을 일으킨 알몸의 소녀가, 말문이 막힐 만큼 아름다웠기 때문이다.

짐칸 위에 앉아 달빛에 비친 머리카락은 비단처럼 매끄러운 것이, 최상품 망토처럼 등허리까지 드리워져 있었다. 목에서 쇄골, 그리고 어깨에 걸쳐서는 당대의 예술가가 조각한 성모상처럼 아름다운 라인이 그려졌고, 나긋나긋한 팔은 얼음 조각상인 것만 같았다.

그리고 그렇게 무기질처럼 느껴질 만큼 아름다운 몸의 중간쯤에 자리한 두 개의 아담한 유방이 묘하게 살아 있는 냄새를 풍기면서, 오싹하리만큼 매력적이면서도 따스한 느낌을 자아내고 있었다.

하지만 군침을 삼킬 만한 그런 광경도, 이내 인상이 찌푸려지는 묘한 것으로 바뀌었다.

소녀가 천천히 입을 벌리고 하늘을 올려다보더니, 눈을 감고 울부짖었던 것이다.

"아오오오오오오오오오오오…."

그 순간 로렌스가 느낀 공포는 이루 말할 수 없었다. 쏴아아아아 하고 돌풍이 몸속을 뚫고 나가는 듯한 공포.

이런 울음소리는 개나 늑대들이 무리를 불러 인간을 공격하는 서곡이다.

야레이가 낸 것 같은 울음소리가 아니다. 진짜 울음소리. 로렌스의 입에서 육포가 떨어지고, 말도 놀라 펄쩍 뛰었다.

그리고 번쩍 정신이 들었다.

달빛에 비친 소녀의 모습. 소녀의 머리에 달린 귀. 짐승의, 그것.

"…후우. 달빛 한번 좋구나. 술 같은 건 없는가?"

서서히 입을 다물어 울음소리의 여운을 입속으로 가둬 넣고는, 턱을 당겨 슬며시 웃으며 그렇게 말하는 소녀의 목소리에 로렌스는 제정신을 차렸다.

눈앞에 있는 것은 늑대도 개도 아니다. 그런 귀가 달린 그냥 보통의 예쁜 여자애다.

"그딴 거 없어. 그보다 넌 누구야? 왜 내 짐마차에서 자고 있는 거야? 마을에 팔린 게 싫어서 도망쳐 나왔어?"

로렌스는 으름장을 놓으려고 열심이었으나, 소녀는 꿈쩍도 하지 않는다.

"에이, 술은 없어? 그럼 먹을 건…. 이런, 아깝게."

소녀는 긴장감 없는 목소리로 그렇게 말하더니 작은 코를 킁킁댔다. 그러다 좀 전까지 로렌스가 물고 있던 육포를 발견했는지 짐칸에 떨어져 있던 그것을 획 주워들고는 입에 물었다.

소녀가 육포를 씹는 순간, 소녀의 입술 안쪽에 두 개의 날카로운 송곳니가 있는 것을 로렌스는 놓치지 않았다.

"혹시 너, 악마가 들린 거냐?"

로렌스는 허리에 차고 있는 단검에 손을 대며 그렇게 물었다.

화폐는 가치 변동이 심하기 때문에 행상인들은 모은 돈을 물건으로 바꾸어 갖고 다닌다. 은제 단검도 그런 것들 중 하나로, 은은 온갖 괴물들을 물리치는 신의 금속이다.

그러나 로렌스가 단검을 손에 쥐고 그렇게 묻자, 소녀는 눈이 동그래지더니 별안간 웃음을 터뜨렸다.

"아하하하하. 내가 악마?"

육포를 떨어뜨릴 만큼 입을 크게 벌리고 웃는 소녀의 모습은 약간 주춤하게 될 정도로 귀여웠다. 두 개의 날카로운 송곳니도 그러니까 오히려 매력적으로 보인다.

하지만, 그렇기 때문에야말로 왠지 비웃는 것 같아 화가 났다.

"뭐, 뭐가 이상해?"

"그럼 안 이상하겠나? 그런 말은 처음 듣는데."

여전히 키득거리며 소녀는 떨어뜨린 육포를 주워들어 다시 씹었다. 역시 송곳니가 나 있다. 귀도 그렇고, 적어도 제대로 된 사람은 아닌 것 같다.

"넌 누구야?"

"나?"

"너 말고 또 누가 있어?"

"저기 저 말."

"……."

로렌스가 단검을 빼들자 소녀의 얼굴에서 웃음이 가셨다. 불그스름한 호박색 눈동자가 쓱 가늘어진다.

"넌 누구야?"

"내게 검을 들이대다니 예의를 모르는군."

"뭐라고?"

"응? 아. 그렇군. 탈출하는 데 성공했었지. 미안하네. 깜박했어."

그러더니 소녀는 빙그레 웃었다. 악의라고는 전혀 없는 귀여운 웃음이다.

거기에 농락된 것은 아니지만, 단검을 들이대는 것은 어쩐지 남자로서 할 일이 아닌 것만 같은 기분이 들어 로렌스는 칼을 도로 집어넣었다.

"내 이름은 호로. 오랜만에 이런 형태를 취했는데. 응, 꽤 잘됐군."

자신의 몸을 둘러보며 소녀가 한 뒷말은 무슨 소리인지 잘 이해되지 않았으나, 앞에 한 말에는 마음에 걸리는 것이 있었다.

"호로?"

"응, 호로. 좋은 이름이지?"

로렌스는 다양한 지역을 떠돌며 여행하고 있지만, 그런 이름은 딱 한 군데에서밖에 들은 적이 없다.

요컨대, 아까 그 파슬로에 마을에서 전해지는 풍작의 신의 이름이다.

"우연이네. 나도 호로라는 이름으로 불리는 사람을 한 명 아는데."

신의 이름을 사칭하다니 대담한 여자애다 싶었으나, 이로써 이 소녀가 마을사람이라는 것을 알게 됐다. 어쩌면 저 송곳니와 귀 때문에 집 안에서 쉬쉬하며 기른 아이인지도 모른다. 탈출 성공 운운한 것도 그러면 납득할 수 있을 것 같았다.

로렌스도 가끔 저런 이상한 모습의 아이가 태어났다는 이야기

를 들었다. '악마가 들렸다'고 하여, 태어날 때 악마나 요정이 아이 몸에 들어갔다는 것인데, 교회에 발각되면 경우에 따라서는 악마를 숭배했다는 죄로 온 가족이 모조리 화형에 처해지는 터라 대부분 산에 버려지거나 평생 집 안에 숨겨진 채 자란다.

그러나 악마가 들린 사람을 실제로 보는 것은 로렌스도 처음이다. 완전히 추악한 괴물을 상상하고만 있었는데, 적어도 겉으로 보기에는 여신이라 해도 이상하지 않을 성 싶다.

"호오. 나는 나 외에 호로라 불리는 녀석을 모르는데? 그 녀석은 어디의 누구인가?"

우물우물 육포를 씹는 소녀. 아무리 봐도 호로는 거짓말을 하는 것처럼 보이지는 않았다. 하지만, 오랫동안 집 안에 갇혀서 크다 보면 자신을 신으로 착각하게 될 수도 있겠다 싶었다.

"이 근방의 '풍작의 신'의 이름이다. 너는 신이냐?"

로렌스가 그렇게 묻자, 달빛 아래에서 호로는 순간 난처한 표정을 짓더니, 이내 웃는 얼굴을 더했다.

"나는 신이라 불리며 오랜 세월 이 땅에 매여 있긴 했지만, 신 어쩌고 할 만큼 위대하지는 않아. 나는 호로 이외에 그 누구도 아니야."

'태어나서 줄곧 집 안에서'라는 뜻이겠거니 하고 로렌스는 추측한다. 그렇게 생각하자 이 소녀가 조금 가엾긴 했다.

"오랜 세월. 그럼 태어나서부터 쭉?"

"아니."

그 대답은 뜻밖이었다.

"내가 태어난 건 훨씬 북쪽에 있는 대지(大地)야."

"북쪽?"

"응. 여름은 짧고 겨울이 긴 은빛 세계야."

눈을 가늘게 뜨고 문득 먼 곳을 바라보는 호로는 도저히 거짓말을 하는 것처럼은 보이지 않았다. 그런 몸짓도, 머나먼 북쪽 땅을 떠올리는 연기치고는 너무 자연스러웠다.

"당신은 가 본 적이 있는가?"

그리고, 로렌스는 오히려 그런 질문을 받았다. 약간 허를 찔리긴 했으나, 이로써 호로가 거짓말을 하고 있다거나 전해 들은 이야기를 바탕으로 떠들고 있다면 금방 알 수 있게 됐다.

로렌스의 행상 경험은 실로 북극이라 불리는 지역에까지 미치고 있었기 때문이다.

"알로히토스토크라는 곳이 최북단이지. 연중 눈보라가 매서운 곳이야."

로렌스가 그렇게 말하자, 호로는 고개를 조금 갸웃하더니 대답했다.

"흐응. 들어본 적 없는데."

아는 체할 줄 알았는데, 이건 뜻밖의 대응이었다.

"어디는 아는데?"

"'요이츠'라는 곳. 왜?"

로렌스는 "아니."하며 얼굴에 드러난 동요를 억지로 지웠다. 요이츠라는 이름은 들어 본 적이 있다. 단, 북쪽 땅의 숙소에서 들은 옛날이야기 속에서.

"너는 거기에서 태어났어?"

"그랬지. 지금 요이츠는 어떻게 됐으려나? 다들 잘 지내려나?"

그렇게 말하며 호로는 어깨와 시선을 약간 떨어뜨렸는데, 그 모습이 너무 허전해 보여서 도무지 연기로는 보이지 않았다.

하지만 로렌스는 그 이야기를 믿을 수 없었다.

왜냐하면 옛날이야기 속에 나온 그 이름의 마을은 6백 년도 더 전에 곰이 변한 괴물에 의해 멸망했기 때문이다.

"외우고 있는 다른 지명은 없어?"

"음…. 몇 백 년도 더 된 얘기라서…. 아, '뇨히라'라는 마을이 있었어. 따뜻한 물이 나오는 이상한 마을이야. 몸을 담그려고 자주 갔었지."

뇨히라는 지금도 있는 북쪽 땅의 온천마을로, 외국의 왕후귀족들도 가끔씩 찾는다.

그러나 이 근방에 뇨히라를 아는 사람이 몇이나 될지.

그런 로렌스의 의중은 아랑곳없이, 호로는 지금 이 순간 따뜻한 물에 몸을 담그고 있는 듯이 유유자적한 말투로 그러더니, 별안간 작게 재채기를 터뜨렸다.

그제야 로렌스도 생각이 미친다. 호로는 알몸이었다.

"우우. 인간의 몸은 싫지는 않은데 어째 이리도 추운지. 털이 너무 적다니까."

웃으며 말한 뒤 호로는 산더미 같은 담비 모피 속으로 기어들어갔다.

로렌스는 호로의 행동에 그만 피식 웃고 말았으나, 조금 마음에 걸리는 일이 있어 모피 속으로 기어드는 호로에게 말을 건넸다.

"너, 아까도 형태가 어쩌니 했지? 그게 무슨 뜻이야?"

그러자 로렌스의 질문에 호로가 모피더미에서 얼굴을 쏙 내밀었다.

"그 뜻 그대로지. 인간의 형태는 오랜만에 취했어. 귀엽지?"

히죽 웃으며 그렇게 말하는 바람에 마음속으로는 그만 동의하고 말았으나, 로렌스는 애써 얼굴에 드러내지 않고 재차 물었다. 이 여자애는 아무래도 로렌스를 혼란스럽게 한다.

"쓸데없는 게 섞여 있어서 그렇지, 넌 인간이지? 아니면 그 무슨, 말이 사람이 됐다는 이야기처럼 개가 사람이 된 건가?"

약간 도발하듯이 말했더니, 호로는 그 도발에 자극을 받았는지 천천히 일어섰다. 그리고 빙그르르 등을 내보이고는 어깨 너머로 돌아보며 참으로 당당히 말하는 것이었다.

"이 귀와 꼬리를 보면 알겠지만, 나는 정말 품격 높은 늑대야. 동료들도, 숲에 사는 동물들도, 마을의 인간들도 나한테는 껌벅 죽었다구. 꼬리 끝만 흰 것이 내 자랑이지. 이걸 보면 다들 입이 마르도록 칭찬들이었어. 이 뾰족한 귀도 내 자랑이지. 이 귀는 온갖 재앙과 온갖 거짓을 하나도 놓치는 일 없이, 수많은 동료들을 수도 없이 위기에서 구해냈거든. '요이츠의 현랑' 하면 그건 다름 아닌 바로 나를 말하는 거라구."

흥, 하며 호로는 의기양양하게 말했으나, 금방 추위를 느꼈는지 몸을 움츠리더니 모피 속으로 기어들어가 버렸다.

　로렌스는 약간 얼이 빠져 서 있었다. 호로의 알몸이 아름답기 때문이기도 했지만, 허리께에 달린 꼬리가 분명히 움직였던 것이다.

　귀만 달린 게 아니라 꼬리까지.

　그리고 로렌스는 방금 전에 들은 울음소리를 떠올린다. 그것은 틀림없는 진짜 늑대의 울음소리였다. 그렇다면 혹시, 정말로 호로는 풍작의 신— 늑대 호로?

　"아니. 설마 그럴 리가."

　로렌스는 혼자 묻고 혼자 대답하듯이 중얼거리고는 다시금 호로를 쳐다보았다. 그에 비해 호로는 로렌스는 전혀 아랑곳하지 않고 모피 속이 따스한지 흐뭇한 표정을 짓고 있다. 그러니까 꼭 고양이처럼 보이기도 했으나, 문제는 그런 것이 아니다. 호로가 인간이냐 아니냐, 그것이 문제인 것이다.

　악마 들린 사람이 교회에 발각될 경우 겉모습이 정상이 아니라서 큰일인 것이 아니다. 악마 들린 사람들은 그 몸 안에 악마나 정령이 들어 있기 때문에 까딱하면 재앙의 씨앗이 된다. 그렇기 때문에 교회는 그들을 화형에 처하도록 하고 있는 것이다.

　하지만, 만일 호로가 어떤 짐승이 변신을 한 것이라면? 수많은 옛날이야기와 전설에 따르면, 그런 것들은 대개 사람에게 행운을 가져다 주거나 기적을 일으킨다.

　만약에 정말로 호로가 진짜 호로라면 보리 거래에 이보다 더 마음 든든한 내 편이 또 어디에 있으랴.

로렌스는 의식을 머릿속에서 호로 쪽으로 돌렸다.

"호로, 라고 했지?"

"응?"

"너, 자신이 늑대라고 했지?"

"음."

"너한테 붙어 있는 건 늑대 귀와 꼬리밖에 없잖아? 진짜 늑대의 화신이라면 늑대의 모습도 취할 수 있겠지?"

로렌스가 그렇게 말하자 호로는 잠시 멍했으나, 문득 뭔가 알 것 같다는 표정을 지었다.

"아아, 당신은 지금 나한테 늑대 모습을 보여 달라는 거야?"

호로의 말에 로렌스는 고개를 끄덕였으나, 사실은 약간 놀랐다.

그렇게 말하면 호로가 영 난감한 표정을 짓거나, 속이 훤히 들여다보이는 거짓말을 할 줄 알았던 것이다.

그러나 호로는 그 어느 쪽도 아닌, 내키지 않는 듯한 표정을 지었다. '원래 같으면 늑대 모습으로 돌아가는 건 문제도 아니지만' 운운하며 엉성한 변명을 하는 것보다도 훨씬 설득력이 있어 보이는, 내키지 않는 표정이었다. 그러더니 딱 잘라 말했다.

"그건 싫은데."

"어, 어째서?"

"그러는 당신은 왜?"

언짢은 얼굴로 또다시 오히려 질문을 받자 로렌스는 순간 주춤했으나, 로렌스에게 있어 호로가 인간이냐 아니냐는 참으로 중대한 문제다. 움츠러든 몸에 기합을 넣고는 가능한 대화의 주도권을 잡으려고 애쓰며 입을 열었다.

"네가 사람이라면 교회에 널 넘기려고 그런다. 악마 들린 사람은 재앙의 씨앗이니까. 하지만 만약 네가 정말로 풍작의 신 호로이고, 자신이 늑대의 화신이라고 한다면 그런 생각을 접을 수도 있어."

혹시 사실이라면 짐승의 화신은 대개 행운을 불러오는 사자(使者)라고 전해진다. 교회에 넘기겠다는 생각을 접기만 하겠는가, 포도주와 빵을 퍼 주며 잔치를 해도 좋을 판이다. 하지만 그게 아니라면 사태는 역전된다.

그러자 로렌스의 말에 호로는 점점 더 내키지 않는 듯이 얼굴을 찡그리며 코끝에 주름을 잡는 것이었다.

"내가 들은 바로는 짐승의 화신은 자유자재로 변신을 할 수 있다던데? 네가 진짜라면 원래 모습으로 돌아갈 수 있을 거 아냐?"

호로는 내키지 않는 표정을 지은 채 로렌스의 말을 잠자코 듣고 있더니, 이윽고 작게 한숨을 쉬고는 모피 속에서 천천히 몸을 일으켰다.

"교회에는 몇 번인가 심한 꼴을 당한 적이 있어. 넘겨지는 건 싫어. 하지만."

그러더니 다시 한 번 한숨을 쉬고는, 자신의 꼬리를 쓰다듬으며 말을 이었다.

"어떤 화신이든 대가 없이 모습을 바꾸지는 못해. 당신들도 인상을 바꾸려면 화장을 하고, 몸매를 바꾸려면 먹을 것이 필요하잖아?"

"뭔가 있어야 돼?"

"내 경우에는 약간의 '보리' 나."

참으로 풍작의 신다운 대가에 로렌스는 묘하게 납득이 갔으나, 다음 순간 섬뜩했다.

"그게 아니면, 생피."

"생… 피?"

"별로 많이 필요하지는 않지만."

아무렇지도 않게 말하는 품이, 도저히 거짓말을 둘러대는 것이라고는 생각되지 않아 로렌스는 마른침을 삼키고 말았으나, 퍼뜩 정신을 차리고 호로의 입가를 쳐다보았다. 아까 로렌스가 떨어뜨린 육포를 주워서 씹을 때 보였던, 호로의 입술 밑에 있는 두 개의 송곳니.

"뭐야, 겁먹었어?"

그래 보이는 로렌스에게 호로가 쓴웃음을 짓는다. 로렌스는 반사적으로 "겁먹긴 누가 겁먹어?"라고 대답하긴 했으나, 호로는 그런 반응을 명백히 즐기고 있었다.

하지만 호로는 이내 웃음을 거두면서 시선을 다른 쪽으로 획 돌리더니 말했다.

"당신이 그러니까 더 보여주기가 싫다."

"어, 어째서?"

로렌스는 바보취급을 당한 것만 같아 그만 언성을 높이며 되물었으나, 호로는 여전히 로렌스에게서 시선을 피한 채 심히 쓸쓸한 어조로 대답하는 것이었다.

"당신은 틀림없이 겁에 질려 벌벌 떨 테니까. 내 모습 앞에서는 사람이건 짐승이건 두려운 눈빛으로 물러서고, 날 특별한 존재로 받들어 모시거든. 이제 난 사람한테든 짐승한테든 그런 대접은 받기 싫어."

"내, 내가 네 모습을 무서워하기라도 할 거란 말야?"

"큰소리 칠 거면, 그 떨리는 손이라도 가리시지."

어이없어하는 호로의 말에 로렌스는 자신의 손을 문득 내려다보고는 '아차' 했지만, 때는 이미 늦었다.

"쿠후. 당신은 솔직한 사람이로군."

호로는 조금 즐거운 듯이 그렇게 말하고는, 로렌스가 변명을 하기 전에 표정을 달리 하더니 재빨리 말을 이었다.

"하지만 나로서는 당신이 솔직한 사람이라면 늑대의 모습을 보여주지 못할 것도 없어. 당신이 아까 한 말, 사실인가?"

"아까?"

"내가 늑대면 교회에는 넘기지 않겠다는."

"음…."

악마 들린 사람 중에는 환각을 부리는 자도 있다고 들었다. 그러니 그것만은 속단할 수 없었으므로 로렌스는 우물댔으나, 호로는 그것까지 다 들여다본 것처럼 말했다.

"뭐, 나도 사람과 짐승을 보는 눈에는 자신이 있어. 당신은 약속을 꼭 지킬 양반일 테니까."

장난스러운 호로의 말에 로렌스는 점점 더 말문이 막힐 수밖에 없었다. 저런 말까지 듣고 새삼스럽게 말을 뒤집을 수는 없기 때문이다. 자신을 갖고 놀고 있다는 것은 절절히 느껴졌으나, 달리 뾰족한 수도 없었다.

"그럼 조금만 보여줄까? 전신은 번거롭거든. 팔만으로 만족하셔."

호로는 그렇게 말하더니 팔을 천천히 짐칸 구석으로 뻗었다.

무슨 그런 특별한 형식이 필요한가 보다 했던 것은 한순간이고, 곧 호로가 하는 행동의 의미를 알았다. 짐칸 구석에 놓인 보릿단에서 보리이삭을 몇 알 쥐었던 것이다.

"그걸 어쩌려고?"

얼결에 로렌스는 그렇게 묻고 말았으나, 호로는 로렌스가 말을 끝내기도 전에 손에 들고 있던 보리를 입안에 털어 넣고는 마치 쓴 약이라도 삼키듯이 눈을 감고 우물거렸다.

겨를 벗기지 않은 보리는 도저히 먹을 게 못된다. 입안에 퍼지는 지독한 쓴맛을 상상하며 로렌스는 미간을 찌푸렸으나, 그런 것은 다음 순간 확 날아가 버렸다.

"우, 우우…!"

별안간 호로가 신음소리를 내더니 왼팔을 끌어안듯 누르며 모피 위에 엎어진 것이었다.

도저히 연기로는 보이지 않는 광경에 로렌스가 당황하여 말을 걸려는 찰나, 이상한 소리가 귀에 날아들었다.

후드득 후드득 후드득 하는, 수많은 쥐떼가 숲속을 내달리는 듯한 소리였다. 그것이 잠시 이어지는가 싶더니, 이어서 부드러운 흙 위에 발을 디뎠을 때처럼 퉁 하는 둔한 소리가 났다.

로렌스는 경악한 나머지 아무것도 할 수 없었다.

그 직후, 호로의 그 가냘픈 팔이 몸에 어울리지 않을 만큼 거대한 짐승의 앞발이 된 것이었다.

"읍… 후우. 역시 안 어울리는군."

그것이 너무도 큰 탓에 자신의 힘으로는 필시 지탱하기가 힘들었으리라. 호로는 어깨에 생겨난 짐승의 앞발을 모피 위에 올려놓고 몸을 눕혔다.

"어떤가? 이제 믿어 줄 텐가?"

그런 뒤 로렌스를 올려다보며 그리 말하는 것이었다.

"으… 음…."

하지만 로렌스는 대꾸도 못한 채, 수없이 눈을 비비고 머리를 흔들며 거듭 그것을 들여다보았다.

짙은 갈색의 긴 털이 덮인, 참으로 웅장한 앞발이다. 이 정도 크기로 미뤄볼 때 이 발이 달린 몸은 필시 말만큼 거대할 것이다. 발끝에 달린 발톱만 해도 여자들이 보리를 벨 때 쓰는 낫 크기만 했다.

그런 것이 소녀의 가냘픈 어깨에 달려 있는 것이다. 환각이라고 여기지 않는 게 오히려 이상하다.

눈앞의 광경이 도저히 믿기지 않자, 급기야 로렌스는 가죽으로 된 물주머니를 꺼내들고 그 안에 있는 물로 얼굴을 씻었다.

"의심이 많군. 환각이라고 생각한다면 만져 봐도 돼."

호로는 웃으면서 조금 도발하듯이 큰 발을 움찔움찔 움직였다.

로렌스는 그 모습에 약간 울컥하긴 했으나, 그래도 역시 이상한 광경에 주춤하고 말았다. 워낙 크기도 했지만, 앞발에는 뭔가 범접하기 힘든 분위기가 감돌고 있었던 것이다.

그래도 다시금 호로의 앞발이 움찔움찔 움직이기에 로렌스는 마음을 다잡고 마부석에서 몸을 내밀었다.

늑대의 발이 대수냐. 나는 '용의 다리'라는 이름의 상품을 취급한 적도 있다. 그런 말을 자신에게 하면서 로렌스가 호로의 앞발을 만지려던 그 순간이었다.

"아."

하고 뭔가 떠올린 듯한 호로의 목소리에 로렌스는 당황하여 손을 뺐다.

"우, 우와. 왜, 왜 그래?"

"응, 아니. 뭐랄까… 당신도 참 어지간히 놀란다."

짐짓 어이없어하는 말투에 로렌스는 창피하기도 하여 정말 울컥했으나, 여기서 화를 냈다가는 점점 더 남자 체면이 말이 아닐 것 같다. 간신히 자제를 한 후, 다시는 그런 수법에 넘어갈까 보냐 하는 투로 손을 내밀며 호로에게 다시 물었다.

"그래서 뭔데? 왜?"

"응."

그러자 호로는 별안간 얌전한 목소리를 내며 치켜뜬 눈으로 로렌스를 쳐다본다.

"살살 해줄 거지?"

약간 달콤한 목소리에 로렌스는 손이 우뚝 멈추는 것을 막을 수 없었다.

그리고 로렌스가 쳐다보자, 호로는 생글생글 웃고 있는 것이었다.

"당신, 참 귀엽네."

로렌스는 호로가 하는 말에는 더 이상 일체 귀 기울이지 않고, 호로의 앞발을 난폭하게 잡았다.

"어때? 이제 믿어 줄 거야?"

로렌스는 호로의 말에는 대답하지 않고 손안의 감촉을 확인했다.

반쯤은 놀림을 당한 것에 화가 난 탓도 있으나, 대답을 하지 않은 데는 다른 이유도 있다.

다름 아닌 그 촉감 때문이었다.

호로의 어깨에 난 짐승의 발은 무슨 거목처럼 묵직한 굵은 뼈에 전사의 팔뚝 같은 근육이 덮여 있고, 그 위에 참으로 훌륭한 짙은 갈색의 긴 털이 나 있었다. 어깻죽지에서 손목 쪽으로 내려가자, 발바닥 또한 큼지막하다. 발바닥의 둥그런 살도 그 하나하나가 자르지 않은 빵덩어리처럼 거대하다. 깨끗한 복숭앗빛의 부드러운 살을 넘어 그 끝을 더 따라가면 상황이 확 바뀌어 딱딱한 것이 있다. 낫 같은 발톱이다.

발도 그렇지만, 발톱의 감촉은 도저히 환각이라고는 생각되지 않는다. 차갑지도 따뜻하지도 않은 짐승의 발톱 특유의 촉감에다, 만져서는 안 되는 것을 만지는 느낌이 로렌스의 등줄기를 오싹하게 했다.

로렌스는 마른침을 삼키고 무심코 중얼거렸다.

"너 정말 신이냐?"

"신 같은 거 아니라니까. 발 크기를 봐서 알겠지만 몸이 조금 크고…. 그렇지. 주위보다 현명한 늑대지. 나는 호로. 현랑(賢狼) 호로야."

스스로를 태연히 현명하다고 말하는 소녀는 의기양양한 얼굴로 로렌스를 바라보았다.

그런 모습은 그저 장난치기 좋아하는 여자애에 지나지 않았으나, 어깨에 난 짐승의 발에서 풍겨 나오는 분위기는 일반 짐승의 것으로 도저히 여겨지지 않았다.

단순히 크기만 할 뿐이라는 인상은 분명히 아니었다.

"어때?"

다시 묻는 질문에 로렌스는 생각이 정리되지 않아 애매하게 고개를 끄덕였다.

"하지만… 진짜 호로는 지금쯤 야레이 속에 있을 텐데? 마지막 보리를 벤 사람 속에 있다고…."

"후후후. 난 현랑 호로라구. 내 몸에 어떤 제한이 가해지고 있는지는 충분히 파악하고 있지. 나는 정확하게 말하면 보리 속에 있어. 보리가 없으면 살 수가 없지. 그리고 분명히 나는 이런 추수철에는 맨 마지막으로 벤 보리 속에 머물고, 평소에는 거기에서 벗어날 수 없어. 누가 보고 있으면 안 돼. 하지만 예외는 있지."

호로의 달변에 감탄하면서 로렌스는 이야기를 들었다.

"만약 맨 마지막에 벤 보리보다 더 많은 보리가 가까이 있으면 나는 사람 눈에 띄지 않고 보리 속을 이동할 수 있어. 마을사람들이 그러지? 보리를 욕심내서 베면 풍작의 신을 붙들지 못하고 놓치게 된다고."

로렌스는 순간 깜짝 놀라, 시선을 짐칸 한 구석으로 돌렸다.

거기에 있는 것은 보릿단. 로렌스가 산골마을에서 맡아온 보리다.

"그러니까 말이지, 당신은 내 은인이라면 은인인 셈이야. 당신이 없었으면 나는 바깥으로 못 나왔거든."

로렌스는 그 말이 대뜸 믿어지지는 않았으나, 보리를 다시 몇 알 먹으니까 팔이 원상태로 되돌아가는 모습이 호로의 말에 묘한 설득력을 부여했다.

다만, 호로가 은인이라는 말을 조금 언짢은 듯이 말했기 때문에 로렌스는 순간 작은 복수를 생각해냈다.

"그럼, 저 보리를 가지고 마을로 돌아갈까나? 풍작의 신이 없어지면 곤란할 테니까. 야레이도 그렇고, 파슬로에 마을사람들과는 오래된 사이인데. 그 사람들이 곤란해지는 모습은 보기가 좀 그렇지."

순간적으로 나온 말이었으나, 가만 생각해 보니 사실이 그렇다. 만약 호로가 진짜 호로라면, 그 마을에서 사라지면 마을에 흉작이 들지 않겠는가.

그러나 그런 생각도 금방 사라졌다.

호로가 배신당한 듯한 표정으로 로렌스를 쳐다봤기 때문이다.

"무슨 그런…. 당신, 그거 거짓말이지?"

지금까지와는 다른 연약한 표정에, 면역이 없는 로렌스는 곧바로 동요하고 말았다.

"글쎄."

동요한 속마음을 진정시킬 시간이 필요하다. 로렌스는 시간을 벌 요량으로 순간 그렇게 얼버무렸다.

하지만 머릿속에서 동시에 다른 생각도 떠오르고, 속마음은 진정은커녕 점점 더 요동을 쳐댄다.

로렌스는 갈등하고 있었다. 만약 호로가 진짜 호로이고 풍작의 신이라면, 로렌스가 취해야 할 행동은 보리를 들고 파슬로에 마을로 돌아가는 것이다. 파슬로에 마을 사람들과는 오래 알고 지낸 사이다. 그들이 애먹는 모습은 보고 싶지 않다.

로렌스가 호로 쪽으로 시선을 돌리자, 호로는 방금 전까지의 유들유들한 태도가 아니라 기사도 이야기에 나오는 납치된 공주님이 이러겠지 싶도록 불안한 표정으로 고개를 숙이고 있는 것이었다.

로렌스는 쓴 약을 삼킨 듯한 얼굴로 자문했다.

저러는 여자애를, 싫어하는데도 마을로 돌려보내야 옳을까.

그러나, 만약 진짜 호로라면.

그 두 가지 생각이 엎치락뒤치락, 로렌스는 진땀을 흘리며 고심했다.

그러다 문득 자신을 쳐다보는 시선을 깨달았다. 달리 또 누가 있겠는가. 시선이 오는 쪽을 보니, 호로가 매달리는 듯한 눈빛으로 로렌스를 올려다보고 있었다.

"도와… 줄 거지?"

작은 머리를 갸웃거리며 하는 호로의 말에, 로렌스는 끝내 견디지 못하고 고개를 돌렸다. 매일 보고 있는 것이라야 말 엉덩짝이다. 그런데 느닷없이 호로 같은 소녀가 그런 표정을 지어오면 도저히 억제할 수가 없다.

로렌스는 고민 끝에 한 가지 결단을 내렸다.

그래서 로렌스는 호로 쪽으로 천천히 시선을 돌린 뒤,

"한 가지 묻고 싶은데."

"…응."

"네가 없어지면 파슬로에 마을은 보리가 자라지 않게 되는 거 아냐?"

그렇게 물어본들 호로가 자신에게 불리한 대답을 하리란 생각은 들지 않았으나, 로렌스도 어엿한 행상인이다. 거짓말을 하는 것이 당연한 거래 상담을 수도 없이 경험해 왔다. 호로가 명백한 거짓말을 하면 금방 알아낼 자신이 있었다.

그래서 로렌스는 단 한 조각의 거짓말도 놓치지 않겠다는 자세로 기다렸건만, 통 대답이 돌아오지 않았다.

호로 쪽으로 시선을 돌려보니, 지금까지 로렌스에게 보였던 것과는 전혀 다른— 화가 난 듯하면서도 한편으로는 당장 울음을 터뜨릴 것만 같은 얼굴로 짐칸 구석을 노려보고 있는 것이었다.

"왜, 왜 그래?"

하고 로렌스가 얼결에 물었을 정도였다.

"그 마을은 나 같은 거 없어도 앞으로도 계속 풍작일 거야."

언짢은 듯 내뱉는다. 그 목소리는 놀랄 만큼 화가 나 있었다.

"…그런 거야?"

화가 날 대로 난 것이 물씬물씬 전해지는 박력에 주눅 들어 하면서 로렌스가 묻자, 호로는 가냘픈 어깨를 씩씩대며 고개를 끄덕였다. 가만 보니, 앞에 놓인 모피를 꽉 쥐어 두 손이 하얗게 돼 있었다.

"난 오랜 세월 동안 그 마을에 있었어. 꼬리털의 수만큼 있었지. 도중에 그만 싫어졌지만 그래도 그 마을의 보리를 위해 손을 게을리 한 적이 없었어. 난 말이지, 아주 옛날에 그 마을 청년과 약속을 했거든. 그 마을의 보리를 잘 여물게 해주겠다고. 그래서 난 그 약속을 지켜왔어."

로렌스를 쳐다보지도 않은 채 거칠게 말을 내뱉는 것은 어지간히 울분이 쌓였기 때문이리라.

방금 전까지 그야말로 일사천리로 떠들어대던 호로가, 자꾸만 무슨 말을 하려다가 말았다.

"나는… 나는 보리에 깃든 늑대야. 보리에 대해서라면, 대지에서 자라는 식물에 대해서라면 그 어느 누구한테도 지지 않아. 그러니까 난 약속대로 그 마을의 보리밭을 참으로 훌륭하게 만들었어. 다만, 그러기 위해서는 가끔 보리가 여무는 것을 나쁘게 해야만 하는 때가 있었어. 땅에 무리를 시키려면 대가가 필요하거든. 하지만 그 마을 사람들은 가끔 보리 수확이 좋지 않으면 내가 변덕을 부려서 그런다고 하는 거야. 최근 몇 년 사이에 그게 심해졌어. 그래서 최근 몇 년 동안 나는 마을을 나갈 생각을 했어. 더는 못 참아. 그때의 약속도 난 충분히 이행했다구."

로렌스는 호로가 무엇에 가장 화가 났는지 짐작이 갔다. 몇 년 전 파슬로에 마을 일대를 다스리는 영주가 지금의 엘렌도트 백작으로 바뀐 이래로, 남쪽 선진국의 새로운 농법을 서서히 도입하여 생산고를 높이고 있다고 한다.

호로는 그래서 자신의 존재가 필요치 않게 됐다고 생각했는지도 모른다.

더욱 요즘에는 교회에서 말하는 신조차 없는 게 아닐까 하는 소문이 횡횡하고 있다. 벽촌의 풍작의 신이 말려들지 않으리란 보장이 없었다.

"그리고 그 마을은 앞으로도 계속 풍작일 거야. 단, 몇 년에 한 번씩은 심한 가뭄을 겪게 될 테지. 그네들이 하는 짓은 그런 거거든. 그리고 그네들은 자신의 힘으로 극복해낼 거야. 그러는 데에 나 같은 건 필요도 없고, 그네들도 필요로 하지 않는다구!"

호로는 거기까지 단숨에 말하더니, 땅이 꺼져라 한숨을 쉬고는 토라져서 자는 것처럼 모피 위로 엎어졌다. 그리고는 몸을 둥글게 말고, 모피를 거칠게 잡아당겨 머리를 확 덮어 버렸다.

얼굴이 보이지 않으니 확실치는 않지만, 울고 있어도 이상할 것 없는 그런 분위기에 로렌스는 뭐라 말을 걸까 고민하다 그만 머리를 긁적였다.

대체 어떻게 된 건가 싶어 속으로 중얼거리며 로렌스는 호로의 좁은 어깨와 늑대의 귀를 바라본다.

진짜 신은 저런가 보다 할 만큼 유들유들하고 머리가 잘 돌아간다 싶다가도, 어린애처럼 짜증을 부리고 나약한 모습을 보이기도 한다.

로렌스는 어찌할 바를 몰랐다. 하지만 그렇다고 이대로 침묵할 수도 없는 노릇이니, 조금 이야기의 방향을 바꿔 말을 꺼내 보았다.

"뭐, 그 이야기의 진위는 잠시 제쳐두기로 하고⋯."

"내가 거짓말쟁이라는 거야?!"

하며 느닷없이 로렌스 앞에 머리를 불쑥 내밀며 덤벼드는 호로의 모습에 로렌스는 주춤하고 말았다. 호로 본인도 너무 감정적이었다는 것을 깨달은 모양이다. 순간 아차 하는 얼굴이더니 겸연쩍은 듯이 "미안해."하고는 다시 모피 속으로 얼굴을 묻는 것이었다.

"네가 어지간히 울분이 쌓였었다는 것만은 알겠어. 그런데 마을을 떠나면 어디 갈 데는 있는 거야?"

그 질문에 호로는 한동안 대답을 하지 않았으나, 로렌스는 호로의 귀가 움찔하고 반응하는 것을 알아챘으므로 느긋하게 기다렸다. 속에서 들끓고 있던 것을 쏟아낸 직후라, 단순히 로렌스를 보기가 좀 그런 것뿐일지도 모른다.

그렇게 생각하니 꽤 귀엽기도 하다.

그리고 마침내 돌아본 호로는 쑥스러운 표정으로 짐칸 구석을 응시하다가 로렌스가 예상했던 반응을 보였다.

"북쪽으로 돌아가고 싶어."

불쑥 그렇게 말했다.

"북쪽?"

고개를 끄덕인 호로가 문득 짐칸에서 시선을 거두더니 먼 곳을 향한다. 로렌스는 그 시선의 끝을 좇지 않더라도 어디를 보고 있는지를 안다. 호로의 시선은 정확하게 정북 방향을 향하고 있었다.

"태어난 고향. 요이츠 숲. 벌써 몇 년이 흘렀는지 모를 만큼 시간이 흘렀어…. 돌아가고 싶어."

'태어난 고향'이라는 말에 로렌스는 약간 가슴이 철렁해서는 호로의 옆얼굴을 바라보았다. 로렌스 자신도 거의 고향을 버리다시피 행상의 길로 나선 이후로, 단 한 번도 돌아가 본 적이 없다.

가난하고, 좁고, 그다지 좋은 추억이 없는 고향 마을이었으나, 그래도 마부석 위에서 외로움에 사로잡힐 때면 그리워지기도 한다.

호로가 진짜이고, 몇 백 년도 더 전에 고향을 떠난 데다, 오랫동안 머물던 곳에서 주위의 홀대를 받기 시작했다면.

고향이 그리워지는 마음은 짐작이 가고도 남는다.

"하지만 잠시 여행을 하고 싶어. 모처럼 멀리 떨어진 이국땅에 와 있잖아? 게다가 오랜 세월이 흘렀으니 여러 모로 달라졌을 테고. 견문을 넓히는 것도 좋겠지."

호로는 그렇게 말한 뒤, 이제는 완전히 안정된 얼굴로 로렌스를 돌아보았다.

　"만약 당신이 보리를 들고 파슬로에 마을로 돌아가는 일도 없고, 날 교회에 넘기지도 않는다면, 나는 한동안 당신에게 신세를 좀 졌으면 해. 당신은 곳곳을 돌아다니는 행상인이지?"

　로렌스가 그런 짓을 할 리가 있겠느냐, 훤히 다 들여다보고 있다는 듯이 호로는 슬며시 미소를 지으며 말했다. 마치 오랜 친구에게 부탁을 하는 투다.

　로렌스는 솔직히 호로가 진짜인지 아닌지 여전히 판단이 서지 않았으나, 그런 모습을 보아하니 적어도 질이 나쁠 것 같지는 않았다. 그리고 이 불가사의한 소녀와 대화를 하는 것이 로렌스는 즐거웠다.

　하지만 그렇다고 해서 호로의 말에 바로 수긍을 할 만큼 로렌스도 상인의 근성을 잊은 건 아니다. 상인에게 필요한 것은 신도 두려워하지 않는 대담성과, 그리고 피붙이조차도 의심하는 신중함이다.

　로렌스는 잠시 생각한 후 조용히 입을 열었다.

　"당장 결정을 내리긴 어려운데."

　불평을 터뜨리지 않을까 했으나, 그것은 호로를 너무 얕잡아 본 것이었다. 호로는 지당하다며 고개를 끄덕였다.

　"조심성이 많은 건 좋은 일이지. 허나, 사람 보는 내 눈은 정확해. 당신은 사람의 부탁을 무작정 거절할 만큼 인정머리 없는 사람은 아니라고 믿어. 나야 늑대이긴 하지만."

말을 하면서 장난스런 웃음을 지었다. 그러더니 다시 자리에 누워 모피 속으로 파고들었지만, 물론 아까처럼 토라진 느낌은 아니었다. '이로써 오늘 할 말은 끝'이라고 하는 것만 같았다.

여전히 대화의 주도권을 빼앗기고 있는 것만 같아서 로렌스는 씁쓸한 한편, 절로 웃음이 나는 호로의 그런 모습을 바라보았다.

그런데 문득 호로의 귀가 움직였다 싶더니 모피 속에서 얼굴을 내밀고는 로렌스를 쳐다보았다.

"설마 밖에서 자라고 하진 않겠지?"

그런 말을 할 리가 없다는 것을 다 알고 묻는 것에 로렌스가 어깨를 으쓱하며 아니라고 하자, 호로는 키득키득 웃으며 모피 속으로 들어갔다.

저러는 걸 보니 방금 전의 대화 중 일부는 호로의 연기였는지도 모른다. 예를 들어, 연약한 공주님 흉내를 여봐란 듯이 냈다거나.

그래도 마을에 대한 불만이라든가, 고향으로 돌아가고 싶다고 할 때의 표정마저 거짓이라고는 도저히 생각되지 않았다.

그리고 그것을 거짓으로 생각지 않는다는 것은, 결과적으로 호로를 진짜라고 믿는 것이다. 악마 들린 소녀의 단순한 임기응변이란 느낌은 전혀 들지 않았다.

로렌스는 문득 한숨을 쉬고는 이제 그만 생각하기로 하고, 자리에서 일어나 짐칸으로 올라탔다. 더 이상 고민한들 뭔가 새로운 사실을 알 수 있는 것도 아니고, 아무리 생각해도 알 수 없을 때는 자면서 시간을 좀 두는 것이 상책이기 때문이다.

호로가 있다 해도 이 모피는 원래 로렌스의 것이다. 주인이 마부석에서 천을 둘둘 말고 자는 것도 말이 안 되는 이야기다. 호로에게 조금만 안으로 들어가라고 한 뒤 로렌스도 모피더미 속으로 파고들었다.

등 너머로 호로의 작은 숨결이 전해져 온다. 로렌스는 당장 결정을 내릴 수는 없다고 대답하긴 했지만, 내일 아침 눈을 떴을 때 만약 호로와 함께 물건이 사라지지 않으면 호로를 장삿길에 데리고 다녀도 상관없을 것 같았다.

로렌스 자신이 생각해도, 호로가 그런 짓을 할 만큼 못되지는 않았을 것 같다. 그랬다면 로렌스가 가진 것 전부를 강탈할 만한 짓을 저질렀을 것이다.

그렇게 생각하자 조금 기대가 되긴 했다.

이러니저러니 해도, 자신 이외의 누군가와 함께 자는 것은 오랜만의 일이었던 것이다. 코가 삐뚤어질 만큼 지독한 짐승가죽 냄새 속이라도, 달콤한 향내가 은은히 나는 아리따운 소녀와 함께라면 기쁘지 않을 리가 없었다.

그런 로렌스의 단순한 심중을 알아챘는지 말이 한숨을 짓듯 푸르륵 울었다.

말을 못한다 뿐이지 사람이 생각하는 바를 저 말도 다 알고 있는지 모른다.

로렌스는 씁쓰레 웃으며 눈을 감았다.

로렌스의 아침은 빠르다. 하루를 최대한 활용하여 돈을 벌어야 하는 상인들은 하나같이 아침 일찍 서두르기 때문이다. 그런데 로렌스가 아침안개 속에서 눈을 떴을 때, 호로는 이미 자리에서 일어나 로렌스 곁에 쭈그리고 앉아서는 뭔가 꼼지락대고 있었다. 순간 자신의 기대를 저버리는 짓을 하고 있는 게 아닌가 했으나, 그런 것치고는 대담하다. 머리를 들고 어깨너머로 돌아보니 아무래도 로렌스의 물건을 뒤지며 옷을 찾고 있던 모양이다. 신발 끈을 묶고 있는 참이었다.

"야, 그거 내 거잖아?"

도둑질을 하려는 건 아니더라도, 남의 물건을 함부로 뒤지는 것은 하느님께서도 야단칠 행위다.

로렌스는 조금 야단치듯이 한마디 했으나, 뒤돌아본 호로는 전혀 주눅 드는 기색이 없었다.

"응? 아, 일어났어? 이거 어때? 잘 어울리지?"

묻는 말에는 듣는 척도 안 하고, 로렌스 쪽으로 돌아서더니 양팔을 벌리며 그러는 것이었다. 주눅 들기는커녕 약간 의기양양하기까지 하다. 그것을 보자 어젯밤 호로의 풀죽은 모습이 꿈만같이 느껴진다. 역시 호로는 유들유들하게 구는 쪽이 원래 모습일 것이다.

참고로 호로가 지금 몸에 걸치고 있는 것은, 로렌스가 마을의 다소 부유한 상인들과 거래를 할 때 입으려고 장만한 단벌옷이다. 남색 긴소매 셔츠에 요즘 유행하는 칠부 조끼, 거기에 삼베와 털가죽을 배합시킨 진귀한 바지. 그 위에 둘러 하반신을 완전

히 덮는 허리싸개에, 그 싸개를 묶는 고급스런 양가죽 허리띠. 신발은 무두질한 가죽을 세 겹이나 겹쳐 눈 내린 산에서도 견딜 수 있도록 튼튼하게 만든 일등품이다. 그 위에 곰가죽의 좋은 부분만 골라 쓴 외투를 걸친다.

행상인은 실용적이고 중후한 옷을 자랑으로 여긴다. 이 정도 갖추는 데, 친척 밑에서 일을 배울 때부터 돈을 모으기 시작해 10년이 걸렸다. 저렇게 차려 입고 수염을 가지런히 한 뒤 흥정에 나서면 대부분 한 수 위로 봐 준다.

호로는 그렇게 대단한 옷을 몸에 걸치고 있는 것이었다.

하지만 화낼 마음은 들지 않는다.

딱 보기에도 사이즈가 큰 옷을 걸친 호로가 그만큼 귀여웠기 때문이다.

"새카만 것이 아주 괜찮은 곰털 외투야. 내 머리색깔이 갈색이라 잘 어울리네. 하지만, 이 바지를 내가 입으려니 꼬리가 거치적거리는데. 구멍 뚫어도 되려나?"

대수롭지 않게 말하지만, 그 바지는 베테랑 모직물 기술자에게 억지로 부탁해 만든 것이다. 구멍을 뚫었다가는 필시 다시는 수선이 불가능할 것이다. 로렌스는 고개를 가로저었다. 힘차게, 가타부타 아무 말도 못하게.

"흠. 그래. 뭐, 사이즈가 크니까 대충 되겠지, 뭐."

호로는 '입은 옷을 모조리 당장 벗으라고 할 리야 없겠지' 하는 표정이다. 설마 이대로 옷을 입은 채 도망치지야 않겠지 하며 로렌스는 일어나 앉아 호로를 주시했다. 마을에 가서 팔아치우면 꽤 돈이 될 것이다.

"당신은 뼛속까지 장사꾼이구만. 자기 얼굴에 나타나는 표정이 어떤 효과를 가져올지 잘 알고 있네."

호로는 웃으면서 말하고는 짐칸에서 훌쩍 뛰어내렸다.

그 동작이 너무 자연스러운 바람에 넋을 잃고 아무 반응도 보일 수 없었다. 그대로 내뺐으면 그냥 놓쳐 버렸을지도 모른다.

하지만 로렌스의 몸이 움직이지 않은 것은, '호로가 도망칠 리 없다'는 확신이 어딘가에 있었기 때문이었을 수도 있다.

"안 도망가. 도망갈 거면 진작 도망갔지."

로렌스는 짐칸의 보리를 한 번 쳐다보고는, 웃으면서 그런 말을 하는 호로 쪽으로 시선을 돌렸다. 아무래도 로렌스의 키에 맞춰 만들어진 곰털 외투를 입기에는 키가 너무 모자란다 싶었는지, 호로는 외투를 벗어 짐칸에 던져 넣었다. 어제는 달빛 아래에서만 봤기 때문에 미처 깨닫지 못했는데, 생각했던 것보다 체구가 작았다. 로렌스는 키가 큰 편인데, 호로는 머리 두 개는 족히 들어갈 만큼 작았다.

그런 뒤 호로는 옷 상태를 이리저리 확인하다가 내친 김에 말한다는 투로 이렇게 물었던 것이다.

"나는 당신과 여행을 하고 싶은데, 안 될까?"

아양을 떠는 구석이라고는 전혀 없는 웃음. 아양을 떨어오면 조금 더 뜸을 들이려고 했는데, 호로는 재미있다는 듯이 그렇게 말했다.

로렌스는 작게 한숨을 지었다.

적어도 좀도둑 같은 짓은 하지 않을 것 같다. 방심해서는 안 되겠지만 같이 다니는 정도는 괜찮겠지. 그리고, 호로와 이대로 헤어져 혼자 길을 떠나게 되면 전보다 더 외로움에 사무칠 것 같았다.

"이것도 무슨 인연이겠지. 좋을 대로 해."

로렌스가 그렇게 말하자 호로는 역시 펄쩍 뛰며 좋아라 하는 것이 아니라 그저 웃기만 했다.

"단, 밥값은 스스로 벌어. 나도 편한 장사를 하고 있는 건 아니니까. 풍작의 신이라고 내 지갑까지 풍년 들게 해주지는 못할 테지?"

"나라고 공짜밥을 얻어먹고 두 다리 쭉 뻗고 잘 만큼 뻔뻔하진 않아. 나는 현랑 호로야. 자긍심 높은 늑대라구."

조금 샐쭉해서 그런 소리를 하니, 바로 어려 보인다. 하지만 그것이 일부러 하는 행동이라는 것을 모를 만큼 로렌스의 눈도 폼으로 달려 있는 것은 아니다.

아니나 다를까, 호로는 곧바로 풋 하고 웃음을 터뜨리더니 깔깔댔다.

"하긴, 자긍심 높은 늑대가 어젯밤 같은 추태를 보인대서야 웃지도 못할 일이지."

자조하듯 말하는 것을 보니, 흐트러진 모습을 보인 건 본심이었던 모양이었다.

"어쨌든 잘 부탁… 어…."

"로렌스. 그래프트 로렌스. 이 바닥에서는 로렌스로 통해."

"응, 로렌스. 앞으로 영원토록 그 이름은 내가 미담(美談)으로 전해주도록 하지."

가슴을 펴며 그렇게 말하는 호로의 머리 위에서 늑대귀가 의기양양하게 까딱댔다. 의외로 솔직히 말하고 있는 것인지도 모른다. 그런 모습을 보니, 유치한 건지 영악한 건지 분간할 수가 없다. 손바닥 뒤집듯 변하는 산속의 날씨 같다.

아니, 그렇게 분간하기가 힘들다는 점 자체가 영악하다는 거겠지. 로렌스는 금방 생각을 고쳐먹고 짐칸 위에서 손을 내밀었다. 상대를 한 사람의 어엿한 존재로 분명히 인정했다는 증거다.

호로는 빙그레 웃으며 그것을 잡는다.

작지만 따뜻한 소녀의 손이었다.

"일단은 말이지, 조만간 비가 올 거거든? 빨리 가는 게 좋을 거야."

"아니…, 그런 얘긴 빨리 해야지!"

로렌스가 버럭 소리를 지르자 말이 놀라서 히히힝 댔다. 어젯저녁의 시점에서는 전혀 비가 올 것 같지 않았는데, 하늘을 올려다보니 확실히 엷게 구름이 덮여 있었다. 허둥지둥 출발 준비를 하는 로렌스를 보며 호로는 깔깔거렸다. 하지만 웃기는 하면서도 능숙하게 짐칸으로 올라가서는 간밤에 깔고 자서 무너진 모피를 잽싸게 한데 모으고 덮개도 씌우는 품이, 일을 막 배우기 시작한 애송이보다 단연 쓸모 있어 보였다.

"강은 상태가 별로야. 조금 돌아가는 게 좋을 거야."

말을 다독이고 통을 정리한 뒤 고삐를 쥐고 마부석에 앉자, 호로도 짐칸에서 훌쩍 올라앉았다.

혼자서는 다소 넉넉했던 그곳도, 둘이 앉으니 약간 좁다.

하지만 추위를 견디는 데는 딱 좋다.

기묘한 두 사람의 나그넷길이 말울음과 함께 시작된 것이었다.

제 2 막

어수같이 퍼붓는다는 말이 딱 맞을 비였다. 점심때가 지난 무렵부터 뒤에서 쫓아온 비에 결국은 따라잡힌 로렌스 일행은 빗줄기로 자욱한 시야 속에서 교회를 발견하고 다행이다 싶어 뛰어들었다. 이곳은 수도원과 달리 로렌스와 같은 행상인이나 여행객, 또는 순례자 등을 재워 주고 무사한 여정을 신께 기도해 주는 대가로 기부를 받아 운영하는 곳이다. 그러니 갑작스럽게 찾아든 로렌스 일행을 쌍수 들고 환영하지는 않았어도 싫은 낯은 전혀 아니었다.

하지만 아무리 그렇더라도 늑대귀와 꼬리가 달린 소녀를 교회 안에서 활보하게 할 수는 없는 노릇이다. 순간적으로 아내라고 둘러댄 뒤, 얼굴에 화상을 입은 탓에 후드를 벗기 싫어한다고 거짓말을 하고는 얇은 외투를 뒤집어 씌워 놓았다.

호로가 외투 밑에서 싱글싱글 웃고 있는 것이 느껴졌으나, 호로도 자신과 교회와의 관계를 알아서 그런지 나름대로 연기를 해냈다. 몇 번인가 교회에 심한 일을 당했다는 얘기도 거짓은 아니리라.

요컨대 호로가 악마 들린 소녀가 아니라 늑대의 화신이라도 교회의 입장에서는 그게 그거다. 교회가 볼 때는 자신들이 받드는 신 이외의 모든 것이 이교도의 신이고, 악마의 끄나풀이니까.

그런 교회의 문지방을 넘어 어렵지 않게 방을 하나 빌린 뒤, 로렌스가 비에 젖은 짐을 정리하고 방으로 돌아오니, 정작 호로는 상반신 알몸이 되어 머리털을 짜고 있었다. 아름다운 갈색머리카락에서 품위 없게 물이 뚝뚝 떨어진다. 구멍투성이 널빤지

마루이니 새삼 물 좀 떨어뜨렸다고 무슨 소리를 듣지야 않겠지만, 로렌스는 어디에 눈을 둬야 할지 그것이 난감하다.

"후후. 내 얼굴의 화상을 찬 비가 식혀 줬네."

그런 로렌스 곁에서, 그 거짓말이 유쾌했던 건지 불쾌했던 건지 호로가 피식 웃는다. 그런 뒤 얼굴에 붙은 머리카락을 치우고는 앞머리를 호쾌하게 쓸어 올렸다.

씩씩한 그런 동작이 확실히 늑대답다 싶고, 물에 젖어 부스스한 머리카락이 늑대의 뻣뻣한 털로 보이기도 했다.

"털가죽은 괜찮았지? 그거 꽤 질 좋은 모피야. 그 담비들이 자란 산에 나 같은 존재도 있을지 몰라."

"비싼 값에 팔릴 것 같아?"

"그야 알 수 없지. 난 모피 상인이 아니라우."

지극히 당연한 대답에 로렌스는 고개를 끄덕이고, 폭삭 젖은 자신의 옷도 벗어서 짜기 시작했다.

"아, 맞다. 그 보리 말인데, 어떡해야 돼?"

그렇게 말하며 웃옷을 짜내고, 이어서 바지도 짤까 하다 호로가 있는 것이 생각나 손을 멈추고 호로 쪽을 보니, 호로는 마치 로렌스 같은 건 그 자리에 있지도 않은 것처럼 훌랑 벗고 옷을 짜고 있다. 왠지 분한 생각이 들어 로렌스도 대담하게 알몸이 되어 옷을 짠다.

"응? 어떡하다니, 뭘?"

"탈곡을 하는 게 나을지, 저대로 두는 게 나을지. 저 보리에 네가 깃들어 있다는 얘기가 사실이라는 가정 하에서."

조금 놀리듯 그렇게 말해 보았으나, 호로는 입끝으로만 살짝 웃었을 뿐 상대해 주지 않았다.

　"내가 살아 있는 한 그 보리가 썩거나 마르는 일은 없어. 하지만 먹거나 태우거나, 짓이겨서 흙속에 묻어 버리면 난 사라지게 될지도 모르지. 귀찮으면 탈곡해 두는 것도 상관없는데, 그 편이 나을지도 모르겠다."

　"그렇군. 그럼 나중에 이삭을 털어서 주머니 같은 데다 넣어 둘까? 그럼 직접 가지고 다닐 수 있잖아?"

　"그럼 나야 좋지. 목에 걸 수 있으면 더 좋고."

　호로가 그렇게 말하자, 얼결에 목 주위로 시선이 가는 바람에 로렌스는 화들짝 시선을 다른 곳으로 돌렸다.

　"그런데 그 보리는 다른 지방에 좀 팔았으면 하거든. 그 정도 보리는 남겨도 될까?"

　기분이 어느 정도 진정되자 그렇게 물어본 직후, 탁탁 소리가 나기에 뭔가 싶어 돌아보니 호로가 꼬리를 기세 좋게 흔들어대고 있었다. 탐스러운 꼬리는 털의 질도 좋고, 정말 물을 잘도 튀긴다. 로렌스는 얼굴에 물이 튀자 눈살을 찌푸렸으나 호로는 전혀 거리낌이 없었다.

　"작물은 제 땅에서 자라야 잘 여무는 게 많아. 그렇지 않으면 금세 말라 떨어지지. 가 봐야 소용없을걸?"

　다 짠 옷을 앞에 두고 잠시 고민하는 표정이던 호로는 갈아입을 옷이 없으니 하는 수 없이 쭈글쭈글한 그 옷을 다시 주워 입는다. 로렌스가 지금 입고 있는 것처럼 싸구려가 아니라 물도 잘 빠진다. 로렌스는 뭔가 좀 부당하다는 느낌이 들었지만, 마찬가지로 다 짠 자신의 옷을 다시 입고 난 뒤 고개를 끄덕였다.

"큰 방으로 나가서 옷을 말리자. 비가 이렇게 오니까 우리 같은 사람들을 위해서 난로에 불을 피워 놨을 거야."

"응. 그거 좋은 생각이네. 읏차."

호로는 그렇게 말하며 얇은 외투로 머리를 푹 가렸다. 가리면서 또 깔깔대고 웃는다.

"뭐가 웃겨?"

"후후. 화상을 입으면 얼굴을 가린다는 생각은 나라면 절대 안 할 발상이라서."

"호오, 그래? 그럼 넌 어떻게 생각할 건데?"

호로는 외투를 살짝 젖혀 얼굴을 내보이더니 자랑스레 말했다.

"그런 화상 역시 '나' 라는 증표. 이 꼬리, 귀와 마찬가지. 당연히 둘도 없는 나의 증표로 삼아야지."

'아, 그렇군' 하며 그런 말투에 약간 감탄이 된다. 반면 그거야 호로가 실제로 그런 상처를 입어 보지 않으니까 할 수 있는 말이 아닌가— 하는 삐딱한 생각도 들었다.

그런 마음속에 호로의 말이 날아들었다.

"당신이 무슨 생각을 하는지 다 알아."

외투 속에서 호로가 장난스럽게 웃었다. 씨익 웃자, 끌려올라간 입술 오른쪽 가장자리에서 날카로운 송곳니가 드러났다.

"시험 삼아 한번 상처를 입혀 볼래?"

호로의 그런 도전적인 표정에 로렌스는 오기를 부려보고 싶은 마음이 없지 않아 들긴 했으나, 여기서 로렌스가 호로의 도발에 넘어가 단검을 꺼내들었다간 정말로 빼도 박도 못하게 될지 모른다.

호로는 별 뜻 없이 솔직히 그런 말을 한 모양이다. 다만, 일부러 도발적으로 말한 것은 장난에서였으리라.

"나도 남자야. 그런 깨끗한 얼굴에 상처 나게 할 수야 없지."

그런 식으로 대답했더니, 호로는 기대한 선물을 받은 것처럼 웃고는 장난스럽게 몸을 붙여왔다. 그 순간, 어딘지 모르게 달콤한 냄새가 물씬 풍겨 로렌스의 몸을 자극한다. 얼결에 손이 움직여 끌어안을 뻔했다.

그런데 호로는 그런 로렌스에게는 아랑곳없이 노골적으로 코를 킁킁대더니 조금 떨어져서 이렇게 말했다.

"당신은 비에 젖었는데도 아직도 냄새가 나네. 늑대인 내가 하는 말이니까 틀림없어."

"윽, 이!"

거의 본심에서 주먹을 날렸으나, 폴짝 피하는 바람에 헛발을 딛는다. 호로는 생글생글 웃으며 고개를 갸웃대더니 말을 이었다.

"늑대도 털은 다듬어. 당신도 꽤 괜찮은 남자 같은데, 몸단장에도 신경 좀 써."

놀리는 건지 본심인지 알 수 없었으나 호로 같은 소녀에게 그런 말을 들으니 그래야겠다는 생각도 약간 든다. 여태 몸단장이라고는 장사할 때 유익하게 작용하느냐 마느냐, 그런 점만 기준해서 판단해 왔지, 그것이 여자의 마음에 들지 어떨지는 생각해 본 적도 없었다.

상대가 여자상인이라면 그럴 수도 있었겠으나, 공교롭게도 여자상인은 본 적이 없다.

뭐라고 대꾸를 해줘야 할지 알 수가 없었다. 그래서 로렌스는 딴청을 부리며 입을 꾹 다물었다.

"뭐, 그 수염은 내가 보기에도 괜찮아."

아래턱을 딱 덮을 정도로 기른 수염은 꽤 평판이 좋았다. 그 점은 솔직히 받아들이며 로렌스는 약간 뿌듯해서 호로 쪽으로 돌아섰다.

"하지만 난 약간 더 긴 게 좋은데."

수염이 긴 상인은 인상이 별로다. 로렌스는 반사적으로 그렇게 생각했는데, 호로는 집게손가락 두 개를 들어 코 옆에서 뺨 쪽으로 찍찍 선을 그었다.

"이렇게, 늑대처럼."

그제야 놀리고 있다는 것을 알아챈 로렌스는 어른스럽지 못하다는 것을 알면서도 호로를 무시하고 문 쪽으로 걸어갔다.

호로가 깔깔대며 쫓아온다.

하지만, 주거니 받거니 하는 이런 대화가 물론 싫지는 않았다.

"난로 앞에는 다른 사람들이 있을 테니까 들키지 않게 조심해."

"나는 현랑 호로야. 그리고 파슬로에 마을에 당도하기 전에는

사람의 모습으로 여행을 한 적도 있다구. 알아서 할 테니 걱정
마."

돌아보니 호로는 외투 아래로 귀를 감추고, 의욕이 철철 넘치
고 있는 듯했다.

뚝 떨어진 마을과 마을 사이에 드문드문 자리한 이런 교회나
싸구려 여인숙은 상인에게는 중요한 정보 수집의 장소다. 특히
교회에는 다양한 사람들이 찾아온다. 여인숙에는 골수 상인이나
돈 없는 나그네들만 묵지만, 교회에는 마을의 맥주 기술자부터
부자들까지 숙박객이 다양하다.

로렌스와 호로가 뛰어 들어온 교회에도 먼저 온 손님과 나중
에 온 손님을 합해 열두 명이 있었다. 딱 보니까 몇몇은 상인, 나
머지는 각자 다른 직업을 갖고 있는 듯했다.

"호오, 그럼 요렌츠 쪽에서?"

"예에. 그쪽에서 소금을 부탁하셔서 그것을 납품하고, 대신 담
비털을 받아오는 길입니다."

제각기 바닥에 털썩 주저앉아 옷에 있는 벼룩을 눌러죽이거나
밥을 먹거나 하는 와중에, 웬 노부부만이 의자에 앉아 난로 앞을
독점하고 있었다. 말이 큰 방이지 별로 넓지 않기 때문에 열두
명이 난롯가를 다투지 않더라도 장작이 지펴지고 있는 한 옷은
마른다. 그런데 척 보기에도 노부부의 옷은 젖은 흔적조차 없는
것을 보면, 아마 기부를 잔뜩 했으니 이 자리에 있는 게 당연하

다고 여기는 종류의 부자일 것이다.

여행의 피로 탓인지 말수가 적은 아내 대신 대화에 끼어든 로렌스를 초로의 남자는 흔쾌히 환영해 주었다.

"그나저나, 지금부터 다시 요렌츠로 돌아가려면 고되지 않겠습니까?"

"그 점이 바로 상인의 지혜에 달린 것이지요."

"허어, 흥미롭군요."

"요렌츠에서 소금을 매입했을 때 저는 그쪽에 돈을 지불하지 않습니다. 그 소금을 산 거래처의 다른 마을에 있는 지점에 거의 같은 액수의 보리를 팔았기 때문입니다. 그 지점에서 보리 대금을 받지 않은 대신, 소금 값을 내지 않은 것이지요. 돈을 주고받지 않으면서도 두 개의 계약이 완수된 것입니다."

백 년도 더 전에 남쪽의 상업국가에서 발명된 어음제도다. 로렌스도 스승인 친척 행상인에게 그 이야기를 들었을 때 엄청 감동했다. 하지만 그것을 이해하기 위해 2주일은 머리를 싸매고 고민해야 했다. 눈앞의 초로의 남성도 한 번 듣고서는 이해가 가지 않는 듯했다.

"어허, 그것 참… 희한하군요."

그렇게 말하며 거듭 머리를 끄덕였다.

"나는 페렌초라는 마을에 사는데, 우리 포도원의 포도를 사고팔 때는 그런 희한한 방법을 쓴 적이 없습니다. 우리가 써도 되는 걸까요?"

"이런 제도를 '어음'이라고 하는데, 이건 다양한 지방 사람들을 상대로 장사를 하는 상인들이 개발해낸 겁니다. 포도원을 소유하신 영주님이시면, 혹시 포도주 업자가 질 좋은 포도를 별로라며 싸게 사려고 드는 것만 주의하시면 되겠지요."

"음. 해마다 그것 때문에 언쟁이 붙곤 합니다."

말은 웃으면서 하지만, 실제로는 이 영주에게 고용된 회계 담당이 얼굴에 핏대를 올려가며 산전수전 다 겪은 포도주 업자와 실랑이를 하고 있을 것이다. 포도원 소유주는 귀족인 경우가 많으나, 귀족이 직접 땅을 경작하거나 돈 얘기를 하는 경우는 거의 없다. 파슬로에 마을과 그 인근을 다스리는 엘렌도트 백작은 그런 점에서 상당히 별난 부류에 속한다.

"로렌스 씨라고 하셨던가요? 다음에 페렌초 부근에 오시게 되면 꼭 우리 집을 찾아 주십시오. 기꺼이 환영하겠습니다."

"예에, 꼭 그리하겠습니다."

페렌초에 사는 아무개라고 하지 않은 것은 귀족으로서의 버릇일 것이다. 자신이 이름을 대지 않아도 상대방이 당연히 이름을 알고 있을 것이라는 생각에, 스스로 이름을 대는 것을 품위 없는 짓으로 여기는 것이다.

또한, 필시 페렌초에 가서 포도원의 영주를 찾으면 이 사람밖에 없을 것이다. 어쩌면 페렌초 지역에서였으면 로렌스 같은 사람이 쉽게 말을 붙여 볼 상대가 아닐지도 모른다. 교회는 이런 사람들과 연줄을 맺어 두는 데도 안성맞춤인 장소다.

"그럼, 집사람이 좀 피곤한 모양이라 먼저 실례하겠습니다."

"신께서 또다시 인도해 주시기를."

교회에서 쓰는 상투적인 말이다. 남자는 자리에서 일어난 아내와 함께 소곤소곤 이야기를 하며 큰방에서 나갔다. 로렌스는 권하는 대로 구석에서 가져와 앉았던 의자에서 일어나, 부부가 앉아 있던 의자 두 개도 함께 구석에 갖다 놓았다.

큰 방에서 의자에 앉는 것은 귀족이나 부자, 또는 기사다. 죄다 사람들의 눈총을 사는 상위 세 계급이다.

"헤헤, 나리. 참 대단하십니다."

의자를 정리한 뒤 방 한가운데쯤 앉아 있는 호로 곁으로 돌아가자 훌쩍 다가오는 남자가 있었다. 옷차림과 몸집으로 보아하니 동종업자일 것이다. 단, 수염 아래에 있는 얼굴은 젊다. 독립한 지 아직 얼마 안 됐을 것으로 짐작된다.

"어딜 가나 흔한 장사꾼이지, 뭐."

로렌스는 무뚝뚝하게 대답했으나, 로렌스를 사이에 두고 남자와 정반대에 앉은 호로는 약간 자세를 고쳐 앉았다. 그때 머리에 쓰고 있던 외투가 조금 움직였지만, 귀가 움직여서 그랬다는 것을 아는 것은 로렌스뿐이리라.

"웬걸요. 저도 아까부터 노렸는데 통 대화에 끼어들 수가 없었습니다. 나리는 그걸 가뿐히 해내시던걸요. 앞으로 나리 같은 분을 상대로 장사를 해나가야 한다고 생각하니 주눅부터 듭니다."

하며 남자가 히죽 웃었다. 빠진 앞니가 보이는 것이 애교스럽다. 어쩌면 일부러 이를 빼서 바보스러운 웃음을 지으며 신출내기라는 것을 강조하고 있는지도 모른다. 상인이라면 상대방에게 자신의 얼굴이 어떤 인상을 줄 것인지 반드시 파악하고 있을 터이기 때문이다.

방심해선 안 되겠군.

하지만 로렌스는 자신 역시 신출내기 시절에는 남자가 한 말과 똑같은 생각을 했었던 터라 그 점에는 동의했다.

"뭘. 나도 처음 시작했을 때는 행상인들이 죄다 괴물로 보였지. 지금도 반 수 이상은 괴물이야. 그래도 어떻게든 목구멍에 풀칠은 하게 되더군. 열심히 하면 되는 거야."

"헤헤, 그리 말씀해 주시니 안심이 되네요. 아. 제 이름은 제렌이라고 합니다. 보시다시피 신출내기 장사꾼입죠. 잘 부탁드리겠습니다."

"로렌스일세."

예전에 신출내기 시절에는 로렌스도 상인들과 안면을 익혀 두고 싶어서 무작정 말을 걸곤 했는데, 다들 반응이 쌀쌀맞아 울컥한 적도 있었다. 하지만 지금 이렇게 이제 막 시작한 행상인이 말을 걸어오는 입장이 되고 보니 냉대를 당한 것도 이해가 간다.

신출내기 행상인은 자신은 얻기만 하고 상대방에게 내놓을 것이 아무것도 없기 때문이다.

"어…. 아, 그쪽 분은 일행이십니까?"

역시 내놓을 건 아무것도 없는 것인지, 아니면 신출내기들이 으레 그렇듯 그렇게 하면 아무것도 내주지 않고 자기만 득을 볼 수 있을 거라 착각하고 있는 것인지, 그런 화제로 말문을 열었다. 만약 이것이 노련한 상인들끼리라면 이미 두세 군데 지방의 물품정보는 교환했으리라.

"아내인 '호로' 일세."

순간 가명을 쓸까 망설였으나 그럴 필요는 없겠다 싶어 그렇게 말했다.

호로는 이름이 불리자 작게 움츠리듯이 인사를 했다.

"헤에, 부부가 나란히 행상을 다니십니까?"

"좀 별스런 아내라, 집에 있는 것보다 마차 위가 더 좋다고 하네."

"그나저나, 외투를 푹 쓰게 하신 걸 보니 나리도 상당한 애처가이신 모양입니다?"

능숙한 말솜씨에 약간 감탄을 하고 마는데, 원래 마을의 건달 출신인지도 모른다. 적어도 로렌스는 친척 행상인에게서 이런 종류와는 말을 트지 말라고 배웠다.

"헤헤. 하지만 감추면 보고 싶어지는 것이 남자의 본능. 이렇게 만난 것도 다 신께서 인도하신 덕인데, 꼭 좀 한 번 뵐 수 없을까요?"

'거참, 뻔뻔스럽네.' 호로가 진짜 아내인 것도 아닌데 로렌스는 그런 생각이 들었다.

하지만, 로렌스가 뭐라고 한마디 하기 전에 당사자인 호로가 입을 열었다.

"여행은 떠나기 전이 가장 즐겁고, 개는 짖어대는 소리만 가장 무섭고, 여자는 뒷모습이 가장 아름다운 법입니다. 선뜻 획 벗었다가는 남의 꿈을 깨뜨리게 되지요. 저는 그런 짓은 못합니다."

그렇게 말하며 호로가 외투 아래에서 살짝 웃자, 제렌은 그런 호로의 말에 넘어간 듯 겸연쩍게 웃었다. 하긴, 술술 유창한 말에 로렌스도 감탄했을 정도니까.

"헤헤…. 그것 참, 대단한 부인이십니다."

"나야 무시 당할까 봐 전전긍긍이지."

반 이상 로렌스의 본심이었다.

"음. 이렇게 두 분을 만난 것도 다 틀림없이 신께서 인도하신 덕분이겠지요. 잠시 제 얘기 좀 들어 주시겠습니까?"

침묵이 감돌기 시작한 순간, 제렌은 그렇게 말하며 앞니 빠진 얼굴을 로렌스에게 바싹 가져다 댔다.

보통 여관과 달리, 교회는 방은 빌려줘도 식사까지 제공해 주지는 않는다. 단, 기부를 하면 화로를 쓸 수 있으니, 로렌스는 기부를 하고 물이 담긴 냄비 속에 감자를 다섯 알쯤 던져 넣었다. 물론 불 피울 때 쓰는 장작은 별도 요금이다.

다 삶아지려면 좀 기다려야 할 것 같아, 그 사이에 호로가 깃들어 있다는 보리를 보리이삭에서 대충 털어 안 쓰는 가죽주머니에 적당히 담았다. 감자, 장작, 가죽주머니, 가죽 끈. 합하면 무시할 수 없는 금액이므로, 로렌스는 호로에게 얼마를 청구할까 속으로 계산하면서 다 삶아진 감자를 들고 방으로 돌아갔다.

양손으로 들고 있어 노크도 하지 않았으나, 늑대귀를 가진 호로는 발소리만으로 누가 오는지 알 수 있는 모양이다. 로렌스가 방 안으로 들어가도 뒤도 돌아보지 않고 침대 위에서 느긋이 꼬리털을 다듬고 있는 것이었다.

"응? 좋은 냄새가 나는데?"

귀만큼 코도 발달했는지 그렇게 말하며 고개를 들었다.

감자 위에는 염소젖으로 만든 치즈가 약간 얹어져 있다. 혼자였으면 하지 않을 사치지만, 둘이라 조금 신경 써 봤다. 호로의 반응도 열광적이니 이렇게 하길 잘했다 싶다.

로렌스가 침대 옆 탁자 위에 감자를 내려놓자 호로는 침대 위에서 잽싸게 손을 뻗으려 든다. 하지만 그 손이 감자를 잡기 전에 로렌스는 보리가 든 가죽주머니를 던졌다.

"앗. 아, 보리?"

"자, 가죽 끈도. 잘 연구해서 목에 걸 수 있게 해봐."

"음. 고마워. 하지만 이게 먼저지."

하며 로렌스가 놀랄 만큼 가죽주머니와 가죽 끈을 아무렇게나 옆에 두고는, 이 얼마나 기다렸던 것이냐 하는 표정으로 감자에 손을 뻗었다. 식욕이 최우선인 성미인가 보다.

호로는 큼지막한 감자를 하나 집더니 재빨리 둘로 쪼갰다. 쪼갠 즉시 피어오르는 김에 행복한 웃음을 짓는다. 꼬리를 파닥대는 품이 개와 닮아 우스웠지만, 그런 소리를 했다가는 틀림없이 화를 낼 것 같아 로렌스는 아무 말 않기로 했다.

"늑대도 감자가 맛있게 느껴지나?"

"그럼. 우리라고 일 년 내내 고기만 먹을 수 있는 건 아니거든. 나무순도 먹고, 물고기도 먹어. 사람이 기른 야채는 나무순보다 맛있지. 그리고 고기나 야채를 불에 굽는 발상도 나는 마음에 들어."

고양이는 뜨거운 것을 못 먹는다던데, 늑대는 꽤 튼튼한 모양이다. 아직 김이 모락모락 나는 그것을 두어 번 후후 불고는 획획 입안으로 던져 넣는다. 하지만 한 번에 저렇게 많이는 못 먹을 텐데— 하는 생각을 하고 있노라니 아니나 다를까 목이 멘 모양이었다. 물이 든 가죽주머니를 던져 주자 호로는 급한 불을 끈다.

"휴우. 죽는 줄 알았네. 사람 목은 여전히 좁구만. 불편해."

"늑대는 통째로 삼키지?"

"응. 이거, 바로 이게 없으니까 오래 씹을 수가 없거든."

호로는 손으로 입술 가장자리를 잡아당겼다. 뺨을 가리키는 것이리라.

"그런데 난 옛날에도 감자를 삼키다 목이 멘 적이 있었어."

"그래?"

"나랑 감자는 궁합이 안 맞는가 봐."

그냥 목에 걸린 거겠지, 하려다 말았다.

"그러고 보니."

대신 로렌스는 다른 말을 꺼냈다.

"너, 거짓말을 분간할 수 있다던가 하지 않았어?"

로렌스가 그렇게 묻자, 호로는 치즈를 우물대면서 로렌스 쪽을 돌아보고 대답을 하려다가는 다음 순간 문득 시선을 다른 쪽으로 돌리더니 한 박자 늦게 손을 움직였다.

"왜 그래?"하고 로렌스가 물을 틈도 없이 순식간에 일어난 일이다. 호로의 손은 뭔가를 잡은 듯한 형태로 공중에 멈춰 있었다.

"아직도 벼룩이 있네."

"좋은 털이니까. 온도도 딱 맞고."

모직물이나 팔다리가 긴 모피를 운반할 때는, 계절에 따라서는 연기를 피워야 할 정도로 벼룩이 극성을 부릴 때가 있다. 로렌스는 그것을 연상하며 한 말인데, 그 소리를 들은 호로는 놀란 표정을 짓더니 즉시 가슴을 젖히며 뿌듯한 얼굴이 되었다.

"당신도 이 꼬리가 좋은 걸 알다니, 꽤 보는 눈이 있구만."

어린애처럼 의기양양하게 말하는 것을 보고 로렌스는 무엇을 연상했었는지는 말하지 않기로 결심했다.

"그런데, 거짓말인지 아닌지 분간할 수 있다는 건 사실이야?"

"응? 아아, 대충은."

벼룩을 눌러 죽인 손가락을 닦고 호로는 다시 감자를 야금거린다.

"어느 정도 알 수 있는데?"

"뭐, 당신이 칭찬할 마음도 없이 내 꼬리 얘기를 했다는 걸 알 정도는 되지."

로렌스가 뜨끔해서 입을 다물자 호로는 재미있다는 듯이 웃었다.

"백발백중은 아니지만. 믿고 안 믿고는… 뭐, 당신한테 달렸지."

손가락에 붙은 치즈를 핥으며 약간 장난스런 웃음을 띠고 말하는 호로의 모습은 마치 판타지 이야기에 나오는 요정이나 꼬마 악마 같았다.

로렌스는 다양한 의미에서 약간 기가 죽었으나, 너무 반응을 보였다가는 그것을 기화로 뭔 소리를 들을지 모른다. 정신을 가다듬고 뒷말을 이었다.

"그럼 좀 묻겠는데, 아까 그 애송이가 한 얘기, 어떻게 생각해?"

"애송이?"

"난로 있는 방에서 말을 걸어왔던 그 녀석 말이야."

"아~. 후후, 애송이라고?"

"뭐가 우스워?"

"내가 보기엔 둘 다 애송인데."

섣불리 뭐라 대꾸했다가는 또 어떻게 농락당할지 모르는 터라 로렌스는 목구멍 밖으로 튀어나오려던 말을 꾹 눌러 삼켰다.

"크흐. 당신 쪽이 쪼끔 더 어른이긴 하지. 그 애송이가 한 얘기, 거짓말이라고 나는 생각해."

호로의 말에 로렌스는 즉시 머리가 냉정해져서 '역시.' 하고 속으로 중얼거렸다.

난로가 있던 방에서 말을 걸어와서는 자신을 제렌이라고 소개한 젊은 행상인이 로렌스에게 약간 그럴 듯한 돈벌이 얘기를 꺼냈던 것이다.

현재 발행되고 있는 은화가 조만간 은 함유량을 늘려서 재발행된다는 이야기였다. 만약 그 이야기가 사실이라면, 기존의 은화는 질이 떨어지는데도 질 좋은 은화와 같은 가치를 갖게 된다. 하지만 다른 화폐와 비교해 볼 때, 경쟁력이 강한 것은 은 함유량이 높은 새로운 은화다. 요컨대, 새로운 은화가 은 함유량을 늘려 재발행된다는 것을 미리 알면, 기존의 은화를 대량으로 사들였다가 새로운 은화와 교환함으로써 차액만큼 한몫을 잡게 된다는 이야기인 것이다. 제렌은 세상에 유통되는 수많은 화폐 중 어느 화폐에 이런 계략이 쓰일 것인지를 알려주는 정보의 대가로, 한몫 잡고 난 뒤 얼마간 떼어달라고 했다. 아마 눈여겨본 상인들 몇몇에게 그런 말을 했을 텐데, 로렌스는 당연히 그 말을 곧이곧대로 믿지는 않는다.

호로는 그때 곁에서 듣고 있었을 이야기를 떠올리려는 듯이 먼 산을 보더니, 손에 들고 있던 감자조각을 입안에 휙 던져 넣고 꿀꺽 삼켰다.

"어디가 거짓말인지 자세한 내용에 대해서는 모르겠지만."

로렌스는 고개를 끄덕인 뒤 생각에 잠겼다. 물론 거기까지는 기대도 하지 않는다.

그런 계획이 있는 것 자체가 거짓이 아니라면, 결과적으로 제렌의 거짓말은 은화에 관한 부분이 된다.

"화폐에 대한 투기 자체는 종종 있는 일이야. 하지만…"

"거짓말을 하는 이유를 알 수 없다. 그거지?"

감자의 싹을 파낸 뒤 나머지 부분을 입에 넣으며 로렌스는 한숨을 지었다.

호로는 이미 로렌스를 깔보고 있는지도 모른다.

"거짓말을 할 때 중요한 것은 그 거짓말의 내용이 아니라, 어째서 거짓말을 하느냐 하는 그 상황이지."

"내가 그걸 깨닫는 데 몇 년이 걸린 줄 알아?"

"흐흥. 당신은 제렌이라는 그 남자를 애송이로 여기는 모양인데, 내가 보기엔 둘 다 거기서 거기야."

의기양양하게 말하는 호로였으나, 로렌스는 이때만큼은 호로가 사람이 아니기를 간절히 빌고 싶은 심정이었다. 자신이 고생고생해서 얻은 지혜를, 저렇게 새파랗게 젊은 호로가 다 알고 있다면 로렌스는 아무 데도 설 자리가 없어진다.

그런 생각을 하고 있는데 호로가 뜻밖의 말을 던졌다.

"만약 내가 없었다면 당신은 어떻게 판단했겠어?"

"음…. 거짓인지 진실인지 그 판단은 보류하고, 일단 제렌의 이야기에 관심 있는 척을 하겠지."

"그건 왜지?"

"진실이면 그대로 돈을 벌게 되니 좋고, 거짓인 경우에는 누가 무슨 짓을 꾸미는지를 알아내서 주의 깊게 뒤를 파다 보면 대개 한몫 잡을 수 있게 되니까."

"응. 그럼, 내가 당신 옆에 있으면서 그 얘기는 거짓이라고 가르쳐 준다면?"

"응?"

뭔가에 홀린 것만 같았는데, 마침내 무슨 뜻인지 깨달았다.

"…아."

"후후. 당신은 처음부터 망설임 같은 건 없었어. 어차피 관심 있는 척할 거잖아?"

히죽대는 호로에게 로렌스는 끽소리도 할 수 없었다.

"여기 남은 감자는 내 거다."

호로는 침대 위에서 손을 뻗어 감자를 잡더니 생글생글 웃으며 둘로 쪼갰다.

로렌스는 기분이 상해, 눈앞에 있는 두 개째 감자를 쪼갤 마음도 들지 않았다.

"난 현랑 호로거든. 당신의 몇 십 배는 살았을걸?"

그런 식으로 신경 써 주는 게 더 부아가 나서, 로렌스는 감자를 잡더니 힘껏 으스러뜨렸다.

왠지 친척 행상인 밑에 제자로 들어간 시절이 떠올랐던 것이다.

이튿날, 바깥은 아름다운 가을 날씨였다. 교회의 아침은 상인들의 아침보다도 더 빨라서, 로렌스가 눈을 떴을 때는 이미 아침 일과가 끝나 있었다. 그 점은 이미 알고 있는 것이라 대수롭지 않았으나, 바깥 우물에서 세수를 하고 있노라니 방에서 모습이 보이지 않아 바깥에 있는 뒷간에라도 갔나 했던 호로가 교회 사람들과 함께 성당에서 나오는 것에는 깜짝 놀랐다. 외투를 머리에 푹 쓰고 고개 숙인 자세로 걷고는 있었으나, 이따금씩 신도들과 친한 듯이 대화를 나누고 있다.

풍작의 신 따위는 인정하지 않는 교회 사람과, 당사자인 풍작의 신이 친밀하게 수다를 떠는 광경은 그야말로 어이없는 웃음이 나올 만한 것이었으나, 유감스럽게도 그것을 즐길 만큼 로렌스의 간은 크지 않았다.

신도들과 작별을 하고, 우물가에 멍하니 서 있는 로렌스 쪽으로 조용히 걸어온 호로는 작은 두 손을 가슴 앞에 모으고는 조그맣게 말하는 것이었다.

"우리 서방님의 간이 커지게 해주시옵소서."

로렌스는 겨울이 머지않은 가을 아침의 찬 우물물을 머리에 확 뒤집어쓰면서, 깔깔대며 웃는 호로의 웃음소리가 들리지 않는 척했다.

"그나저나, 여기도 대단해졌네."

호로가 어젯밤 꼬리를 흔들어 물을 털어낸 것처럼 로렌스도 머리를 붕붕 흔들어 물을 털었는데, 호로는 신경 쓰지 않는 눈치다. 느긋하게 그런 말을 한다.

"교회는 옛날부터 대단했잖아?"

"아니, 아니지. 내가 북쪽에서 여기로 왔을 무렵엔 그렇지도 않았거든. 적어도 유일신이 열두 명의 천사와 함께 세상을 만들고, 사람은 그렇게 만들어진 세계를 빌려 쓰고 있다는 그런 과장된 얘기는 안 했어. 자연은 누가 만들 수 있는 게 아니거든. 대체 언제부터 교회가 희극을 연출하게 됐나 싶을 정도야."

가끔 전해 듣는 자연학자의 교회 비판과 비슷한 말이긴 한데, 몇 백 년 동안이나 풍작을 관장한, 자칭 현명한 늑대가 하는 얘기라 흥미롭다. 로렌스는 몸을 닦고 옷을 입었다. 옆에 있는 기부함에 기부를 하는 것도 잊지 않는다. 교회 사람들은 누가 우물을 썼다 하면 바로 기부함을 들여다본다. 그러다 혹시 돈이 들어 있지 않으면 불길한 소리를 해서 사람을 불안하게 만드는 것이다. 마을에서 마을로 떠도는 로렌스로서는 불길한 소리를 들었다가는 견딜 수가 없다.

물론 기부함에 넣은 돈은 거무튀튀하고 닳아빠진, 지갑 속에 든 것 중 가장 싼 동전이라 할 조악한 동화(銅貨)이긴 했지만.

"이것도 시대의 변화란 걸까. 이 정도면 상당히 많이 변했을 것 같네."

라는 건 고향 얘기인지도 모른다. 외투 아래로 풀 죽은 모습이 전해졌기 때문이다.

로렌스는 호로의 머리를 가볍게 톡톡 쳤다.

"너 자신은 변했어?"

"……."

호로는 묵묵히 고개를 저었다. 이런 몸짓은 정말 어린애 같다.

"그럼 고향도 변하지 않았겠지."

아직은 애송이 축에 들긴 해도 얼마간은 나이를 먹었다. 각지를 돌아다니며 많은 사람들과 만났고, 다양한 경험을 쌓은 덕에 비로소 할 수 있는 말을 호로에게 해주었다.

예컨대 가출이나 거의 다름없이 고향을 뛰쳐나온 행상인일지라도, 행상인이라면 누구나 고향을 소중히 여긴다. 타지에서 의지할 수 있는 것은 같은 고향 출신들밖에 없기 때문이다.

그런 행상인들이 이미 몇 년씩이나 고향에 돌아가지 않은 이

들에게 하는 말이 그것이었다.

호로는 고개를 끄덕이더니 외투 아래로 얼굴을 살짝 내밀었다.

"내가 당신에게서 위로를 받다니, 현랑의 이름에 금이 가겠네."

웃으면서 그렇게 말하긴 했어도, 뒤로 돌아 방으로 가며 곁눈질하던 호로의 눈빛은 로렌스에게 감사의 인사를 하고 있는 듯이 보였다.

철두철미하게 머리가 잘 돌아가고, 나이 든 현인처럼 행동한다면 로렌스도 나름대로 대응할 수 있다.

그러나 때때로 내보이는 어린애 같은 몸짓에는 어찌 해야 할 바를 모르겠는 것이다.

로렌스는 올해 나이 스물다섯이다. 마을에 살았더라면 아내를 얻어 아이와 함께 교회의 설교를 들으러 다닐 연령이고, 인생도 중반을 넘긴 나이다. 호로의 그런 행동은 독신인 로렌스의 빈틈을 가차 없이 파고든다.

"거참, 빨리 와. 뭐하고 섰어?"

조금 떨어진 곳에서 호로가 뒤를 돌아보며 소리쳤다.

만난 지 아직 이틀밖에 되지 않았는데, 전혀 그런 것 같지가 않았다.

로렌스는 결국 제렌이 한 제안을 받아들이겠다는 뜻을 전했다.

　다만 제렌이 로렌스와 구두약속만으로 정보를 전부 가르쳐 줄리 없을 테고, 로렌스 역시 제렌에게 전액을 내어줄 수는 없는 노릇이다. 어차피 모피를 돈으로 바꾸기도 해야 했으므로, 결국 강변의 도시인 파치오에서 공증인 입회하에 정식 계약서를 교환하기로 했다.

　"그럼 저는 먼저 가 보겠습니다. 파치오에 도착해서 한숨 돌리시고 나면 요렌드라는 술집으로 와 주십시오. 저하고 연락을 취할 수 있을 겁니다."

　"알았네. '요렌드'지?"

　제렌은 애교스러운 웃는 얼굴로 인사를 하고는 말린 나무열매가 든 마대자루를 짊어지고 먼저 길을 나섰다.

　신출내기 행상인이 맨 먼저 하는 일은, 장사도 장사지만 우선은 다양한 지역에 가서 그 지방에 대한 지식을 쌓고 동시에 자신의 얼굴을 알리는 것이었다. 그때 가지고 다니는 것으로는 오래 보관이 가능하면서도 교회나 여관에 팔면서 이야깃거리를 만들어낼 수 있는 나무열매나 육포가 좋다.

　로렌스도 이 짐마차를 손에 넣기 전까지의 일이 떠올라 제렌의 뒷모습이 약간 정겹게 느껴졌다.

　"같이 안 가고?"

　호로가 대뜸 그렇게 물은 것은 제렌의 모습이 시야에서 사라지고 얼마 되지 않아서였다. 그때까지 무엇을 하고 있었느냐 하면, 주위에 아무도 없는 것을 기회로 당당히 꼬리털을 다듬고 있었다.

그에 비해 귀를 감추기 위해 외투를 뒤집어쓰고 있는 탓인지, 흐르듯 매끄러운 갈색 머리털은 무심하게 헝클어지지 않도록 가느다란 마끈으로 묶고 있을 뿐이었다. 하다못해 빗질이라도 하면 좋을 텐데, 하고 로렌스는 생각했으나 유감스럽게도 빗 같은 건 갖고 있지 않다. 파치오 항구에 도착하면 빗과 모자를 사 줄까 하는 생각이 들었다.

"어제 비가 내렸잖아? 땅이 질퍽거리니까 짐마차보다 걷는 게 더 빨라. 구태여 느린 짐마차로 같이 갈 건 없지 않겠어?"

"하긴 그렇군. 상인은 시간에는 까다로우니까."

"시간은 돈이야."

"우후후. 재미있는 말이로군. 시간은 돈이라."

"시간이 있으면 그만큼 돈을 벌 수 있잖아?"

"응. 맞는 말이야. 그래도 난 그런 생각은 안 드는데."

말을 한 뒤 호로는 다시금 꼬리 쪽으로 시선을 떨어뜨렸다.

그대로 드리우면 무릎 뒤를 넘을 만큼 멋진 꼬리다. 아주 탐스러운 것이, 털을 깎아 팔면 상당한 돈이 될 것 같다.

"네가 몇 백 년씩 지켜봐 온 농부들도 시간에는 정확하잖아?"

로렌스는 말을 하고 난 뒤 괜히 이런 화제를 꺼냈나 싶었는데, 호로는 시선만 로렌스에게 던진 채 '빚 하나 생겼다' 하는 떨떠름한 표정으로 웃는 것이었다.

"흥. 당신은 대체 뭘 본 거야? 그네들은 시간에 정확한 게 아냐. 공기에 정확한 거지."

"…뭔 소린지."

"알아? 그네들은 새벽 공기에 잠에서 깨어나, 아침 공기에 밭을 갈고, 낮 공기에 김을 매지. 비 오는 공기에 새끼를 꼬고, 바람 부는 공기에 작물 걱정을 한다구. 봄 공기에 싹이 나는 것을 반기고, 여름 공기에 잘 자라는 것을 기대하고, 가을 공기에 수확을 기뻐하며, 겨울 공기에 봄을 애타게 기다리는 거야. 오로지 공기에만 신경 쓴다구. 나도 그렇지만."

호로의 말뜻이 전부 이해되지는 않았으나, 듣고 보니 납득이 가는 점도 있다. 로렌스가 감탄하듯이 고개를 끄덕이자 호로는 그것을 보고 의기양양하게 가슴을 쭉 펴더니 코를 흥흥대는 것이었다.

이 자칭 현랑은, 적어도 은자(隱者)나 현인(賢人)처럼 겸허하고자 하는 마음은 털끝만큼도 없는 모양이었다.

그때 길 건너편에서 도보 행상인처럼 보이는 이가 걸어오는 것이 눈에 들어왔다.

호로는 머리에 외투를 쓰긴 했으나, 꼬리는 감추려고도 들지 않았다.

행상인은 그대로 스쳐지나가며 호로의 꼬리를 물끄러미 보기는 했으나, 딱히 아무 말도 하지 않았다.

설마하니 그것이 호로의 꼬리란 생각은 하지 못했을 것이다. 로렌스도 같은 상황에 처했다면, 무슨 모피인가 하고 값을 따져 보는 정도였으리라.

아무리 그래도, 실제로 그렇게 태연한 얼굴로 내놓고 있어도 되는가 하는 문제는 별개였다.

"당신은 머리회전은 좋은데 경험이 부족해."

호로는 털 손질이 끝났는지 꼬리를 탁 놓더니 꾸물꾸물 허리싸개 속으로 집어넣고는, 외투 아래에서 로렌스를 올려다보며 그렇게 말했다. 외투 속에 있는 것은 열대여섯 살이 됐을까 말까한 소녀의 얼굴이다. 여차하는 순간에는 훨씬 어리게도 보인다.

하지만 그 입에서 나오는 말에서는 상당한 연륜의 냄새가 묻어나고 있었다.

"거꾸로 말하자면, 나이를 먹으면 더 좋아질 거란 얘기지."

"몇 백 년 뒤에?"

호로가 놀리고 있다는 것을 눈치 채고 그렇게 대꾸해 주었다.

호로는 놀란 표정을 짓더니 박장대소했다.

"아하하하하하. 당신도 머리가 팽팽 도네."

"네 머리가 너무 오래 돼서 굳어 버린 게 아니고?"

"우후후후후. 우리 늑대들이 산중에서 왜 인간들을 습격하는지 알아?"

별안간 화제를 바꾸니 따라갈 도리가 없다. 로렌스는 맥없이 대답했다.

"아니, 모르겠는데?"

"그건 말이지, 인간의 머리를 먹으면 그 능력을 얻을 수 있지 않을까 해서야."

씨익 웃는 호로의 입에서 번뜩이는 두 개의 송곳니.

그것이 농담이라도 그만 소름이 쫙 끼치면서 숨을 삼키고 말았다.

'졌다'는 생각이 든 것은 잠시 뒤였다.

"당신은 아직 햇병아리지. 내 상대가 못 돼."

한숨을 폭 쉬면서 그런 식으로 말하자, 로렌스는 말고삐를 꽉 쥐면서 분한 얼굴이 되는 것을 감출 수 없었다.

"그런데 당신은 산에서 늑대에게 습격을 당해 본 적 없어?"

늑대의 귀와 꼬리, 송곳니를 가진 호로에게 그런 질문을 받으니 왠지 야릇한 기분이 든다. 무시무시한 공포의 대상에 지나지 않았던 늑대와 나란히 앉아 대화를 하는 것이다.

"있어. 음… 여덟 번쯤?"

"무서웠지?"

"어. 들개 떼는 어떻게든 하겠는데, 늑대는 무서워."

"그건 말이지, 적잖이 많은 인간을 잡아먹고 그 힘을…."

"잘못했어. 그만해."

세 번째로 늑대의 습격을 받은 것은 대상(隊商)을 조직했을 때였다.

그리고 멤버 중 둘은 산에서 내려올 수 없었다. 그때의 비명이 지금도 귓전에서 떠나지 않는다.

의식해서 무표정해진 것은 아니었다.

"아…."

똑똑한 현랑은 알아차린 모양이었다.

"미안…."

순간 몸이 푹 꺼질 정도로 어깨를 떨어뜨리며 호로가 조그맣게 말했다.

로렌스는 그때 말고도 여러 번 늑대에게 당한 적이 있다. 그 기억이 줄줄이 떠올라 호로에게 대답을 할 기분이 영 아니었다.

철퍽 철퍽, 말이 진흙길을 걷는 소리만 한동안 울렸다.

"…화났어?"

똑똑한 현랑이다. 그런 식으로 물으면 화났다고 솔직히 대답할 수 없다는 것을 알고 묻는 것이리라.

그래서 대답해 줬다.

"화났어."

호로는 잠자코 로렌스를 올려다보았다. 곁눈질로 훔쳐보니, 입술을 약간 삐죽 내밀고 있는 것이 당장에 이도저도 다 용서해주고 싶을 만큼 귀여웠다.

"화났으니까, 다시는 그런 농담 하지 마."

결국 딴 데를 쳐다보며 그렇게 말할 수밖에 없었다.

그러자 호로는 순순히 고개를 끄덕이더니 시선을 앞으로 향했다. 이런 점은 매우 솔직한 것 같다.

그런 후 다시 한동안 침묵이 이어졌으나, 마침내 호로가 입을 열었다.

"늑대는 숲에서만 살고, 개는 인간 밑에서 살아 본 적이 있지. 그게 늑대와 개의 무서움의 차이야."

불쑥 꺼낸 그 말을 무시할 수도 있었으나, 그랬다가는 앞으로 대화를 할 계기를 다시 만들기가 무척 어려워질 것이므로 로렌스는 호로 쪽으로 얼굴을 약간 돌린 후 일단은 대답하는 자세를 취했다.

"…흐응?"

"늑대는 인간에게 사냥당한 기억밖에 없어. 인간은 공포의 대상이지. 그래서 잘 아는 거야. 그들이 숲으로 들어오면 우리가 어떻게 행동해야 할지."

앞을 똑바로 응시한 채 처음 보는 심각한 얼굴로 그렇게 말한다.

로렌스는 뭐라고 얼버무려야 할지, 당장은 영 생각이 나지 않아 천천히 고개를 끄덕였다.

하지만 약간 맥없이 애매한 몸짓이 된 건, 마음에 걸리는 점이 있어서였다.

"너도, 사람을."

그 이상은 호로가 로렌스의 옷을 붙잡으며 막았다.

"아무리 나라도 대답할 수 없는 게 있어."

"으…"

로렌스는 순간적으로 그런 얘기를 한 자신을 마음속으로 자책하면서 "미안."하고 말했다.

그러자, 대뜸 호로가 히죽 웃는 것이었다.

"이로써 일대일이네."

현랑은 25년쯤밖에 살지 않은 인생으로는 따라잡을 수 없는 위치에 있는 것 같았다.

그 뒤로는 딱히 이렇다 할 대화도 없이, 그렇다고 서먹한 느낌도 없이, 짐마차도 진창에 빠지는 일 없이 계속 길을 나아가, 낮이 지나고 삽시간에 해가 저물었다.

비 내린 다음 날, 해 저문 뒤에도 계속 길을 재촉하는 짓은 행상인이라면 절대 하지 않는다. 짐마차 바퀴가 진창에 빠졌다가는 아무리 짐이 가벼워도 열에 일곱은 짐마차를 포기할 수밖에 없게 된다는 것을 알기 때문이다.

행상을 하면서 좀 더 많이 벌고 싶다면, 손해를 좀 더 줄이면 된다. 그만큼 길에는 위험이 널리고 널렸다는 얘기다.

"당신과 나는 살아온 세계가 다르니까."

내일도 날씨가 맑을 것을 예고하는 별빛 하늘 아래, 산더미 같은 담비털 밑에서 호로는 뜬금없이 그런 말을 했던 것이었다.

제 3 막

평야를 부드럽게 굽이쳐 흐르는 '슬라우드'라는 이름의 강이 있었다. 아득한 옛날, 동쪽 산에서 내려온 엄청나게 큰 뱀이 서쪽 바다를 향해 평야를 지나면서 생겼다고 전해지는 슬라우드강은, 큰 뱀이 기어간 자취에 걸맞게 부드러운 흐름과 넓은 강폭으로 이 지방에서는 빼놓을 수 없는 중요한 교통로였다.

파치오는 그런 슬라우드강 중류에 위치한 큰 도시다. 파치오에서 얼마 떨어지지 않은 상류에는 보리의 대산지(大産地)가 자리해 있고, 더욱 상류로 거슬러 올라가면 나무가 빽빽한 산맥이 있다. 강에는 일 년 내내 벌목된 원목이 떠내려 오고, 그 사이를 누비듯 오가는 배에는 계절에 따라 보리나 옥수수 등이 실린다. 그것만으로도 도시가 번창하기에 충분한데, 슬라우드강에는 다리가 없는 탓에 자연히 사람들은 나룻배가 많은 이 도시를 지나게 되는 것이다.

점심때가 지난 지 꽤 됐지만 저녁까지는 아직 시간이 남은, 도시가 가장 흥청거리는 시간대에 로렌스와 호로는 파치오에 도착했다.

파치오는 국왕으로부터 자치권을 쟁취해 상업이 발달한 도시로, 이곳을 좌우지하는 것은 귀족과 상인들이었다. 그 때문에 도시에 들어설 때 짐칸에 실린 모피에 관세가 듬뿍 매겨지긴 했으나, 신분을 검문한다거나 통행증을 요구하는 일은 없었다. 성 밑 마을 같으면 짐칸보다는 검문이 더 엄격하다. 그랬다가는 명백히 사람이 아닌 호로를 처리하기가 곤란해진다.

"여기 왕이라도 살아?"

도시로 들어서자 호로의 첫마디가 그것이었다.

"사람이 많은 도시엔 처음 와 봐?"

"시대가 변했으니까. 내가 아는 도시는 이 정도로 크면 왕이 있었어."

이런 도시쯤은 가려 버릴 만큼 거대한 도시를 본 적 있는 로렌스는 약간 우월감이 들었으나, 그런 걸 내비쳤다가는 또 지적당할 게 뻔하다. 게다가 로렌스도 옛날에는 아무것도 몰랐다.

"우후. 좋은 자세야— 라고만 해두지."

생각이 한 발 늦었던 모양이다.

호로는 도로 양끝에 늘어선 노점에 완전히 시선을 빼앗겨 버렸으면서도 눈치가 이 정도다. 아니면 그냥 떠본 것뿐인가? 이렇게까지 마음속을 정확히 알아맞히니 상당히 기분이 별로인 데다, 무엇보다 재미가 없다.

"흐음. 축제… 중인 건 아니지?"

로렌스가 그런 식으로 느낄 줄은 전혀 모르는지, 그게 아니면 일부러 무시를 하는 것인지 호로는 여전히 두리번거리며 그렇게 말했다.

"교회의 축제일 같은 때는 걸을 수조차 없을 만큼 인파가 몰려들어. 오늘은 한산할 정도야."

"와아아. 상상도 안 가는걸?"

호로는 즐거운 듯 웃고는 몸을 쑥 내밀고 도로 양끝에 즐비한 노점을 구경했다.

영락없이 도시에 처음 나온 시골뜨기의 모습이었으나, 로렌스는 그것을 보고 문득 다른 생각이 떠올랐다.

"어이."

"으응—?"

로렌스가 불렀는데도 호로는 대답뿐이다. 눈은 여전히 노점에 붙어 있었다.

"너, 얼굴 안 가려도 돼?"

"응? 얼굴?"

그제야 돌아보았다.

"파슬로에 마을은 지금쯤 부어라 마셔라 난리겠지만, 마을사람 전부가 축제에 참가하는 건 아냐. 일 때문에 도시에 나와 있는 놈들도 많을 거라구. 널 알아보는 놈이 있을지도 몰라."

"흥, 그런 얘기였어?"

별안간 언짢은 표정이 되어 호로는 마부석에 바로 앉더니, 로렌스를 새삼 돌아보면서 머리에 쓰고 있는 외투를 귀가 보일락말락한 선까지 끌어올렸다.

"설령 귀가 드러나 있어도 그네들이 알아보기나 하겠어? 나 같은 건 다 잊어버렸을 텐데."

소리를 지르지 않은 것이 기적일 만큼 서슬이 시퍼렇다. 얼결에 로렌스는 흥분한 말을 달래듯이 손바닥을 호로에게 향했다. 말은 아니었으나 얼마간 손바닥의 효과는 난 듯했다.

호로는 코를 흥하며 외투에서 손을 떼더니 앞쪽을 바라보며 입술을 삐죽 내밀었다.

"몇 백 년이나 마을에 있었으면 너에 대한 전설쯤은 남아 있을 거 아냐? 아니면, 사람의 모습으로 나타난 적은 없었어?"

"남아 있어. 가끔씩 인간의 모습을 보인 적도 있었고."

"어떻게 생겼는지도 전해졌어?"

로렌스의 질문에 귀찮은 듯한 시선으로 곁눈질을 하더니, 호로는 탄식을 한 후 입을 열었다.

"내가 기억하고 있는 한은 이래… 아름다운 소녀의 모습으로 나이는 늘 열대여섯 살쯤. 흐르는 듯한 머리털과 끝만 하얀 꼬리를 가졌으며 털 색깔은 진한 갈색. 호로는 때때로 그런 모습으로 마을에 나타나고, 그 모습을 비밀에 붙여 주는 대신 이듬해 마을에 보리 풍년이 들 것을 약속한다…."

호로는, 이제 됐냐는 듯이 나른한 눈빛을 보내왔다.

"그 얘기를 들으니 네 특징이 전부 전해지고 있는 것 같은데, 괜찮겠어?"

"귀와 꼬리를 봐 봤자 당신처럼 의심만 해대지, 눈치 챌 리가 없어."

외투를 건드린 바람에 늑대귀의 느낌이 이상해지기라도 했는지, 호로는 외투 속으로 손을 넣어 꼼지락대고 있다.

그런 모습을 곁눈질하면서 로렌스는 또다시 약간 마음에 걸리긴 했으나, 너무 집요하게 물어보다간 정말로 화를 낼 것 같은 분위기에 입을 다물었다.

마을 이야기 자체를 해서는 안 되는 느낌이다. 게다가 전설이 남아 있다 해도 얼굴 생김새까지 전해지고 있는 것 같지는 않고, 귀와 꼬리를 내보이지 않으면 일단은 호로를 알아보지 못할 것 같다. 전설은 전설일 뿐이지, 교회 같은 곳에서 내린 지명수배는 아닌 것이다.

하지만 로렌스가 그렇게 마음을 고쳐먹고 입을 다문 뒤로 한참 후, 뭔가 생각에 잠겨 있는 것 같던 호로가 외투 아래에서 불쑥 말을 걸었다.

"저기, 이봐."

"응?"

"그녀들은… 날 봐도 알아보지 못하겠지?"

아까까지와는 다른 호로의 분위기는, 사실은 알아봐 줬으면 하는 눈치다.

하지만 로렌스도 바보는 아니다. 애써 무표정을 지으며 시선을 말 엉덩이에 고정시킨 채 대답했다.

"나야 그러기를 빌지만."

호로는 자조하듯이 작게 웃더니 "별 걱정 없을 거야."하고 말했다.

그것이 로렌스뿐만 아니라 호로 스스로에게도 한 말이라는 것을 깨달은 것은, 호로가 마차 위에서 다시 노점을 보며 즐거운 듯이 소리를 지르게 된 뒤였다.

이제는 기분이 전환되어 맛있게 생긴 과일이며 음식을 볼 때마다 신나하는 호로에게 로렌스는 약간 씁쓸한 느낌이 들었다.

"과일이 진짜 많네. 저거 전부 이 근방에서 딴 건가?"

"남쪽과의 중계 지점이니까. 때만 잘 맞으면 웬만해선 가기 힘든 남쪽 지방의 것들도 들어와."

"남쪽에는 과일이 많아서 좋아."

"북쪽 지방에도 과일은 있잖아?"

"딱딱하고 떫은 것 투성이야. 말리거나 숙성시키지 않으면 달아지지 않아. 그것도 우리한테는 불가능한 작업이니까. 마을에서 서리를 해오는 수밖에 없지."

늑대가 서리를 하는 것이라면 닭이나 말, 양이 떠오른다. 단것을 탐해서 마을로 내려오는 것은 도저히 상상이 가지 않는다. 곰이라면 또 몰라도. 곰은 포도를 담아 처마에 매달아 놓은 가죽자루를 종종 채 간다.

"늑대는 차라리 매운 쪽 아닌가? 단것을 좋아하는 건 곰이고."

"매운 건 안 좋아해. 한 번은 난파된 배에서 짐을 얻은 적이 있었는데, 빨간 송곳니같이 생긴 열매를 먹었다가 난리가 났어."

"하하. 고추 말이야? 그거 고급품인데."

"한동안 모두들 강에 얼굴을 처박고는, 인간들은 정말 무서운 존재라며 한탄을 했다니까."

그렇게 말하며 작게 웃더니, 호로는 잠시 그 여운을 즐기려는 듯이 눈을 감은 채 노점 쪽을 향하고 있었다. 그러나 머잖아 웃음은 서서히 가시고, 결국은 작은 한숨 같은 것을 토해냈다. 그리움은 즐거움에 뒤이어 늘 외로움을 동반한다.

로렌스는 무슨 말을 해야 할까 생각했으나, 다시 기분을 되찾은 호로가 먼저 입을 열었다.

"같은 빨간 거라도 저게 더 좋지."

그렇게 말하면서 로렌스의 옷을 붙들더니 노점을 가리켰다.

오가는 마차와 인파 너머로 사과가 산더미처럼 쌓여 있었다.

"오, 사과 좋네."

"그치?"

호로는 뒤집어쓴 외투 아래에서 눈을 빛냈다. 아는지 모르는지, 허리싸개 속에서 꼬리가 개처럼 파닥대는 소리를 낸다. 사과를 좋아하는가 보다.

"정말 맛있어 보이지?"

"그렇군."

아무래도 호로는 빙빙 돌려 사과를 사 달라고 조르는 눈치였으나, 로렌스는 그런 건 전혀 염두에 두고 있지 않은 척한다.

"맞다. 사과 얘기가 나왔으니 말인데, 아는 사람이 사과를 밭떼기 했거든. 재산을 반도 넘게 털어서. 어디 사과였는지는 모르겠지만 저 정도로 잘 익었으면 그 친구 재산이 지금쯤은 배 이상 늘었겠는걸."

나도 할 걸 그랬다며 로렌스는 한숨 섞인 목소리로 중얼거렸다.

그러자, 지금 그런 얘기를 할 때가 아니잖아? 하는 표정으로 호로가 로렌스를 쳐다보았으나, 로렌스는 그것도 모르는 척한다.

호로는 생각한 바를 솔직히 말하지 못하는 듯했다. 이런 걸 놀리지 않으면 무엇을 놀리랴.

"웃…. 음. 그건 유감이네."

"하지만 위험도 컸어. 나라면 배를 탈 텐데."

"···배. 배?"

말을 하는 와중에도 따가닥 따가닥 말발굽소리를 울리며 짐마차는 앞으로 나아간다. 호로는 안달이 난 모양이다. 사과를 먹고 싶은 마음은 굴뚝 같은데, 그래도 제 입으로 조르기는 싫은지 로렌스의 말에 안절부절못하면서도 대답을 한다.

"계약을 교환한 상인들끼리 돈을 갹출해서 배를 빌리는 거야. 모아진 금액으로 실을 수 있는 짐의 양이 정해지는데, 배는 육지와 달리 난파되면 짐은커녕 목숨도 위태롭지. 바람만 세게 불어도 그만큼 위험해. 하지만 돈이 돼. 두 번쯤 탄 적이 있는데···."

"웃. 아."

"왜 그래?"

사과를 산더미처럼 쌓아 놓은 앞을 지나 노점이 점점 멀어져 간다.

남의 속이 훤히 들여다보일 때처럼 즐거운 건 없다. 로렌스는 영업용 미소에 한층 힘을 넣으며 호로 쪽을 보았다.

"그래서, 그 배가 말이지."

"으··· 사과···."

"응?"

"사과··· 먹고··· 싶은데···."

끝까지 오기를 부리나 했더니, 의외로 솔직히 나오는 바람에 사 주기로 했다.

"자기 밥값은 자기가 벌어."

와삭와삭 소리를 내며 사과를 씹으면서 호로가 로렌스를 째려

보았으나, 로렌스는 한 치도 물러서지 않고 오히려 여봐란 듯이 어깨를 으쓱해 보였다.

얌전히 사과가 먹고 싶다고 속을 내보이는 모습이 조금 귀여워서, 짜게 굴지 않고 트레니 은화라는 꽤 값어치 나가는 은화를 내주었더니, 호로는 그 은화로 살 수 있는 만큼의 사과를 사 온 것이었다. 양손으로 안기에도 곤란할 지경인 엄청난 양을 보아하니, 호로의 머릿속에 '사양'이라는 두 글자는 절대 존재할 것 같지 않았다.

입 주위와 손을 끈적끈적하게 만들어가며 벌써 네 개째 먹고 있는 호로에게 한마디 해주고 싶었던 것이다.

"당신… 우물… 아까는 일부러… 우물… 모르는 척, 컥, 했지?"

"남의 속이 훤히 들여다보이면 참 기분이 좋지."

아작아작 심까지 씹어 먹는 호로에게 그렇게 말하고는 로렌스도 하나 먹어 볼까 싶어 바로 뒤쪽 짐칸에 쌓인 사과더미에 손을 뻗는 찰나, 다섯 개째를 덥석 문 호로가 그 손을 찰싹 때렸다.

"내 거야."

"원래는 내 돈이었는데?"

입안 그득 사과를 물고 볼이 미어질 지경으로 우물우물 댄 뒤 꿀꺽 삼킨 후에야 겨우 호로가 입을 열었다.

"난 현랑 호로야. 그 정도 돈은 순식간이야."

"제발 그러시지. 그 은화로 오늘 저녁 밥값과 여관비를 낼 생각이었으니까."

"우물… 음… 그치만 나… 우물… 나는."

"먹고 나서 얘기해."

호로는 고개를 끄덕였다. 결국 다음에 입을 연 것은 여덟 개째 사과를 뱃속에 넣고 난 뒤였다.

저러고 저녁밥도 먹을 작정인가?

"…후우."

"잘도 먹네."

"사과는 악마의 열매야. 우리를 꼬드기는 달콤한 유혹으로 가득하다니까."

호로의 과장된 말에 로렌스는 그만 웃고 말았다.

"현랑이라면 욕심은 이겨내야 하는 거 아냐?"

"식욕은 대부분의 것을 없애 주지만, 금욕은 뭔가를 만들어내는 일도 없어."

더없이 행복한 웃음을 지으며 손에 붙은 사과즙을 핥는 모습을 보자, 어쩐지 그 말에도 설득력이 느껴진다. 이런 행복을 잃게 된다면 금욕은 어리석기 짝이 없다.

물론 궤변이긴 하지만.

"아까 하고 싶었던 말은 뭔데?"

"응? 아아, 그랬지. 나는 밑천도 없고, 금방 금전을 만들어낼 능력도 없어. 그러니까 당신의 장사를 조금 거들면서 이익을 내게 해줄까 하는데, 그래도 괜찮겠어?"

괜찮겠어? 소리를 들을 때 상인들이라면 쉽게 대답하지 않는다. 상대가 하는 말, 속셈, 영향까지도 잘 파악한 뒤 대답하는 것이 상식이다. 구두약속도 훌륭한 계약이다. 어떤 일이 있어도 계약은 계약인 것이다.

그래서 로렌스는 이때 대답을 하지 않았다. 호로가 말하려는 의미가 이해되지 않는다.

"당신, 조만간 뒤에 있는 모피를 팔 거지?"

로렌스의 마음을 꿰뚫어보았는지, 호로가 짐칸을 돌아본다.

"이르면 내일, 늦어도 모레는."

"경우에 따라선 그때 내가 옆에서 말로 거들게. 덕분에 모피가 비싸게 팔리면 그 만큼을 내가 번 것으로 해줘."

마지막으로 새끼손가락을 핥으면서 호로는 대수롭지 않다는 듯이 그렇게 말했다.

로렌스는 잠시 생각했다. 지금 호로가 한 말은, 바꿔 말하자면 로렌스보다도 비싼 값에 모피를 팔아 보이겠다는 뜻이다.

아무리 현랑이라고는 해도, 로렌스 역시 홀로서기를 한 지 7년째 된 장사꾼이다. 곁에서 말을 거드는 정도로 값이 올라갈 만큼 허술한 거래를 할 마음도 없거니와, 상대도 쉽사리 구매가를 높일 리가 없을 것이다.

그래도 호로가 태연히 그런 말을 했으므로, 로렌스는 그럴 리 없을 거라는 생각을 하기보다는 어떻게 할 작정인가 하는 흥미가 앞섰다. "그러지, 뭐."하고 말하자, "계약 성립이다?"하며 트림 섞인 대답이 돌아왔다.

"단, 꼭 모피를 팔 때인 건 아니다? 당신은 그 바닥 사람이잖아? 내가 끼어들 여지가 없을 수도 있으니까."

"신통하네?"

"모름지기 현명함이란 자신을 아는 것이니."

짐칸에 아직 산더미처럼 쌓인 사과를 아쉬운 듯 힐끔대며 말하지만 않았으면 그럴 듯하게 들렸을지도 모를 말이었다.

모피를 들고 간 곳은 밀로네 상회라는, 다양한 상품 중개를 주된 생업으로 삼고 있는 상회였다. 파치오에서는 세 번째로 큰 곳이었으나, 첫 번째와 두 번째 가게가 파치오에 본점을 둔 이 지역 업자의 것인데 반해, 밀로네 상회는 먼 남쪽 상업국에 본거지를 둔, 작위(爵位)를 가진 대상인(大商人)이 경영하는 큰 상회의 지점이었다.

로렌스가 군이 지역 업자가 아닌 그곳을 고른 것은, 밀로네 상회가 타지에서 온 것을 극복하고자 상품을 고가로 매수해 주는 이유도 있었지만, 무엇보다 다양한 지역에 지점을 둔 덕에 거기에서 들어오는 정보의 양이 엄청나기 때문이다.

교회에서 만난 젊은 행상인 제렌이 꺼낸 이야기와 비슷한 정보를 들을 수 있을지도 모른다는 의도가 있었다. 화폐의 가치 변화에 대해 가장 예민한 귀를 가진 것은 환전상과 국경을 넘나들며 장사를 하는 이들이다.

둘은 일단 여관에 들러 방을 확보하고, 로렌스가 수염을 정리한 뒤 출발했다. 호로는 여전히 머리에 외투를 푹 뒤집어쓴 그대로다.

밀로네 상회는 선착장에서 다섯 번째로 가까운 곳에 위치한, 두 번째로 큰 점포다. 널판을 깐 선착장 길 쪽으로 커다란 짐마차 반입구를 확보한 덕분에 언뜻 보면 제일 큰 점포처럼 보인다. 무엇보다 그곳으로 운반되는 갖가지 상품의 종류와 양이 훤히 보여, 번창하고 있는 가게라는 점을 오가는 사람들에게 여봐란 듯이 과시하고 있다. 이런 것도 다 이 지역 업자들과 겨루기 위한 독특한 지혜일 것이다. 지역 업자들은 이런 화려한 겉모습보다는 오랜 세월에 걸쳐 쌓은 비결로 장사를 하기 때문에, 자연히 자신들이 돈을 벌고 있다는 점을 그다지 내세워 강조하지 않는다. 그럴 필요가 없는 것이다.

그런 밀로네 상회의 하역장 앞에 짐마차를 세우자, 곧바로 사람이 다가왔다.

"밀로네 상회에 오신 것을 환영합니다!"

단정한 머리에 수염을 기르고, 몸가짐도 반듯한 사람에게 하역장을 맡긴 점에서도 특이한 가게였다. 보통 하역장 하면, 산적 같이 생긴 사내들이 고래고래 소리를 지르며 우왕좌왕 돌아다니는 곳이다.

"예전에 이곳에서 보리를 매입해 주셨는데, 오늘은 모피를 팔러 왔소. 상품은 가져 왔는데 시간을 좀 내줄 수 있겠소?"

"예에, 물론 대환영입니다. 그러시면 이대로 곧장 안으로 들어가셔서 왼편에 있는 이들에게 말씀을 하십시오."

로렌스는 그 말에 고개를 끄덕인 뒤 다시 말고삐를 쥐고, 일러 준 대로 마차를 반입구에서 하역장 쪽으로 몰았다. 곳곳에 보리며, 짚단이며, 돌이며, 목재며, 과일이며, 좌우간 온갖 종류의 물건이 넘쳐난다. 또한, 그곳을 오가는 이들의 활기도 대단한 것이었다. 이국땅에서 성공을 거둔다는 게 바로 이런 거겠지, 하고 행상인의 눈을 번쩍 뜨이게 할 만한 곳이었다.

곁에 있는 호로도 조금 놀란 듯했다.

"어이, 나리. 어디로 가슈?"

바삐 짐을 싣고 내리는 것을 곁눈질하며 안으로 들어가는데, 도중에 그런 목소리가 들려왔다. 목소리가 난 쪽을 돌아보자, 시커멓게 볕에 그을린 몸에서 김이 무럭무럭 나는 덩치 큰 남자의 모습이 눈에 들어왔다. 역시 짐을 다루는 곳에는 입구에서 로렌스에게 말을 건 남자 같은 사람은 쓰지 않는 모양인데, 아무리 그래도 너무 거칠다. 호로가 조그만 소리로 "전사(戰士)야?" 하고 물었을 정도다.

"모피를 팔러 왔소. 들어와서 왼편에 있는 사람에게 말을 하라고 하던데?"

말을 하고 나서야 로렌스는 그 남자가 하역장 왼편에 있던 것이 생각났다. 남자와 눈이 마주치자 나란히 웃었다.

"그럼, 나리의 마차는 나한테 맡기고, 이대로 안으로 들어가슈."

로렌스가 시키는 대로 남자 쪽으로 말을 몰고 가자, 남자는 정면에서 말을 끌어안는 듯한 자세로 정지신호를 보냈다. 말이 푸르륵 코울음을 운다. 남자의 활기를 당해낼 수가 없었는지도 모른다.

"거, 말 한번 좋다. 힘깨나 쓰겠네."

"불평 하나 없이 열심히 일하지."

"불평을 해댈 것 같으면 곡예단에나 팔아 넘겨야지."

"두말하면 잔소리."

두 사람은 서로 마주보며 웃었다. 그런 뒤 남자는 하역장 저쪽 끝까지 세워져 있는 튼튼해 보이는 목책에 말을 묶고는 큰 소리로 누군가를 불렀다.

안에서 나온 것은 짚단을 들기보다는 깃털로 된 펜을 드는 게 더 어울려 보이는 남자였다. 매수담당자이리라.

"그래프트 로렌스 씨 되시지요? 저희 상회를 이용해 주신 것을 지점장님을 대신해 감사드립니다."

정중한 인사에는 익숙했으나, 대기도 전에 먼저 이름이 불리니 역시 당황스럽다. 이 상회를 이용한 것은 3년 전 겨울, 보리를 팔러 온 것이 마지막이었는데. 어쩌면 입구에서 말을 건 남자가 로렌스의 얼굴을 기억하고 있었을 수도 있다.

"오늘은 모피 매수를 희망하신다고 들었습니다만?"

오늘의 날씨 얘기로 말문을 여는 지역 업자와는 달리 단도직입적이다. 로렌스는 가볍게 기침을 한 후, 마음을 흥정용 자세로 가다듬었다.

"그렇소. 뒤에 있는 것이 그것인데, 전부 70장이오."

마부석에서 훌쩍 뛰어내린 뒤 담당자를 짐칸으로 안내한다. 옆에 앉아 있던 호로도 뒤따라 마부석에서 내려왔다.

"호오. 참 좋은 담비털이로군요. 올해는 작물들이 모두 풍작이라 담비 입하가 적었습니다."

시장에 출하되는 담비의 약 반 이상은 농사를 짓는 틈틈이 농부들이 잡은 것이다. 따라서 작물이 풍년이라 농사일이 바쁘면 담비털 공급이 줄게 된다. 로렌스는 조금 강하게 나가기로 했다.

"이 정도 질을 가진 모피는 몇 년에 한 번 나올까 말까 할 거요. 도중에 비가 왔는데도 말짱한 이 털의 윤기 좀 보시오."

"호오오. 확실히 윤기가 반지르르하군요. 결도 좋고. 크기는 어느 정도입니까?"

로렌스는 짐칸 위에서 즉시 큼지막한 것을 골라 담당자에게 건넸다. 상인의 상품에 소유주 이외의 사람이 직접 손을 대어선 안 되기 때문이다.

"호오오…. 아주 큼지막하군요. 음, 이런 게 70장이라고 하셨지요?"

다른 것도 크기를 보여 달라는 말은 담당자도 하지 않는다. 그런 멋모르는 짓을 했다간 이런 장사는 못한다. 흥정은 이것이 핵심이다. 상품 전부를 보고 싶어 하지 않는 매수인도 없지만, 상품 전부를 보여 주려는 판매인도 없다.

이곳은 허세와 예의와 욕망의 십자로다.

"그럼… 로렌츠 님은, 아, 죄송합니다. 로렌스 님과는 예전에 보리도 거래한 바가 있고 하니, 이런 가격이면 어떨까요?"

같은 이름도 나라에 따라 발음이 다르다. 로렌스도 자주 저지르는 실수이므로 웃음으로 용서를 해주고, 남자가 품에서 꺼낸 목제 주판에 시선을 주었다. 나라와 지방에 따라 숫자의 표기법

118

이 제각각이라 알아보기 힘든 경우가 비일비재한지라, 거래시 종이 위에 숫자를 쓰는 일은 거의 없다. 목제 주판은 거기 달린 나무알의 개수로 가격이 일목요연하게 보인다. 단, 어떤 화폐로 계산되었는지는 주의해야 하지만.

"트레니 은화로 132냥을 제안합니다만."

로렌스는 순간 고민하는 척을 한다.

"이건 좀처럼 보기 드물게 좋은 점만 고루 갖춘 모피요. 오늘 이리로 들고 온 건 예전에 보리를 거래할 때 신세를 졌던 터라."

"그 점은 감사드립니다."

"나로서는 앞으로도 이곳과 좋은 관계를 쌓아가고 싶은데,"

로렌스는 말을 끊고 작게 헛기침을 했다.

"어떨지."

"저희 상회 역시 아주 꼭 같은 마음입니다. 그러면 앞으로의 친분도 생각하여 140냥이면 어떻겠습니까?"

속이 훤히 들여다보이는 말이 오가지만, 그런 기만 속에서도 진실이 있으니 흥정은 재미있다.

트레니 은화 140냥이면 상당한 것이다. 더 이상 밀어붙이는 것은 좋지 않다. 게다가 앞으로의 관계도 있다.

"그럼 그러도록 하지."라고 로렌스가 말하기 직전이었다.

지금까지 잠자코 있던 호로가 로렌스의 소맷자락을 살짝 잡아당기는 것이었다.

"응? 잠깐 실례."

담당자에게 양해를 구하고 로렌스는 호로의 외투 아래로 귀를 가져다댄다.

"나는 시세를 모르겠어. 어떤 거야?"

"잘 받은 거야."

그렇게만 대답하고는 담당자에게 영업용 미소를 지어 보인다.

"그럼, 그렇게 하시겠습니까?"

저쪽도 거래가 성사된 것으로 생각한 모양이다. 웃는 얼굴로 그렇게 말하자, 로렌스는 대답을 하려고 했다.

설마 이때 호로가 끼어들리라고는 생각지 못했다.

"잠깐만요."

"뭐?!"

로렌스의 입에서 얼결에 소리가 튀어나왔다.

그래도 호로는 로렌스가 뭐라고 하기도 전에 말을 이었다. 이렇게 틈을 잘 치고 들어가는 걸 보면 혹시 장사꾼이 아닌가 싶을 정도다.

"트레니 은화 140냥. 분명히 그러셨지요?"

"예? 아, 예. 분명히 트레니 은화로 140냥입니다."

지금까지 잠자코 있던 호로가 그렇게 묻자, 조금 당황하면서도 담당자는 예의 바르게 대답한다. 여자가 흥정하는 데 입회하는 것 자체가 진귀한 일이다. 전혀 없는 것은 아니지만 한정돼 있다.

"흐음. 그쪽 분은 눈치 채셨으려나?"

그래도 호로는 그런 사실을 알지 못하는지 아니면 알면서도 신경 쓰지 않는 것인지, 외투 속에서 여유만만하게 그런 말을 내뱉었다.

담당자는 기가 꺾여 호로 쪽을 쳐다보기는 했으나, 질문이 가리키는 것이 무엇인지 전혀 모르는 듯했다. 로렌스도 영문을 알수가 없다.

"죄, 죄송합니다. 뭔가 빠뜨린 것이 있었습니까?"

담당자는 척 보기에 로렌스와 동년배 가량의, 이국에서 온 상인이다. 경험해 온 거래가 헤아릴 수 없이 많고, 상대해 온 사람들의 수도 그만큼 될 것이다.

그렇게 산전수전 다 겪은 남자가 정말로 호로에게 사과를 하고 있는 듯이 보였다.

하긴 느닷없이 그런 말을 들었으니 동요하게도 됐다. 왜냐하면 호로의 말은 "당신, 제대로 보긴 한 거야?"라고 한 것이나 다름없었기 때문이다.

"음. 그쪽 분도 한다 하시는 상인이신 것 같은데…. 아니, 그러니까 일부러 모르는 척을 하시는 건가? 그렇다면 방심해선 안 될 분이겠네."

외투 속에서 호로가 씨익 웃었다. 로렌스는 송곳니가 보이지나 않을까 조마조마했고, 무엇보다 그런 말을 해서 어쩔 셈이냐며 야단을 치고 싶은 심정이었다.

지금의 거래에서 남자가 한 계산은 정당한 것이었다. 그런데 호로의 말이 먹혀든다면, 그것은 로렌스도 그 무언가를 놓쳤다는 얘기가 된다.

그럴 리 없다.

"다, 당치도 않습니다. 제 불찰이 부끄러울 따름입니다. 괜찮으시면 그 점을 지적해 주실 수 없으신지요? 그런 다음 가격을 다시 제시해 드렸으면 합니다만….”

매수담당자가 이렇게 저자세로 나오기는 처음이었다. 그런 척을 하는 것은 수없이 보았지만, 이건 아무래도 진심인 듯했다.

호로의 말에는 묘한 무게가 있는 데다 말투가 절묘했다.

그런 생각을 하고 있는데, 문득 호로가 로렌스 쪽을 쳐다보았다.

"주인님, 기분 나쁘게 생각지 마세요.”

'주인님'이라는 말이 놀리자고 한 말인지, 이 자리에 어울리게끔 한 말인지 조금 판단이 서지 않았으나, 이때 잘못 대응했다가는 호로에게 두고두고 무슨 말을 들을지 모른다. 필사적으로 머리를 굴린 뒤 대답했다.

"기, 기분 나쁘기는. 하지만 이리 된 이상 어쩔 수 없군. 네가 가르쳐 드리도록 해라.”

호로가 왼쪽 송곳니를 로렌스에게만 보여주며 히죽 웃는다. 제대로 된 대답이었던 모양이다.

"주인님, 모피 좀 한 장 가져다 주세요.”

"음.”

주인님이라고 불렸으니 권위를 유지해야 할 것 같아 그런 척할수록 자신의 꼴이 우습게 생각된다. 지금 이 자리는 호로가 주도권을 쥐고 있는 것이다.

"고맙습니다. 자, 그럼.”

호로는 그렇게 말하며 받아든 모피를 담당자에게 내보인다. 일단은 털의 결이며 크기, 광택이 좋은 것을 순간적으로 골라서 건넸으나, 도무지 가격을 끌어올릴 만한 요소는 없어 보였다. 결이 좋은 점 한 가지를 내세워 집요하게 설명했다가는, 저쪽에서도 그럼 전부 봐야겠다고 나올 수도 있다. 그렇게 되면 흠이 있는 모피도 있을 터이니, 가격은 내려가지 않을지 몰라도 분위기는 어색해진다.

"보시다시피 좋은 모피지요?"

"예. 전적으로 동감합니다."

"음. 이건 몇 년에 한 번 볼까 말까 한 좋은 모피지요. 그런데 이 경우에는 이렇게 말씀드려야 하겠군요. 그러니까, 몇 년에 한 번 맡을까 말까 한 냄새의 모피라고."

호로의 말에 순간 그 자리가 얼어붙었다. 영문을 알 수가 없다.

"냄새가 나는데 뜻밖에 못 알아보시니, 이를 어째?"

호로는 그렇게 말하고는 혼자 깔깔대며 웃었다. 호로의 독무대였다. 그런 쓸데없는 말에 끼어들 여유가 로렌스에게도, 담당자에게도 없었다.

"뭐, 백문이 불여일견이라 하니— 들고 냄새를 맡아 보시지요."

호로는 그렇게 말하고는 남자에게 모피를 건넸다. 모피를 받아든 남자가 당혹스런 눈으로 로렌스를 쳐다본다.

로렌스도 그 모습에는 동정하고 싶은 마음이 들었으나, 천천히 고개를 끄덕였다.

모피 냄새를 맡게 해서 어쩌라는 것인가. 그런 것은 흥정 시 단 한 번도 지적해 본 적도, 지적받은 적도 없다.

저쪽도 마찬가지였을 테지만, 손님이 시키니 거스르지도 못한다. 남자가 천천히 모피에 코를 갖다 대고 냄새를 맡았다.

그러자 당혹감만이 떠올라 있던 얼굴에 다소 놀라는 빛이 섞였다. 다시 한 번 냄새를 맡더니 이번엔 완전히 경악 그 자체가 되었다.

"어때요? 뭔가 맡았나요?"

"예? 아, 예. 이건 과일의 향— 인가요?"

로렌스는 놀라서 모피를 쳐다보았다. 과일의 향?

"그렇지요. 올해는 풍작 덕분에 담비털이 적다고 말씀하신 대로, 숲에도 가지가 휠 만큼 과일이 넘쳐났지요. 그런 숲속을 불과 며칠 전까지 헤집고 돌아다녔을 담비의 털가죽이라, 좋은 것을 배불리 먹은 덕에 몸에서 달콤한 향이 배어나올 정도지요."

담당자는 이야기를 들으면서 다시 한 번 냄새를 맡았다. 그런 뒤 고개를 끄덕이며 "그렇군요."한다.

"사실, 모피의 광택 같은 것이야 다소 차이는 나도 대부분 다 거기서 거기죠. 문제는 옷으로 만들어 가공을 하고, 그 후 어떻게 쓰느냐에 달렸지. 좋은 건 오래 갈 테고, 나쁜 건 금방 망가질 테고."

"옳으신 말씀입니다."

로렌스도 속으로 혀를 내둘렀다. 저 늑대는 무엇을 어디까지 알고 있는 건지.

"이 모피는 보시다시피, 달콤한 향이 날 정도로 맛난 것을 먹고 자란 담비의 털가죽이에요. 이 모피를 벗길 때, 장정 두 사람이 달라붙어 가죽을 벗겼다니까요. 어찌나 몸이 단단한지 애깨나 먹었죠."

남자도 그 말에 손에 든 모피를 쭉쭉 잡아당겨 본다.

그러나 실제로는 매수도 하지 않은 상품을 그렇게 힘껏 당겨 볼 순 없다. 호로는 당연히 그 점을 알고 있으리라.

기가 막힐 정도로 멋들어진 장사꾼이다.

"이 모피는 맹수의 그것보다도 강인하고, 안으면 마치 봄날의 햇볕처럼 따스하며, 비에 닿으면 그야말로 멋지게 비를 튕겨내지요. 게다가, 이 향. 코가 비틀어질 정도로 냄새가 풀풀 나는 담비털로 만든 옷이 즐비한 가운데, 단 하나 달콤한 향기가 은은한 모피로 만들어진 옷이 있는 것을 상상해 보세요. 눈이 튀어나올 만큼 비싼 값에 팔릴 것이 뻔하지요."

담당자는 호로가 말하는 대로 그런 장면을 상상하듯 먼 산을 쳐다본다. 로렌스도 따라해 보는데, 확실히 시선을 잡아끌어 잘 팔릴 것 같다. 아니, 이 경우에는 코를 잡아끌어서라고 해야 하려나?

"그럼, 얼마의 가격으로 이것들을 매수하실 것인지?"

그 말에 담당자는 꿈에서 확 깨어난 듯 등줄기를 쭉 펴고는, 허둥지둥 목제 주판을 들여다보았다. 똑똑똑, 듣기 좋은 소리를 울리며 주판알이 튕겨지고 숫자가 표시되었다.

"트레니 은화 200냥이면 어떻겠습니까?"

그 말에 로렌스는 그만 숨을 삼켰다. 140냥도 상당히 잘 친 것이다. 200냥은 있을 수 없는 숫자다.

"으…음."

하지만 호로는 망설이는 소리를 냈다. 로렌스는 제발 그쯤 해두라며 호로를 막으려고 입을 열 참이었다. 물론 호로가 멈출 리는 없었다.

"모피 1장에 은화 3냥이면 어떨까요? 그러니까, 210냥."

"우, 어…."

"주인님, 다른 상회는."

"아, 앗, 좋습니다! 210냥으로 해주십시오!"

그 말에 호로는 만족스레 고개를 끄덕이며 로렌스 쪽을 돌아보는 것이었다.

"그러자는데요, 주인님?"

역시, 놀리려고 그렇게 부르는 모양이었다.

요렌드라는 술집은 다소 퇴락한 거리에 있었다. 하지만 가게 자체는 개방적이고 청소도 잘되어 있다. 손님층도 예컨대 직인(職人)들 중에서도 우두머리 급이 이용할 듯한 곳이었다.

그런 요렌드 술집에 들어가 자리에 앉자, 로렌스는 별안간 피로가 밀려오는 기분이 들었다.

그에 비해 호로는 지극히 쌩쌩하다. 이 바닥 인간들을 둘이나 가뿐히 제쳤으니 기분이 좋기도 하겠지. 아직은 이른 시간이기도 하여 가게 안은 비어 있었다. 덕분에 바로 나온 술로 건배를 하긴 했으나, 호로는 단숨에 마시고 로렌스는 약간 맛을 본 정도였다.

특급 포도주라는데 아무 맛도 나지 않았다.

"음…. 역시 포도주야."

끄윽 하는 트림도 일품이다. 바로 나무잔을 쳐들어 추가주문을 한다. 웨이트리스가 기세 좋은 손님에게 웃으며 대답했다.

"왜 그러고 있어? 안 마셔?"

볶아서 말린 콩을 아작아작 씹으며 호로가 그렇게 물었으나, 뜻밖에도 그 말투가 승리에 도취한 느낌이 들지 않았기 때문에 로렌스는 솔직히 물어보기로 했다.

"너, 장사해 본 적 있어?"

콩을 와작와작 씹으며 추가되어 나온 잔을 재빨리 손에 든 호로는 뜻밖에도 씁쓸한 표정으로 웃었다.

"뭐야? 내가 그렇게 한 게 당신의 긍지에 상처라도 입힌 거야?"

바로 그거다.

"당신이 얼마만큼 많은 거래를 해왔는지 나는 모르겠지만, 나도 그 마을에 있으면서 수많은 거래를 봐 왔어. 그건 말이지, 언제더라? 굉장히 옛날이었는데 어떤 머리가 아주 좋은 인간이 썼던 방법이야. 내가 생각해낸 것이 아니라."

"그런 거야?"하고 말이 아니라 눈으로 물었다. 스스로 생각해도 한심하긴 했으나, 호로가 술을 마시면서 난처한 듯이 웃으며 고개를 끄덕이자 한숨과 함께 다소 안심이 되었다.

"하지만 난 정말 생각도 못했어. 아니, 그렇다기보다는 어제 그걸 껴안고 잤을 때는 과일 향 같은 건 안 났었는데?"

"그거야 당신이 나한테 사 준 사과, 그거지."

로렌스는 더는 말도 안 나온다. 어느 틈에 그런 조작까지 했단 말인가.

하지만 그 말을 듣자마자 떠오른 걱정이 있었다.

그래서야 사기 아닌가.

"걸린 쪽이 잘못이지— 라고는 하지 않겠지만, 이런 방법도 있었구나 하고 저쪽도 감탄했을걸?"

"…하긴, 그렇겠지."

"속았다고 화를 내 봐야 소용없어. 그런 방법도 있었구나 하고 감탄을 해야 제대로 된 상인인 거지."

"경지에 오른 설교네. 노련한 장사꾼이 따로 없구나."

"우후. 아무리 나이 먹은 영감도 내가 보기엔 갓난아이나 마찬가지야."

로렌스는 그만 웃음밖에 나오지 않아, 어깨를 으쓱하고는 포도주를 마셨다. 이번에는 제대로 맛이 났다.

"그건 그렇고, 댁이 해야 할 일은 제대로 했어?"

라는 것은 제렌이 꺼낸 이야기를 말하는 것이리라.

"일단은 아까 상회 사람들에게 조만간 은화를 다시 발행할 나라는 없는지 물어봤는데, 알면서도 감추는 것 같지는 않았어. 독점이 가능한 종류의 돈벌이 얘기가 아닌 한, 그 사람들은 그런 건 별로 감추지 않아. 그런 얘기를 손님에게 해서 은혜를 베풀어 두는 편이 이득인 경우가 많으니까."

"흠."

"원래 그런 쪽 얘기는 고려할 수 있는 가능성이 그다지 많지는 않아. 그래서 관심 있는 척하기도 한 거지만."

허세가 아니라 사실이다. 화폐 가치의 변동은 극단적으로 말하자면, 올라가거나 내려가거나 그대로 있는 것 외엔 없다. 조금만 머리를 쓰면 거의 대부분 예측 가능한 것들뿐이다.

그렇다면 제시된 거래 내용과 함께 누가 이득을 보고 누가 손해를 입을 것인가를 고려할 때, 거기에서 파생되는 선택 항목은 그다지 많지 않다.

그러나.

"뭐, 거기에 그 어떤 계략이 숨어 있건 나는 득을 보고 손해를 보지만 않으면 그만이야. 모든 건 거기에 달렸지."

포도주를 마시며 콩을 입에 던져 넣는다. 일단 이곳의 술값은 호로가 내기로 돼 있으니, 먹고 마시지 않으면 손해다.

"그나저나 지배인 같은 사람은 안 보이는데, 바깥에 나갔나?"

"가게에 가면 연락을 취할 수 있을 거라고 했지? 꽤나 친한가 봐?"

"아니. 행상인이 연락거점으로 삼는 곳은 출신지가 속한 상관(商館) 아니면 술집이야. 나도 나중에 상관에 가 봐야 하는데, 역시 지배인은 안 보이네."

로렌스는 그렇게 말하며 다시 한 번 가게 안을 둘러보았다. 꽤 넓은 가게 안에는 둥근 테이블이 열다섯 개에, 카운터에도 의자가 그 정도 늘어서 있었다. 손님은 로렌스와 호로 외에 시간이 남아돌아 주체를 못하겠다는 느낌의 은퇴한 직인 같은 노인이 둘 있을 뿐이었다.

저 두 노인에게 말을 걸 수도 없는 노릇이라, 로렌스는 추가한 포도주와 청어 소금구이, 훈제 양고기를 들고 온 웨이트리스 아가씨에게 물어보기로 했다.

"지배인님이요?"

가느다란 팔의 어디에 그런 힘이 있는지, 술과 요리를 가뿐히 탁자 위에 올려놓더니 아가씨는 로렌스 쪽으로 돌아서서 싱긋 웃으며 말했다.

"지금은 물품을 구입하러 가셨는데요. 무슨 용건이라도 있으신가요?"

"제렌이라는 사람과 연락을 하고 싶다고 전해 줄 수 있을까?"

가게가 제렌을 모른다면 그것은 그것대로 상관없다. 술집을 연락처로 삼는 행상인이 하나둘이 아니니, 착오가 있었겠거니 하는 정도로밖에 여기지 않을 것이다.

"아, 제렌 씨요? 말씀은 들었습니다."

"연락 좀 했으면 하는데."

"어젯밤 이곳으로 돌아왔으니까, 한동안은 매일 밤 이곳에 모습을 보일 것 같아요."

"그래요?"

"대개 날이 저물면 바로 오니까 그때까지 여기서 기다리시는 게 좋을 것 같은데요?"

빈틈없는 아가씨였다. 하지만 그 말에도 일리는 있다. 앞으로 한두 시간이면 해가 저물 테니, 느긋하게 마시면 딱 좋을 때 오게 될 것이다.

"그럼 그렇게 하도록 하죠."

"예. 그럼 편히 즐기세요."

점원 아가씨는 그렇게 말하며 인사를 하고는 노인 둘이 앉은 테이블 쪽으로 걸어갔다.

로렌스는 포도주가 든 잔을 손에 들고 한 모금 마셨다. 코를 살짝 빠져나가는 상쾌한 신맛에, 혀 양끝에 스며드는 포도의 달콤함. 강렬한 맛의 럼주도 좋지만, 로렌스는 포도주나 벌꿀주 같은 달콤한 것을 더 좋아한다. 가끔은 사과주나 배주처럼 특이한 것도 좋다.

보리로 만드는 맥주도 좋지만, 직인에 따라 맛이 있기도 하고 없기도 한 데다 취향에 맞고 안 맞고의 편차가 커서 좀 그렇다. 가격이 비싸면 그만큼 맛좋은 포도주와 달리, 맥주는 가격에 따라서도 좋고 나쁘고를 알 수가 없으니 행상인이 마시기에는 별로인 술이다. 그 지방, 그 마을에 사는 사람이 아니면 자신에게 맞는 맛있는 맥주를 찾아낼 수가 없다. 그러니까, 그 지방 사람인 척을 할 때는 맥주를 주문하기도 한다.

그런저런 생각을 하고 있노라니 맞은편에 앉은 호로의 손이 멈춰 있었다. 뭔가 생각에 잠긴 모습이다. 로렌스가 말을 걸자 호로는 잠시 뜸을 들였다가 입을 열었다.

"저 여자, 거짓말을 하고 있어."

뜸을 들인 것은 웨이트리스가 주방 쪽으로 들어가기를 기다리느라 그랬던 모양이다.

"어떤?"

"제렌이라는 젊은 남자, 매일 정해진 시간에 오는 건 아닌 것 같아."

"흠…."

로렌스는 고개를 끄덕인 뒤, 조끼 속의 포도주를 바라보았다.

"그럼, 그 말대로 제렌은 올 거라고 보면 되겠군."

그런 거짓말을 했다는 것은 제렌과 늘 연락이 닿는다는 뜻이리라. 만약 그렇지 않다면 로렌스와 제렌 쌍방에게 폐가 가니까.

"나도 그렇게 생각해."

그러나 거짓말을 한 까닭을 알 수 없었다. 단순히 언제든지 제렌을 부를 수 있는 상황이라, 적당히 시간을 떨어뜨려 로렌스와 호로가 주문을 많이 하게끔 만들어야겠다는 생각을 했던 것뿐일수도 있다. 장사꾼들은 크건 적건 거짓말을 하는 것이 생활이다. 그것에 일일이 신경 썼다가는 금방 길을 헤매게 된다.

따라서 로렌스는 별로 신경 쓰지 않고, 호로도 그러려니 하는 것 같았다.

그 후에는 말벌 유충을 벌꿀에 조린 것이 나와 호로가 환호성을 올렸던 것 외에는, 별달리 아무 일도 없이 날이 저물었다. 그런 후 손님들이 줄줄이 들어왔다.

그 와중에 한 사람, 예상대로 제렌의 모습이 있었다.

　"재회를 축하하며."

　제렌의 제창으로 맥주잔을 마주치자, 딱 하고 듣기 좋은 소리가 났다.

　"모피는 어떻게 됐습니까?"

　"상당히 좋은 값을 받았지. 이 술을 보면 모르겠나?"

　"그것 참 부럽습니다. 역시 무슨 비결이?"

　로렌스는 그 말에 재깍 대답하지 않고, 술을 한 모금 마신 뒤 말했다.

　"비밀이야."

　호로가 콩을 아작아작 씹어댔으나, 입가에 떠오르는 웃음을 지우기 위해서였을 수도 있다.

　"어쨌거나 비싼 값에 팔려서 잘됐습니다. 나리의 자금이 늘면 저도 몫이 늘어나게 되니까요."

　"자금이 늘었다고 투자할 금액이 늘지는 모르겠는걸?"

　"예? 그럴 수가. 비싼 값에 팔리도록 제가 기도를 한 것은 그걸 기대해서였는데요?"

　"그럼 기도 대상이 틀렸군. 내가 투자할 금액을 늘리도록 기도 했어야지."

　제렌은 과장되게 하늘을 우러르며 손바닥으로 눈을 덮는 것이었다.

"자, 그런 것보다."

"아, 예."

제렌은 자세를 바로잡은 뒤 로렌스를 응시했다. 단, 그 사이에 호로를 흘끗 본 것은 호로 역시 방심할 수 없는 상대라고 여겼기 때문이리라.

"어떤 은화의 은 절상(切上)이 있을 거라는 정보를 파는 대신, 자네는 내가 번 금액의 일부를 그 대가로 주었으면 한다. 그런 얘기였지?"

"예."

"그 절상 얘기는 사실인가?"

정면으로 캐묻자 제렌의 표정이 움츠러든다.

"저기 그게, 원래 이 얘기는 제가 있던 광산촌의 꽤 괜찮은 정보에서 예측을 한 건데, 그러니까 믿어도 괜찮을 것 같긴 하지만…. 장사에 절대라는 건 있을 수가 없지요…."

"하긴 그렇지."

로렌스의 물음과 시선에 움츠러든 제렌을 보며, 로렌스는 오히려 만족스럽게 고개를 끄덕였다. 그런 뒤, 벌꿀에 말벌 유충을 조린 것을 집어 입안에 던져 넣고는 다음 말을 이었다.

"절대 그렇다고 하면 거절할 생각이었지. 그런 수상한 얘기는 있을 수 없으니까."

제렌은 안도한 듯이 한숨을 지었다.

"그럼, 자네가 취할 몫으로는 얼마를 원하는데?"

"예. 정보비로서 트레니 은화 10냥. 그런 다음, 나리가 벌어들이신 것에서 1할을 주셨으면 합니다."

"내놓은 정보의 크기에 비하면 상당히 소극적인 요구인데?"

"예. 하지만 물론 저도 생각한 바가 있어서 그렇습니다."

"손해 말인가?"

"예. 나리가 만의 하나 손해를 보시더라도, 저는 필시 손해배상을 거의 할 수 없을 테고, 내야 한다면 전 재산을 다 털어야만할 겁니다. 이익을 1할만 갖는 대신, 손해분에 대해서는 정보비로 받을 트레니 10냥을 돌려주는 것으로 끝내 주셨으면 하는 겁니다."

로렌스는 이미 취기 따위는 진작 어디론가 날아가 버린 머리로 생각했다.

제렌의 제안에는 크게 나누어 두 가지 가능성이 있다.

하나는 로렌스에게 손해가 나면 그것을 이용해 제렌이 이익을볼 수 있게 되는 경우. 또 하나는 단순히 이 이야기가 사실인 경우.

그러나 호로 덕분에 제렌이 말한 은화의 은 절상— 즉, 은화속의 은 함유량을 늘려서 은화의 가치를 높인다는 얘기는 거짓이라는 것을 알고 있다. 그렇다면 생각할 수 있는 것은 은화의가치가 떨어지는 사태다. 제렌의 꿍꿍이는 로렌스가 손해를 봄으로 인해 이익을 얻는 것인데, 어떻게 이익을 얻게 될지를 알수가 없다.

어쩌면 제렌의 말이 거짓이라는 호로의 말이 틀렸는지도 모른다고 생각해도 될 것 같다. 본인도 백발백중은 아니라고 했고,

무엇보다 제렌은 정보비를 돌려주겠다고까지 하고 있다. 정보비만을 노린 허술한 계획인 것 같지도 않다.

하지만 이런 문제들은 머리를 굴린다고 해서 알 수 있는 게 아니다. 제렌이 어떤 은화에 관해 말한 것인지를 알게 되면 새로운 것들이 보일 것이다.

게다가 손해를 보는 게 명백해지면, 어차피 정보비는 돌려받게 된다. 약간만 투자한 뒤 대충 얼버무려도 괜찮을 테고, 일단은 제렌의 속셈이 무엇인지 슬슬 흥미가 솟았다.

"좋아. 대충 그러면 되겠군."

"아, 예. 고맙습니다!"

"확인하겠는데, 자네는 정보비로서 트레니 은화 10냥을 요구했고. 또한, 받을 이익분은 내가 번 돈에 대해 1할. 그리고 내가 손해를 입었을 때는 자네가 내게 정보비를 돌려주고, 내 손해분은 자네에게 청구하지 않는다."

"예."

"그리고 이것을 공증인 앞에서 맹세한다."

"예. 아, 그 결제일 말씀인데요, 춘계 대시장이 서는 사흘 전까지는 부탁드릴 수 있을까요? 제 예상대로라면 절상은 연내에 될 것 같은데요."

춘계 대시장이라면 약 반년 후다. 은 절상이나 절하에 따른 가치변동이 다소 진정되기 위해서는 필요한 기간일 것이다. 만일 절상이 사실인 경우, 강해진 화폐는 큰 신뢰를 받게 된다. 신뢰를 받게 된 화폐는 거래시 흔쾌히 이용된다. 그렇게 되면 시장 가치는 자꾸만 올라간다. 그러니 초조하게 팔았다가는 손해를 보게 되는 것이다.

"아아, 상관없어. 타당한 기간이로군."

"그럼 내일 당장이라도 공증인에게 가고 싶은데, 괜찮으십니까?"

마다할 까닭이 없다. 로렌스는 고개를 끄덕인 뒤 맥주잔을 손에 들었다.

"그럼, 우리들의 한몫을 위해."

두 사람이 맥주잔을 손에 든 것을 보고, 멍하니 콩을 씹고 있던 호로도 허둥지둥 맥주잔을 잡았다.

"건배."

딱, 하고 듣기 좋은 소리가 났다.

공증인 제도는 글자 그대로 공공기관이 계약의 증인을 서는 제도를 말한다. 하지만 공증인 앞에서 계약을 했다고 해서, 그 계약이 백지화됐을 때 도시의 치안을 지키는 병사들이 그 상대를 잡아가는 것은 아니다. 크게 융성한 도시국가에서도 그런 일은 해주지 않는다.

그 대신 백지화를 당한 쪽은 그 사정을 공증인의 이름하에 소문낼 수 있다. 상인에게 그것은 치명적인 일이다. 특히 큰 거래를 할 마음이 있다면 더욱 그렇다. 타지에서 온 장사꾼이라 해도, 적어도 그 마을에서는 그 이후로 거래가 불가능해지게 된다.

따라서 장사를 때려치울 작정인 상대에게는 별 효과가 없더라도, 계속해서 장사를 할 생각인 상대라면 매우 효과적이다.

그런 공증인 앞에서 계약서를 교환하고, 정보비로 은화 10냥을 건네는 대가로 제렌이 가진 정보를 얻었다. 계약은 일사천리로 맺어지고 로렌스와 호로는 제렌과 헤어져 곧장 발걸음을 시장 쪽으로 옮겼다. 혼잡한 거리에서 텅 빈 짐마차를 끌고 다녀봐야 사고나 싸움의 원인이 될 뿐인지라, 짐마차는 여관에 맡겨두고 걸어온 것이다.

"그 애송이가 말한 은화가 이거지?"

호로가 손에 들고 있는 것은 이 근방에서 가장 흔히 사용되는 트레니 은화였다. 가장 흔히 사용되는 까닭에는, 이 은화가 몇백 종에 달하는 화폐 중에서도 상당히 높은 위치의 신용도를 갖고 있는 것도 있었지만, 단순히 이 도시를 포함한 이 근방 일대가 트레니 국의 영토라는 이유도 컸다.

자국의 영토에서 자국의 화폐가 쓰이지 않는 나라는 머지않아 멸망을 하거나, 대국의 속국이 될 운명이다.

"이 부근에서는 상당히 신용도가 높은 화폐지."

"신용도?"

제11대 국왕의 옆얼굴이 새겨진 흰 은화로 장난을 치며, 호로는 이쪽을 올려다보고 물었다.

"화폐는 몇 백 종류나 되고, 은이나 금의 절하, 절상이 종종 일어나거든. 화폐는 신용으로 결정 나는 거야."

"흐응. 내가 아는 화폐는 몇 종류밖에 없었는데. 거래는 대부분 짐승가죽으로 이뤄졌었어."

어느 시대 얘기냐, 하고 로렌스는 속으로만 중얼거렸다.

"그런데, 어때? 어떤 화폐인지 알고 나니까 뭐 좀 이해되는 게 있어?"

"이해가 된다고나 할까, 짚이는 바는 몇 가지 있어."

"예를 들면?"

노점을 쳐다보면서 호로는 그렇게 말하더니 별안간 우뚝 멈춰 섰다. 바로 뒤에서 걷던 직인으로 보이는 남자가 그런 호로에게 부닥치고 버럭 소리를 지르자, 호로는 외투를 살짝 젖히고는 올려 뜬 눈으로 쳐다보며 사과했다. 그랬더니 직인으로 보이는 남자는 무뚝뚝한 얼굴이 살짝 발그레해져서는 "괘, 괜찮아." 하는 소리만 하고는 넘어갔다.

로렌스는 '나만은 저런 수법에 넘어가지 않도록 해야지' 하며 자신에게 다짐했다.

"왜 그래?"

"응. 나, 저거 먹고 싶어."

호로가 가리킨 것은 노상 빵가게였다. 점심시간 전이라 갓 구운 빵이 즐비하고, 노점 앞에는 잔심부름을 하는 아이들이 주인 어른이나 사형*들의 점심을 조달하기 위해서인지, 혼자서는 절대 다 먹을 수 없을 만큼의 빵을 고르고 있었다.

"빵?"

※사형(師兄): 한 스승의 제자로서, 자신보다 먼저 스승의 제자가 된 선배.

"응. 저거. 저기 저 벌꿀 바른 거."

노점의 처마 끝에 여봐란 듯이 매달려 있는 가늘고 긴 빵을 말하는 것이다. 벌꿀을 위에서 여러 번 떨어뜨려 듬뿍 바른 그 빵은 어느 마을에서나 인기 최고다. 어떤 마을에서는 빵을 처마 끝에 매달아 놓고 보란 듯이 벌꿀을 뿌리며 호객을 했더니, 너무 인기가 있은 나머지 서로 먼저 사겠다고 싸움이 나는 바람에, 결국은 빵가게 조합법으로 벌꿀은 빵에 바른 후 처마 끝에 매달기로 결정했다는 이야기가 생각났다.

확실히 그 정도로 매력적인 빵이긴 하지만, '아무리 그래도 정말 단것을 밝히는 늑대네' 하며 로렌스는 쓴웃음을 금치 못했다.

"너, 돈 있잖아? 먹고 싶으면 가서 사 먹으면 되지."

"빵하고 사과는 가치가 별반 차이나지 않을 거야. 내가 다 들수 없을 정도로 많은 빵을 당신이 들어다 줄 테야? 아니면, 거스름돈을 잔뜩 만들어서 빵가게 주인 여자가 인상을 쓰게 만들까?"

그제야 이해가 됐다. 호로가 갖고 있는 것은 트레니 은화뿐이다. 빵 하나 사기에는 확실히 너무 큰돈이다. 사과조차 양손으로 다 들기가 곤란할 양이었다.

"알았어, 알았다구. 잔돈을 바꿔 줄 테니까… 두 손 다 내봐. 자, 이 검은 것 한 개면 대충 저 빵 한 개야."

시키는 대로 내민 호로의 작은 손에서 트레니 은화를 집어든 뒤, 대신 거무튀튀한 동전과 갈색 동전을 건네고, 그 중 하나를 가리키며 알려 주었다.

호로는 자신의 손 안에 있는 동전들을 유심히 살펴본 뒤, 대뜸 물었다.

"환전 사기 같은 건 안 하겠지?"

발로 뻥 차 버릴까 했으나, 호로는 이미 몸을 돌려 빵가게 쪽으로 걸어가고 있었다.

"하여간 한마디를 안 진다니까."

로렌스는 내뱉듯이 그리 말했으나, 실은 그것이 즐겁지 않을 리 없다.

호로가 만면에 웃음을 띤 채 빵을 물어뜯으며 돌아오는 것을 보니, 역시 웃지 않을 수 없었던 것이었다.

"오가는 사람들한테 부딪치지 마. 싸움은 사양이니까."

"날 애 취급하는 거야?"

"입 주위를 끈적끈적하게 해가면서 벌꿀빵을 물어뜯는 모습은 누가 봐도 어린애로 보일걸?"

"……."

별안간 말이 없기에 화가 났나 싶었으나, 영악한 늑대는 당연히 화가 나거나 하진 않았다.

"귀여워?"

작은 머리를 갸웃하며 로렌스를 올라다 보고 그런 말을 하기에, 로렌스는 머리를 딱 때려 주었다.

"하여간 농담도 모른다니까."

"나는 진지한 사람이거든."

다행히 내심 약간 당황한 것은 들키지 않은 모양이었다.

"그런데, 당신은 뭘 깨달았어?"

"아아. 맞다, 참."

불쾌한 지적을 당하기 전에 잽싸게 그 얘기로 들어가는 편이 좋을 듯했다.

"그게 이 트레니 은화에 관한 얘기라면, 제렌의 이야기가 꼭 거짓이라고도 할 수 없게 돼."

"그래?"

"은을 절상할 만한 이유도 일단은 있어. 어… 아, 이거. 이 은화는 필링 은화라고 해. 남쪽으로 내려가서 강을 세 개 건넌 끝에 있는 나라의 것인데, 은의 순도가 상당해서 시장에서는 인기가 있지. 트레니 은화의 라이벌이라고나 할까."

"흠. 화폐가 국력을 나타내는 건 어느 시대나 마찬가지로군."

눈치 빠른 현랑이 빵을 물어뜯는다.

"그렇지. 나라와 나라 간의 전쟁은 꼭 병사들끼리의 싸움에만 그치는 게 아냐. 타국의 화폐가 자국의 시장을 석권하게 되면, 그 나라는 전쟁에서 진 것이나 진배없어. 타국의 왕이 그 화폐의 유통을 줄이겠다고 선언하기만 해도 자국의 시장은 숨통이 막히게 되니까. 물건을 사고파는 것도 화폐가 없으면 얘기가 안 돼. 말하자면, 국가의 경제활동을 좌지우지 당하게 되는 것이나 마찬가지야."

"요컨대, 라이벌을 쓰러뜨리기 위해 은의 순도를 올린다는 이유가 성립된다는 건가?"

눈 깜짝할 사이에 빵을 먹어치우고 호로는 손가락을 빨며 그렇게 말했다.

거기까지 갔으면 호로는 로렌스가 하고 싶은 말을 자연히 알아챘을 것이다.

"뭐, 내 귀도 만능은 아니니까."

역시 알아챈 모양이었다.

"가능성으로서, 제렌이 거짓말을 하지 않았을 경우도 충분히 있을 수 있어."

"응. 그 말엔 나도 찬성이야."

의외로 순순한 대답에 로렌스는 약간 놀랐다. 스스로 백발백중은 아니라고 하긴 했어도, 의심을 하면 의심했다고, 자기 귀를 못 믿는 거냐며 화를 낼 줄 알았던 것이다.

"뭐야? 내가 화를 낼 줄 알았어?"

"그래."

"그렇게 생각한 것에 대해서는 화를 낼지도 몰라."

장난스럽게 웃으며 그렇게 말하는 것이었다.

"뭐, 어쨌든 있을 수 있는 얘기야."

"흐응. 그래서 이제부터 어디로 갈 건데?"

"어느 은화인지 알았으니 그걸 조사하러 가야지."

"조폐소?"

진지한 얼굴로 그렇게 묻는 바람에 그만 웃고 말았다. 여기엔 조금 화가 난 듯하다. 입을 삐죽 내밀고는 째려보았다.

"우리들 같은 상인이 그런 데 가 봐야 병사들 창에 찔리기밖에 더해? 환전상한테 가는 거야."

"흥. 나라고 다 아는 건 아냐."

호로의 성격이 점점 파악되는 느낌이 들었다.

"환전상한테 가서 최근 은화의 상태를 살펴보려는 거야."

"음…. 봐서 어쩔 건데?"

"화폐에 큰 변동이 있을 때는 말이지, 반드시 전조라는 게 있어."

"폭풍전야 같은?"

비유가 재밌어서 조금 웃는다.

"뭐, 그런 거지. 순도가 크게 떨어질 때는 아주 조금씩 떨어지고, 크게 올라갈 때는 아주 조금씩 올라가지."

"흐응….."

이해가 잘 가지 않는 모양이라 로렌스는 헛기침을 한 뒤, 머릿속에 팍 박아둔 스승의 가르침을 꺼내들었다.

"화폐라는 건 말이지, 거의 신용으로 성립되는 거야. 화폐 속에 들어 있는 은과 금을 같은 무게의 은과 금의 가치와 비교했을 때, 은화와 금화 쪽의 가치가 확실히 높지. 물론 가치는 아주 신중하게 정해지지만, 사실은 원래는 그 정도 값어치가 아닌 것에 가치를 매기는 거니까 그야말로 신용의 덩어리라고 할 수 있는 거야. 뿐만 아니라, 실제로 화폐의 순도 변화는 웬만큼 크게 변하지 않는 한 정확히 알 수는 없어. 환전상들도 분명하게는 몰라. 녹이지 않는 한은 알 도리가 없는 거야. 그런데 말이지. 화폐라는 게 그런 신용을 바탕으로 성립되는 것이니까, 어떤 화폐가 인기를 모으게 되면 액면가 이상의 가치를 갖게 되는 일이 많이 생겨. 그 반대인 경우도 있고. 그리고 인기를 좌우하게 되는 계기는 여러 가지가 있을 수 있지만, 가장 많은 것이 은과 금의 순도 변화야. 그러니까 사람들은 화폐의 변화에 지극히 민감해지지. 그야말로 저울과 안경으로는 발견할 수 없을 만큼 아주 미세한 변화도 큰 변화로 여길 만큼."

로렌스의 수다스런 설명이 끝나자, 호로는 골똘한 표정으로 먼 산을 바라본다. 아무리 호로라도 이것을 단 한 번에 이해하지는 못하겠거니 하고, 로렌스는 호로의 질문에 바로 대답할 수 있도록 마음의 준비를 하고 있었으나 질문은 좀처럼 나오지 않았다.

가만 보니 호로의 옆얼굴은 모르는 부분을 이리저리 생각하는 표정이 아니라, 뭔가를 짚어나가는 듯한 표정이었다.

믿고 싶지 않으나, 호로는 어쩌면 단 한 번의 설명으로 다 이해를 해버렸는지도 모른다.

"음. 요컨대 그거군? 화폐를 만드는 쪽은 순도를 대폭 바꾸기 전에 야금야금 순도를 바꿔서 사람들의 기대를 가늠하고, 그 반응을 보고 순도를 올릴지 떨어뜨릴지 기회를 엿본다는 거지?"

이런 제자가 있다면 그 행상인은 상당히 복잡한 심정이 될 것이다. 제자가 우수한 것은 뿌듯하겠지만, 반드시 장사판의 무서운 적이 될 테니까.

하지만 같은 이야기를 이해하는 데 한 달 가까이 걸렸던 로렌스로서는 우선 분한 마음을 감추는 것이 선결 과제였다.

"그, 그런 거지."

"인간 세계는 복잡해."

쓴웃음을 지으며 그렇게 말하는 데 비해, 호로는 무서우리만
큼 이해가 빨랐다.

그런 대화를 나누다 보니, 둘은 어느덧 좁다란 강에 맞닥뜨렸
다. 파치오의 옆을 흐르는 슬라우드강이 아니라, 인공적으로 흙
을 판 뒤 강에서 물을 끌어들여 만든 용수로다. 이 용수로를 이
용해, 슬라우드강을 따라 이 도시로 운반되어 온 수많은 화물들
을 일일이 땅에 내리지 않고 효과적으로 시장으로 운반할 수가
있다.

그 때문에 화물을 가득 실은 소형 선박이 쉴 새 없이 바삐 오
가고, 소형 선박을 모는 선장들끼리 다투는 소리도 들려왔다.

로렌스가 향한 곳은 그런 용수로에 걸린 다리 위. 옛날부터 전
해지는 습관으로 환전상과 금세공사가 가게를 차리는 곳은 다리
위로 정해져 있다. 거기에 자리를 깔고, 작업대와 저울을 놓고
장사를 한다. 그러니 비 오는 날은 당연히 쉬는 날이다.

"오오, 떠들썩하구만."

파치오에서 가장 큰 다리 위를 보자마자 호로는 그렇게 중얼
거렸다. 수문을 닫으면 범람할 일이 없으므로 보통 강에는 절대
세우지 않을 정도로 거대한 다리가 서 있고, 그런 다리 위 양쪽
으로 팔꿈치가 맞부딪힐 정도로 빽빽하게 환전상과 금세공사들
이 처마를 줄줄이 잇고 있었다. 어디나 할 것 없이 다 성황이고,
특히 환전상에서는 시장으로 가기 위해 다양한 나라에서 실려
온 수많은 화폐가 차례차례 바뀌진다. 그 옆에서 금세공사가 값

비싼 조각상을 만들거나 금속을 연마한다. 금속을 녹일 만한 솥은 없지만, 세밀한 가공과 주문은 전부 그 자리에서 행해진다. 필연적으로 도시의 납세 장부에서도 상위를 점하는 이들이 좌르륵 얼굴을 내미는 만큼, 실로 돈 냄새가 풀풀 넘쳐난다.

"이렇게 많으니 어디로 할지 고민되네."

"행상인이라면 각 도시에 친한 환전상이 있게 마련이야. 따라와."

복잡한 다리 위를 걸어가자 호로가 허둥지둥 로렌스의 뒤를 따라왔다.

요즘에는 어느 도시에서나 금지돼 있지만, 활기찬 도시에서는 그렇지 않아도 왕래가 빈번한 다리 위에서 환전상이나 금세공사의 꼬마 도제들이 스승을 위해 호객행위를 한다. 그렇게 되면 그야말로 난리법석이다. 물론 떠들썩한 거야 상관없지만, 그렇게 떠들썩한 틈을 타고 환전 사기가 끊이지 않는다. 속는 것은 당연히 손님 쪽이다.

"아, 있다."

로렌스도 옛날에는 몇 번씩이나 속았지만, 친한 환전상이 생긴 뒤로는 그럴 일도 없다.

파치오에서 친하게 지내는 환전상은 로렌스보다도 약간 연하인, 아직 젊은 환전상이었다.

"와이즈, 오랜만이야."

마침 손님이 떠난 참이라 저울에서 화폐를 내리고 있는 금발의 환전상에게 말을 건다.

와이즈라 불린 환전상은 "뭐야?" 소리만 하고 고개를 들었다가 로렌스를 발견하자 즉시 활짝 웃었다.

"여어, 로렌스! 오랜만이야. 여긴 언제 왔어?"

서로 스승끼리 아는 사이라 친분도 길다. 친구인 셈이다. 친하게 지낸다기보다는 필연적으로 그렇게 됐다는 편이 옳다.

"어제 들어왔어. 요렌츠에서 우회해서 장사를 하면서 오는 참이야."

"헤에, 여전하군. 잘 지냈어?"

"그냥 뭐. 그쪽이야말로 어때?"

"헤헤. 벌써부터 치질에 걸려서 말이지. 스승님의 입버릇이 옮았어. 엉덩이 쑤셔."

쓴웃음을 짓는 와이즈였으나, 독립한 환전상으로서는 어엿한 한몫을 하게 됐다는 증거다. 손님이 끊이지 않아 하루 종일 앉아 있기만 하는 환전상이라면 반드시 치질에 걸리게 돼 있다.

"그런데 오늘은 어쩐 일이야? 이런 시간에 온 걸 보아하니, 손님으로 온 거지?"

"아아, 사실은 말이지, 부탁이 있어서…. 왜 그래?"

로렌스가 그렇게 묻자, 와이즈는 꿈에서 퍼뜩 깨어난 듯이 시선을 로렌스 쪽으로 돌렸다. 그러더니 다시금 시선을 다른 쪽으로 돌린다.

정확하게는 로렌스의 옆이다.

"거기 있는 아가씨는?"

"아아, 파슬로에 마을에서 이리 오는 도중에 주웠어."

"헤에…. 뭐? 주웠어?"

"주운 거나 다름없어. 그렇지?"

"뭐? 음… 어째 어폐가 있는 것 같긴 하지만, 그런 셈이지."

신기한 듯이 두리번대던 호로는 로렌스의 말에 돌아보더니 마지못한 느낌으로 동의했다.

"그런데, 성함이?"

"나요? 내 이름은 호로예요."

"호로…. 좋은 이름이네."

와이즈가 헤벌쭉한 얼굴로 웃으며 그렇게 칭찬하자, 그 소리를 들은 호로가 그다지 싫지 않은 표정으로 웃으며 대답을 하는 바람에 로렌스는 약간 재미가 없어졌다.

"아, 갈 데가 없으면 우리 집에서 일하지 않을래요? 지금 마침 심부름할 사람이 없거든요. 나중에는 내 뒤를 이어도 좋고, 뭣하면 색시로…."

"와이즈, 부탁이 있어서 왔어."

로렌스가 가로막고 나서자 와이즈는 노골적으로 싫은 표정을 지었다.

"뭐야? 너, 벌써 잡아먹었냐?"

와이즈의 거침없는 말투는 옛날부터 여전했다.

하지만 호로를 잡아먹기는커녕 거꾸로 로렌스가 놀림을 당하기 일쑤인 상황이라, 그 말에는 분명히 아니라고 대답했다.

"그럼, 얘기해도 되잖아?"

와이즈는 한마디 톡 쏘고는 호로 쪽을 쳐다보더니 미소 지었

다. 호로는 호로대로 두 손을 비비적대면서 "곤란한데요."라고
한다. 필시 일부러 저러는 것이겠지만, 역시 재미없다.

　물론 그런 건 내색도 할 수 없지만.

　"그건 나중에 하고, 일단은 내 용건이 먼저야."

　"쳇. 알았어. 대체 뭔데?"

　호로는 키득키득 웃고 있었다.

　"혹시 최근 발행된 트레니 은화 없어? 가능하면 과거로 거슬
러 올라가 세 종류쯤이 좋은데."

　"뭐야? 절하, 절상 정보라도 붙잡은 거야?"

　과연 이런 면에서는 이 바닥 인간이다. 눈치가 번개다.

　"그런 셈이야."

　"용케도 알아냈네. 그렇게 앞서가기야?"

　라는 얘기는 화폐에 통달한 환전상도 변화를 눈치 채지 못하
고 있다는 뜻이다.

　"그래서, 있어? 없어?"

　"있어. 지난달 교회 강림제 때 발행된 것이 최근 거야. 옛날
건… 아, 이거다."

　와이즈는 뒤에 놓인 커다란 나무상자에서 한가운데를 파낸 나
무 사이에 반만 끼워진 화폐를 꺼낸 뒤, 네 개를 로렌스에게 건
넸다. 나무에는 발행연도가 적혀 있다.

　겉모양은 전혀 달라진 것이 없다.

　"하루 종일 화폐를 만지작대는 나도 알아채지 못했어. 같은 주
형, 같은 재료로 만들어졌을걸? 조폐소 기사들의 면면도 옛날 그

대로고. 큰 정변도 없는데 바뀔 이유가 없다구."

와이즈가 그렇게 말하는 것이다. 무게와 색깔 등은 이미 충분히 신중하게 비교했을 것이다. 그래도 로렌스는 햇빛에 비춰 보기도 하고, 여러 가지로 시험해 본다. 역시 아무런 변화도 없는 것 같다.

"무리야, 무리. 그렇게 해서 알 수 있다면 내가 진작 눈치 챘지."

와이즈는 웃으면서 환전대 위에 팔꿈치를 대고 턱을 괸다. 포기하라는 것이다.

"흠…. 대체 어떻게 된 건지."

로렌스는 한숨 섞어가며 중얼거린 뒤, 턱을 괸 채로 이미 손바닥을 내밀고 있는 와이즈에게 화폐를 돌려주었다. 와이즈의 손 안으로 떨어진 은화가 땡그랑 땡그랑 기분 좋은 소리를 냈다.

"녹여서 조사해 볼 마음은 없어?"

"말도 안 되는 소리 마. 그런 짓을 어떻게 해?"

화폐를 녹이는 것은 어느 나라에서건 금지사항이다. 와이즈는 말도 안 된다는 표정으로 웃어넘겼다.

하지만 그렇게 되면 로렌스는 판단을 내릴 수가 없게 된다. 틀림없이 화폐에는 뭔가 변화가 있을 것이고 와이즈라면 은근히 눈치 채고 있을 줄 알았던 것이다.

어떻게 된 것인지.

그런 생각을 하고 있을 때였다.

"나도 좀 보여줄래요?"

호로가 그렇게 말하자 와이즈는 즉시 고개를 들더니 최상의 미소로 "아, 그러세요."하며 화폐를 건넨다. 건넬 때 호로의 손을 양손으로 감싸고 좀체 놓아주지 않는 것도 빼놓지 않는다.

"나쁜 분이시네."

호로가 미소를 지으며 살짝 나무라듯 한 말에 와이즈는 완전히 녹아 버린 모양이었다. 흐물거리는 얼굴로 머리를 벅벅 긁는다.

"뭐 좀 알겠어?"

그런 와이즈를 무시하고 로렌스는 물어보았다. 아무리 호로라도 화폐의 순도는 가늠할 수 없을 것 같았다.

"잠깐만 있어 봐."

호로가 무엇을 하나 했더니, 양손으로 화폐를 감싸고 귓가에 가져가서는 손을 흔들어 땡그랑 땡그랑 소리가 나게 하는 것이었다.

"하하, 무리하시네?"

와이즈가 쓴웃음을 지었다.

몇 십 년 간 경험을 쌓은 환전상 중에는 소리만 듣고도 화폐 속의 약간의 순도 변화를 알아맞힐 수 있는 이도 있다고 하지만, 그건 거의 전설에 가깝다. 장사꾼들로 치면 자신이 산 상품은 반드시 오른다고 하는 것과 같은 얘기다.

그래도 로렌스는 혹시나 하는 생각이 든다. 왜냐하면 호로의 귀는 늑대의 귀니까.

"흠."

호로는 일단 동작을 멈추고 손을 펼치더니 은화를 두 개 골라 나머지를 환전대 위에 올려놓았다.

그런 뒤 그 두 은화를 몇 번쯤 부딪쳐 본다. 그런 동작을 총 여섯 번, 요컨대 전부 조합시켜 본 뒤 말했다.

"모르겠네요."

수줍은 듯한 호로의 모습에 또 홀려 버렸는지, 와이즈는 다시는 원상복귀를 못하게 되는 것이 아닐까 걱정이 될 만큼 풀어질 대로 풀어진 얼굴로 "그럴 수도 있지. 암, 그럴 수도 있지."하며 고개를 끄덕였다.

"그럼, 우린 그만 가 볼게. 조만간 한잔 하자구."

"아, 꼭이야. 꼭!"

엄청난 서슬에 압도되어 로렌스는 꼭 그러겠노라고 약속한 뒤 그 자리를 뒤로 했다.

그랬음에도 와이즈가 호로에게 손을 마구 흔들고 있는지, 호로는 거듭 돌아보며 대답을 하듯 작게 손을 흔들었다.

인파에 묻혀 완전히 보이지 않게 되고 나서야 호로는 앞을 바라보았다. 그런 뒤 작게 풋 하며 웃음을 터뜨렸다.

"재미있는 사람이네."

"여자라면 환장을 하거든."

그건 사실이지만, 와이즈에 대한 평가를 조금 떨어뜨려야 한다는 생각도 없지 않아 있었다.

"그래서, 은화의 순도는 올라갔어? 내려갔어?"

로렌스는 아직 웃고 있는 호로를 내려다보며 그렇게 물었다.

그러자 호로의 얼굴에서 웃음이 가시며 놀란 표정이 된다.

"넘겨짚을 줄도 알고, 당신도 많이 컸네?"

호로는 조금 웃고는 "방심 못하겠어." 하며 중얼거렸다.

"내가 놀란 건 네가 그 자리에서 그 얘기를 안 한 거지. 거짓말을 하는 걸 보고 솔직히 놀랐어."

"그 사람이 내가 하는 얘기를 믿고 안 믿고를 떠나서, 주위에 있던 사람들까지 그럴지는 알 수 없잖아? 비밀을 아는 사람은 적은 편이 좋지. 그리고 뭐, 감사의 인사 같은 거야."

"감사의 인사?"

로렌스는 앵무새처럼 반복했다. 뭔가 감사를 받을 만한 일을 했던가?

"당신, 조금 질투했지? 그에 대한 인사야."

싱글싱글 웃는 호로의 시선에 로렌스는 다 알면서도 얼굴이 조금 경직되지 않을 수 없었다. 어떻게 호로는 그런 걸 알아챘을까. 아니면, 넘겨짚는 데 도가 텄나?

"아니, 신경 쓸 건 없어. 수컷들은 하나같이 다들 바보처럼 질투가 심하니까."

정곡을 찔린 만큼 듣기 괴롭다.

"하지만, 암컷도 그런 걸 좋아라 하는 바보거든. 온통 다 바보 천지야."

호로는 로렌스에게 살짝 몸을 기대며 그렇게 말했다.

장사뿐 아니라 연애에도 노련한 모양이다.

"우후. 뭐, 내가 보기엔 당신들은 전부 햇병아리에다 인간이니까."

"그렇게 말하는 너도 지금은 사람의 모습이잖아? 좋아하는 늑대 앞에서 화를 돋우지 마."

"안 그래. 내 귀여운 꼬리를 살랑 한 번 흔들기만 하면 인간도 늑대도 다 쓰러진다구."

호로가 한 손을 허리에 얹더니 엉덩이를 살짝 좌우로 흔든다. 어쩐지 그 말이 사실일 것만 같아 로렌스는 할 말을 잃고 말았다.

"자, 이제 농담은 그만하고."

호로의 말에 로렌스도 한숨을 돌린다.

"아주 조금씩이지만 새로워질수록 소리가 둔해졌어."

"둔해져?"

호로는 고개를 끄덕였다. 소리가 둔해졌다는 것은 은의 순도가 떨어지고 있다는 뜻이다. 약간의 차이로는 알 수 없으나, 흰 은화가 검게 될 만큼 순도가 떨어지면 문외한이라도 소리가 둔해진 것을 알 수 있다. 만약 호로가 하는 말이 맞는다면, 이것은 트레니 은화의 은 함유량이 절하될 전조인지도 모른다.

"흠…. 그렇다면 제렌의 말은 역시 거짓이었다고 생각하는 것이 타당하려나?"

"글쎄. 하지만 그 애송이, 당신이 지불한 은화 10냥도 경우에 따라서는 정말 돌려줄 생각이었어."

"왠지 그건 나도 알겠어. 정보를 팔고 그 돈만 노린 사기라면 술집에서 그토록 세게 나오지도 않았을 테고, 교회에서 얘기를 꺼냈을 때 돈을 요구했겠지."

"참으로 이상한 사태네."

호로는 웃었으나, 로렌스는 머리를 굴리느라 필사적이었다.

하지만 생각하면 생각할수록 이상하다. 그 제렌이라는 애송이는 대체 무슨 꿍꿍이인 것일까. 뭔가를 꾸미고 있는 것만은 틀림없다. 그리고 누군가가 뭔가를 꾸미고 있다면, 대개의 경우 그 뒤를 파면 이쪽도 이득을 보게 된다. 그래서 로렌스도 이 이야기에 머리를 들이민 것인데, 아무리 그래도 이렇게까지 무슨 꿍꿍이인지 전혀 짐작이 가지 않으니 조금 난감하다.

무엇보다 은화의 가치가 떨어지는 은의 절하에서 어떻게 이윤을 낸단 말인가. 고려할 수 있는 것은 장기적인 투자다. 예컨대 금이나 은의 가치가 2단계에 걸쳐 내려간다고 치자. 1단계에서는 금을 팔고, 2단계 절하되었을 때 되산다. 그렇게 하면 수중에는 맨 처음과 같은 양의 금이 있지만, 1단계에 팔았을 때와 2단계에 샀을 때의 차액이 생긴다. 금과 은의 거래는 늘 유동적이다. 다시 원래 가치로 돌아갈 때까지 기다리면 결국은 이윤을 보게 된다.

하지만 지금은 그렇게 느긋한 짓을 할 시간이 없다. 반 년 정도로는 일단 무리다.

"제렌이 이야기를 들고 나왔다는 건 자신이 이득을 보게 된다는 거야. 반드시 이득을 보게 되는 거지."

"뭐, 별난 인간이 아니라면."

"그리고, 손해분에 대해서는 불문에 부치자고 했지. 그렇다면…."

"우후."

별안간 호로가 그런 식으로 웃음을 터뜨렸다.

"왜?"

"우훗, 우후후후. 당신, 속은 거 아냐?"

호로의 말에 로렌스는 순간 머릿속이 딱 멈췄다.

"속아?"

"암."

"그건… 은화 10냥을 속아서 빼앗겼단 얘기야?"

"웃후후후후. 상대방한테서 강제로 돈을 벗겨먹는 것만이 사기는 아니랍니다."

행상 경력 7년. 다양한 사기를 듣고 봐 왔으나, 호로가 하는 말은 약간 이해가 가지 않는다.

"자신은 절대 손해를 보지 않게 꾸며 놓고, 상대방만 이득이냐 손해냐 모험을 하게 만드는 것도 훌륭한 사기지."

로렌스는 숨을 쉬는 것도 잊었을 만큼 머릿속이 새하얘졌다가 바로 얼굴로 피가 치솟았다.

"그 애송이는 절대로 손해 안 봐. 최악의 경우가 본전치기지. 왜냐하면 은화가 절하되어 당신이 손해를 입어도, 자기는 받았던 은화를 돌려주기만 하면 그만이거든. 반대로 가치가 올라가면 이윤의 일부를 받을 수 있게 돼. 어차피 빈손으로 시작한 장사인걸? 이윤을 못 봐도 쌤쌤이지."

무릇 아래가 없어진 것만 같은 무력감. 어떻게 이런 얄팍한 수법에 걸려들 수가 있나 싶어 맥이 빠진다.

　듣고 보니 확실히 그 말이 맞다. 멋대로 저쪽에 거대한 계략이 있겠거니 했다. 아니, 속고 속이는 장사꾼들이라면 반드시 그렇게 여기기 마련이다. 그러니 이런 생각이 든다.

　제렌은 '틀림없이' 이윤을 얻게 될 것이라고.

　"우후. 인간이란 존재는 참 영악해."

　호로가 남 말 하듯 그렇게 말하니, 로렌스는 한숨밖에 나오지 않았다. 하지만 다행히 아직은 트레니 은화에 투자를 하지 않았다. 있어야 할 은화는 그대로 수중에 남아 있다. 제렌과 교환한 계약서에는 은화 몇 냥을 투자할 것인지 정해져 있지 않다. 이리 되면 남은 건 시장에 변동이 없기를 기도하는 일뿐이다. 그렇게 되면 제렌의 이야기는 거짓말이라는 것이 드러나게 되고, 은화 10냥을 되찾을 수도 있다. 물론, 절하되어도 그 은화는 돌아오게 돼 있으니 제렌에게 감쪽같이 속았다고 생각하면 싼 축에 든다.

　장사꾼들이 방심하여 누군가의 함정에 걸려들었다가는, 대개 가진 것을 송두리째 잃게 되기 때문이다.

　그래도 역시 그 '애송이' 제렌에게 속아 넘어간 것은 로렌스의 자존심에 상처를 입혔다. 입끝으로만 살짝 웃는 호로를 앞에 두고, 로렌스는 등을 구부정하게 숙였다.

　"그런데."

　아직 뭔가 더 남았나? 하고 로렌스가 애걸하는 눈으로 올려다 보니, 호로의 표정이 마치 사냥감을 눈앞에 둔 사냥개 같다.

　"은화의 순도가 조금씩이라도 떨어지는 게 자주 있는 일이야?"

로렌스는 그 말에 구원의 다리가 내걸린 것만 같아, 납덩이를 녹여 넣은 듯했던 등줄기에 억지로 힘을 넣었다.

"아니, 보통은 세심하게 주의를 해서 순도를 유지하지."

"흠. 그런데 불거져 나온 은화 순도에 관한 얘기라. 우연인가?"

"으…."

생글생글 웃는 것은 단순히 이 상황이 재미있어서인지도 모른다. 아니, 분명히 재미있을 테지.

"하지만, 당신이 그 마을에서 그 보릿단을 들고 그 순간에 거기 서 있었던 것도 우연이지. 세상에 우연과 필연만큼 알 수 없는 건 없어. 벽창호의 연심(戀心)만큼 골치 아프지."

"비유 한 번 묘하네."

그런 말이 바로 튀어나왔다.

"자, 당신은 생각의 미로 속에서 우왕좌왕하고 있는가 본데. 이럴 때는 새로운 시점에서 바라봐야 해. 우리도 사냥감을 포획할 때, 종종 나무에 올라가 보지. 나무 위에서 보는 숲은 또 다르거든? 요는."

현랑 호로가 씨익 하고 왼쪽 송곳니를 입술 밑으로 내보이며 말했다.

"뭔가를 꾸미고 있는 것이 그 애송이가 아니라면 어쩔 거야?"

"아…."

쾅 하고 머리를 얻어맞은 듯한 충격.

"그 애송이가 얻게 될 이윤은, 꼭 그 애송이가 상대한 사람에게서 받아내지 않아도 된다는 거지. 예를 들어 누군가에게 부탁을 받고 그 수고비를 받을 요량으로 이상한 거래 얘기를 꺼내들었을지도 모른다는 거지."

머리 두 개만큼은 작은 호로가 엄청난 거인처럼 보인다.

"나무가 하나 말라죽었다고 쳐. 그것 하나만 보면 숲에 손해가 난 것 같지만, 숲 전체로 봐서는 그 나무가 영양분이 되어 다른 나무들이 잘 자라게 되니까 이득이지. 눈앞의 일을 다른 시점에서 보면 깜짝 놀라게 되는 경우가 많아. 어때? 뭔가 보여?"

순간 로렌스는 호로가 이미 뭔가를 알고 있는 것이 아닌지 의심이 들었으나, 호로의 말투에서 볼 때 그것이 로렌스를 시험해서 하는 말이 아니라 단순한 조언이라는 것을 깨달았다. 장사꾼에게 중요한 것은 지식이다. 그리고 그 지식은 단순한 상품 가격 따위가 아니다.

눈앞에서 벌어진 일을 생각하는 방식. 그 수법에 관한 지식이다.

로렌스는 생각한다. 새롭게 얻은 그 지식으로 고민한다.

제렌이 실제로 이야기를 한 상대 — 로렌스에게서 이윤을 얻는 것이 아니라, 다른 곳에서 이윤을 얻게 된다면. 제렌이 누군가에게 은화를 매입하게 만듦으로써 다른 누군가에게서 수고비를 받을 수 있게 된다면.

그런 생각이 머리에 떠오른 순간, 로렌스는 숨을 삼켰다.

예전에 잠시 들렸던 마을의 술자리에서 다른 행상인에게서 들은 그 계략은 규모가 너무 어마어마한 탓에 그때는 단순한 안주거리로 듣고 넘겼었다.

하지만 그 계략을 이용하면, 가치가 떨어진 은화를 매입하는 부질없는 행위를 어렵지 않게 설명할 수 있다.

그리고 제렌이 거짓말을 하면서도 공중인 앞에서 계약서를 교환하고, 술집에서 이상하리만치 세게 나온 것, 사기가 목적인 것치고는 묘한 행동을 취한 것도 납득이 갔다.

제렌은 그렇게 함으로써 거래에 설득력을 부여해, 로렌스가 꼭 은화를 사도록 유도한 것이었다.

로렌스의 생각이 맞다면, 제렌은 누군가에게 고용되어 은화를 회수하고 있다. 그것도, 가능한 누가 어떤 목적으로 그 은화를 모으는지는 아무도 눈치 채지 못하도록 은밀히.

특정한 은화를 눈에 띄지 않게끔 모으려면 다수의 상인들의 욕심을 부추겨 그들이 자발적으로 사 모으도록 하는 게 최고다. 한몫 벌 욕심으로 은화를 사들인 상인들은 다른 상인들과 나눠 먹고 싶지 않은 마음에 영리하고도 신중하게, 또한 입을 꾹 다물고 행동하기 때문이다. 그런 뒤 기회를 봐서 상인들이 모은 은화를 요령껏 거둬들이면 된다. 그렇게 되면 시장에 영향을 주지 않으면서, 또한 누가 은화를 모으고 있는지도 들키지 않고 목적을 달성할 수 있다.

특정 상품을 독점하여 가격을 끌어올릴 때 잘 쓰는 수법이다.

또한 이번 이야기의 기막힌 점은, 은화의 가격이 내려가면 상인들은 가능한 손실을 줄이기 위해 그 은화를 팔고 싶어 하게 된다는 점이다. 그렇게 되면 매수는 전혀 어렵지 않게 이루어질 테고, 손해를 입은 상인들은 스스로의 명예를 지키기 위해 그런 은화 투기에 손댄 사실을 떠들지 않는다.

그리하여 은화는 은밀하게 한 곳으로 모이게 된다.

그런 식으로 엮은 거대한 계획은 현기증이 날 만큼 어마어마한 이윤을 창출해낼 것이다. 기억 속의 이야기에서 들은 이윤만 해도 엄청난 것이었다.

로렌스는 자기도 모르게 소리를 지를 뻔했다.

"우후. 뭔가 번뜩였나?"

"가자."

"응? 아. 어디로?"

이미 뛰기 시작한 로렌스가 초조한 듯 뒤를 돌아보며 소리쳤다.

"밀로네 상회! 이건 그런 계략인 거야. 이건, 가치가 떨어진 은화를 사면 살수록 이윤이 생기게 되는 거라구!"

상대의 계략을 뒤에서 치면 반드시 돈을 벌게 돼 있다.

그것은 계략이 거대하면 거대할수록 좋은 것이었다.

제 4 막

밀 로네 상회 측은 느닷없이 찾아온 로렌스의 이야기를 듣자마자 놀란 표정에서 삽시간에 경계의 표정으로 바뀌었다. 그도 그럴 것이, 제렌이 로렌스에게 이야기한 거래의 뒤를 치자는 얘기를 밀로네 상회에 제안했던 것이다. 제렌의 이야기만 해도 바로 믿기지가 않는데, 그 뒤를 치자는 로렌스의 이야기는 더더욱 신용이 가지 않는 것도 당연하다면 당연한 일이었다.

게다가 밀로네 상회와는 모피 건도 있다. 이번 거래에 영향이 미칠 만큼 화가 난 건 아니지만, 담당자는 로렌스의 모습을 보자 쓴웃음을 지었다.

그래도 밀로네 상회가 일단 응해 준 것은, 로렌스가 제렌과 공증인 앞에서 교환한 계약서를 제시했기 때문이다. 이번 거래는 밀로네 상회가 충분히 확신을 가져도 될 만한 것이라고.

또한, 로렌스는 제렌의 배후관계를 조사해 달라고 하면서 이것이 단순한 사기는 아니라는 점을 강조했다.

그 정도까지 하면, 설령 사기라 해도 참 정교하다는 생각을 밀로네 상회는 하게 될 것이다. 그러면 혹시 모르니까 배워 두자는 마음에 머리를 들이밀게 된다. 로렌스는 그렇게 판단했고, 실제로 그렇게 되었다.

무엇보다 로렌스의 짐작이 옳다면, 이 거래에서 밀로네 상회는 막대한 이윤을 얻게 된다.

밀로네 상회는 호시탐탐 다른 상회를 제칠 기회를 엿보고 있을 터였다. 다소 수상한 냄새가 나더라도 막대한 이윤의 가능성을 놓칠 리 없으리라는 예상이 맞아들었다.

밀로네 상회가 일단 이 이야기에 흥미를 갖게 하는 데 성공한 후에 로렌스가 한 일은, 우선 제렌이라는 자의 존재를 증명하는 것이었다. 로렌스는 호로와 함께 재빨리 그날 해가 질 무렵에 술집 요렌드로 가서 제렌과 연락을 취하고 싶다고 웨이트리스에게 말했다. 제렌은 예상했던 대로 매일 정해진 시간에 이곳에 얼굴을 내미는 건 아닌 모양으로, 가게 내에 없었다. 웨이트리스 아가씨는 하필이면 오늘은 아직 안 왔다고 했고, 해가 진 뒤 한참 지난 뒤에 제렌이 모습을 나타냈다.

　로렌스는 두서없는 장사 이야기를 제렌과 나눴으나, 그 모습을 사전에 말을 맞춰 놓은 밀로네 상회 측 사람이 가까운 자리에서 은밀히 관찰하고 있을 터였다. 앞으로 며칠간 밀로네 상회는 로렌스가 이야기한 거래가 사실인지 아닌지, 제렌의 배후를 조사함으로써 판단할 것이다.

　로렌스는 일단 제렌의 배후에는 틀림없이 대상인(大商人)이 있을 거라고 생각했다.

　실제로 배후에 대상인이 있다면 로렌스가 생각한 대로의 계략이 분명히 있다는 얘기이고, 그것을 밀로네 상회가 확인하는 것도 어렵지 않을 것이다.

　단, 문제는 있다.

　"늦지는 않겠어?"

　밀로네 상회가 제렌의 배후 조사를 시작한 며칠 후, 숙소로 돌아온 호로가 그렇게 물었다.

　호로의 말대로 문제는 시간이었다. 가령 로렌스의 가설 전체가 맞았다 하더라도, 경우에 따라서는 이미 이윤을 기대하기는 힘들 수도 있다. 아니, 이윤이 나오긴 하겠지만 밀로네 상회가 상회 차원에서 나설 만큼의 이윤은 기대할 수 없을지도 모른다. 그렇게 되면 로렌스 혼자 이 이야기에서 이윤을 내기란 어려워진다. 그 대신 밀로네 상회가 재빨리 결단을 내려 계획에 착수한다면, 굴러들어오는 이윤은 어마어마한 것이 될 것이다.

로렌스가 제렌의 배후에 있으리라고 짐작한 계획과, 그 뒤를 친다는 계획은 그런 종류의 것이었다.

"아마 되겠지. 그렇게 생각했으니까 밀로네 상회에 부탁한 것이고."

촛불을 의지 삼아 술집에서 소매로 사 온 포도주를 컵에 따르고, 로렌스는 속을 한 번 들여다 본 뒤 단숨에 반쯤 마셨다. 침대 위에서 책상다리를 하고, 마찬가지로 포도주 컵을 들고 있던 호로가 내용물을 다 마신 뒤 로렌스를 쳐다보았다.

"그 상회가 그렇게 우수해?"

"이국땅에서 장사를 성공시키려면 좌우지간 강력한 정보망을 가져야 해. 술집에서 오가는 상인들의 대화, 시장에서 오가는 손님들의 대화, 그런 것들을 남들보다 더 뛰어나게 많이 모으지 않고서는 이국땅에서 상회의 지점을 차리고 크게 키워나갈 수가 없지. 그런 점에서 밀로네 상회는 대단한 곳이야. 제렌이라는 남자 하나 뒷조사하는 것쯤은 식은 죽 먹기일걸?"

말을 하면서 로렌스는 술을 따르라고 재촉하는 호로의 컵에 포도주를 채워 주었다. 말을 마쳤을 무렵 호로의 컵은 이미 비어 있었다. 또다시 재촉한다. 거의 들이붓다시피 한다.

"흐음…."

"왜?"

멍한 얼굴로 먼 산을 보면서 힘없이 그러기에 뭔가 호로가 생각하는 바가 있나 했더니, 그냥 취기가 돌아서 그런 것뿐인가 보다. 컵을 손에 든 채 눈꺼풀이 서서히 감기고 있었다.

"그나저나, 술 세네?"

"술의 매력은 커…."

"뭐, 그럴 만한 술이니까. 평소엔 이렇게 좋은 건 못 마셔."

"그런 거야?"

"돈이 없을 때는 포도 찌꺼기가 걸쭉하게 들어 있거나, 설탕이나 벌꿀, 생강 같은 걸 넣지 않고서는 마실 수가 없을 만큼 쓴 것도 마셔. 컵 바닥이 보일 정도의 포도주는 기본적으로 사치품이지."

로렌스의 말에 호로는 손에 든 컵을 들여다본 뒤 멍하니 중얼거렸다.

"흠. 이 정도가 보통인 줄 알았는데."

"하하. 팔자 한번 좋으시네."

로렌스는 웃으며 한 말이었으나, 호로는 그 말을 듣자마자 순간 얼굴이 굳어지더니 고개를 숙인 채 컵을 마룻바닥에 내려놓고는 그대로 침대 위에 몸을 웅크렸다.

너무도 갑작스러운 일이라 로렌스는 놀라서 그런 호로를 멍하니 바라보기만 했으나, 적어도 졸려서 그러는 것 같은 분위기는 아니었다.

자신의 언동을 조금 되돌아본다. 뭔가 호로의 기분을 상하게 할 만한 말을 했는지도 모른다.

"왜 그래?"

하지만 특별히 짚이는 바가 없어서 그렇게 물었으나, 호로의 뾰족한 늑대귀는 꼼짝도 하지 않았다. 어지간히 화가 난 모양이었다.

로렌스는 그 이상 말을 걸지 않고 필사적으로 머리를 굴렸다. 그리고 이윽고 생각이 났다. 호로와 만났을 때 했던 대화가.

"혹시, 팔자 한번 좋다고 해서 화났어?"

호로는 늑대의 모습을 보여 달라고 로렌스가 말했을 때, 겁먹고 벌벌 떨게 되는 게 싫다고 했다.

로렌스는 여행길 음유시인의 노래가 떠올랐다. 신이 1년에 한 번 축제를 하라고 요구하는 것은, 너무 외롭기 때문이라는 노래가.

"미안해. 무슨 깊은 뜻이 있어서 한 말은 아니야."

하지만 호로는 여전히 꼼짝도 하려 들지 않았다.

"넌… 그, 뭐랄까, 별로 특별하지 않고…. 아니, 그게 아니라. 평민, 하고는 다르고. 평범? 이것도 아니고…."

말이 잘 찾아지지 않아 로렌스는 점점 더 안달하며 혼란스러워했다.

그저 호로를 특별취급한 건 아니라고 말하고 싶건만, 마땅한 말을 도무지 찾을 수가 없다.

로렌스가 그렇게 이런저런 말을 찾고 있노라니, 이윽고 호로의 귀가 움찔 하면서 "크큭."하고 웃는 소리가 들렸다.

그런 후 호로는 획 돌아눕더니 몸을 일으키고 어이없다는 듯이 웃으며 로렌스를 쳐다보는 것이었다.

"어휘 한번 참 빈약하네. 그래 갖고 암컷들을 어떻게 꼬실래?"

"윽."

로렌스는 눈 때문에 발목이 잡혀 묵은 여관에서 홀딱 반했던 하녀를 반사적으로 떠올렸다. 그때 로렌스는 참으로 무참히 차였던 것이다. 그 원인이 호로가 지적한 대로 어휘의 부족이었다.

눈치 빠른 늑대는 그것을 바로 알아챘는지 "역시."하며 질린 듯이 말하는 것이었다.

"하지만 나도 별 인기 없었어. 무심코, 그만."

하지만 호로가 말을 하는 김에 그런 식으로 사과를 하기에, 로렌스도 기분을 풀고 다시 "미안했어."라며 사과했다.

"하지만 이젠 정말 싫어. 그야 젊은 늑대 중에는 친근하게 대해 주는 놈들도 있었지만, 역시 선을 그었어. 그리고는 겁에 질려 물러서니까 내가 숲을 나왔던 거야. 말하자면…."

시선을 약간 멀리 한 뒤 호로는 자신의 손끝을 들여다본다.

"친구를 찾기 위해서라고나 할까."

말을 한 뒤 호로는 자조하는 표정으로 웃었다.

"친구?"

"응."

섣불리 건드릴 수 없는 이야기일 것 같았지만, 호로의 대답이 묘하게 밝았으므로 로렌스는 흥미가 생겨 물어보았다.

"그래서, 찾았어?"

호로는 금방 대답하지 않고 수줍은 듯이 웃었다.

그 모습을 보니 대답은 확연하다. 아까도 친구가 떠올라 웃은 것이리라.

"…응."

하지만 호로가 그런 식으로 기쁘게 고개를 끄덕인 것이 로렌스는 별로 재미있지 않았다.

"그게 파슬로에 마을의 그 녀석이었어."

"아아, 마을의 보리밭을 부탁했다는?"

"그래. 조금 멍청하긴 했어도 한없이 밝았어. 내 늑대 모습을 보고도 조금도 놀라지 않는 거야. 좀 별나다면 별난데, 참 좋은 녀석이었어."

남의 자랑을 듣고 있는 것만 같아, 로렌스는 코끝이 점점 찌푸려진다. 하지만 그것을 들키고 싶지 않아 술을 마시면서 얼버무렸다.

"정말 멍청했지. 나도 두 손 다 들었다니까."

즐거운 듯이, 기억해내는 것이 조금 부끄러운 듯이 조잘대는 호로는 이미 로렌스 쪽에는 눈길도 안 주고 자기 꼬리를 끌어안고는 마구 비틀어댄다.

그러더니 문득, 어린애들이 비밀을 공유했을 때 웃는 것처럼 혼자 키득대고는 그대로 느릿느릿 침대에 누워 몸을 둥글게 말았다.

아마 졸려서 그런 것이겠지만, 로렌스가 보기에는 마치 추억 속에서 잠을 청하려고 하는 것 같아, 혼자만 남겨진 듯한 느낌이 들었다.

물론 그렇다고 호로에게 뭐라 할 수도 없는 노릇이니, 로렌스는 작게 한숨을 쉬고는 들고 있던 컵 속의 술을 싹 마셔 버렸다.

"친구… 라."

로렌스는 조그맣게 중얼거린 뒤 컵을 탁자에 놓고 의자에서 일어났다. 호로가 잠든 침대로 다가가서 이불을 덮어 주었다.

볼이 약간 발그레해서는 무방비하게 잠든 얼굴을 그만 물끄러미 바라보게 됐으나, 너무 쳐다봤다가는 머릿속에 검은 안개가 꾸물꾸물 피어오를 것 같아 로렌스는 떨쳐내듯 자신의 침대로 갔다.

하지만 짐승의 기름으로 만든 등불을 불어서 끄고 침대 위에 몸을 뉘이자, 약간의 후회가 고개를 쳐들었다.

돈이 없다는 핑계로 침대가 하나만 있는 방으로 할 걸 그랬다는 등의.

속으로 그런 말을 중얼거리며, 로렌스는 호로와 반대편으로 돌아누워 이번에는 땅이 꺼져라 한숨을 지었다.

이 자리에 말이 있었다면 한심하다는 듯이 푸르륵댔겠구나 하는 생각이 들었다.

"이번 거래를 받아들이도록 하겠습니다."

밀로네 상회 파치오 지점장, 리히텐 마르하이트는 차분하게 그렇게 말했다. 로렌스가 밀로네 상회에 이야기를 꺼낸 지 겨우 이틀 뒤의 일이었다. 과연 일처리가 빠르다.

"그래 주시면 고맙지요. 단, 그리 말씀하신다는 것은 제렌의 배후관계를 파악하셨다는 뜻이지요?"

"그의 뒤에는 메디오 상회가 있습니다. 누구나 다 아는, 이 마을에서 두 번째 규모의 상회이지요."

"메디오 상회요?"

파치오에 본점을 둔 상회나, 지점도 몇 개 거느리고 있다. 보리를 주종으로 한 농작물 거래에서는 파치오에서 으뜸이고, 운반용 선박도 꽤 많이 소유하고 있다.

'하지만' 하고 로렌스는 마음에 걸리는 것이 있었다. 메디오 상회도 확실히 큰 상회이긴 하나, 로렌스는 훨씬 큰 곳을 예상하고 있었던 것이다. 그야말로 최대의 거래 상대는 왕후 귀족일 것이라는.

"저희들도 메디오 상회의 뒤에 더 큰 존재가 있으리라고 생각합니다. 그들만으로는 로렌스 씨가 그린 가설을 실행하기는 필시 불가능할 겁니다. 그래서 우리도 메디오 상회 뒤에 귀족이 있으리라고 생각합니다만, 메디오 상회는 귀족들과의 친분이 많은 까닭에 현재로서는 아직 그게 누구인지 알 수가 없습니다. 다만, 상대가 누구건 로렌스 씨가 지적하신 대로 선수를 치면 어떻게든 될 듯합니다."

씨익 웃는 마르하이트의 웃음은 로렌스 따위는 상상도 못할

만큼 어마어마한 자금력을 보유한 밀로네 상회 전체가 후원자로 버티고 있다는 자신감의 표현일 것이다. 밀로네 상회 본점에 드나드는 이들은 온통 왕후 귀족 아니면 대사제들이다. 그것을 아는 자들은 이런 거래쯤은 겁나지도 않을 것이다.

하지만 로렌스라고 해서 주눅이 들 리는 없다. 교섭을 할 때 비굴해지거나 약한 모습을 보였다가는 지는 것이다. 어디까지나 대등하게 가슴을 쫙 펴고 있어야 한다.

그래서 당당히 로렌스 쪽에서 말했던 것이다.

"그럼 배당에 대해 말씀을 나눠 보기로 할까요?"

참고로, 꿈에 부푼 교섭이었던 것은 말할 것도 없다.

밀로네 상회에서 지점장 이하 간부급 직원들의 배웅을 받으며 가게를 나서자, 로렌스는 콧노래를 부르고 싶은 기분을 억누를 수 없었다.

로렌스가 밀로네 상회에 제시한 배당금은, 밀로네 상회가 은화 매입으로 벌어들인 이윤의 5푼이다. 밀로네 상회 몫의 20분의 1이었으나, 그래도 로렌스는 웃음이 멈추지 않았다.

그도 그럴 것이, 로렌스의 제안으로 밀로네 상회가 움직여 주면 거기에서 오는 트레니 은화의 양은 천이나 2천쯤은 아무것도 아니다. 2십만이나 3십만의 은화는 거뜬히 움직여 줄 것이다. 어림잡아 그 1할만 이윤으로 떨어진다 해도, 로렌스가 받게 될 배당금은 트레니 은화 천 이상은 된다는 얘기다. 순수익이 그 정도다. 만약 2천을 넘는다면, 소박하게나마 어딘가 마을에 가게 하나를 충분히 차릴 만한 금액이었다.

하지만 밀로네 상회가 정말로 노리는 이익에 비하면, 사실 금전 거래에서 떨어지는 그런 이윤은 덤에 지나지 않는다. 밀로네 상회가 상회 차원에서 나서는데 그 정도 이윤이라면 미미한 수준이다.

그러나 로렌스의 힘만으로는 그렇게 한몫을 잡을 수는 없다. 너무 거대해서 로렌스의 지갑에는 채 들어가지 않기 때문이다. 그래도 만약 밀로네 상회가 이익을 보게 된다면, 밀로네 상회의 입장에서는 로렌스에게 큰 신세를 지게 되는 것이다. 다음에 가게를 차리게 되면 그 관계를 이용해 큰 이득을 볼 수 있게 되리라.

콧노래가 절로 날 만도 했다.

"기분 좋은가 봐?"

곁에서 걷고 있던 호로가 어이없는 표정으로 끝내 한마디 했다.

"이럴 때 기분 나쁠 놈이 어디 있겠어? 오늘은 인생 최고의 날이야."

로렌스는 과장되게 양팔을 벌렸다. 날아가는 기분이었다. 펼친 양손과 양팔로 그 어떤 것이라도 다 붙들 수 있을 것만 같았다.

사실 꿈에 불과했던 자신의 가게가 바로 저기 있었다.

"뭐, 잘 풀리면 좋겠지만…."

그에 비해 호로는 패기 없는 말투로 그렇게 말하며 입가를 손으로 막았다.

별 일 아니다. 숙취 탓이다.

"힘들면 숙소에 가서 누워 있으랬잖아."

"당신 혼자 보냈다가는 저쪽이 하자는 대로 다 할 것 같아서 걱정이었다구."

"무슨 뜻이야?"

"우후. 말 뜻 그대로지… 읍."

"하여간…. 자, 조금만 더 힘내. 조금만 더 가면 가게가 있으니까. 거기서 쉬자구."

"…응."

외투 밑에서 일부러 그러는지 힘없는 목소리로 고개를 끄덕이더니 호로는 로렌스가 내민 팔을 붙들었다. 현랑이라고 해서 자기관리가 철저하다고는 빈말이라도 못할 것 같다. 로렌스가 "하여간." 하며 다시 어이없다는 듯이 혀를 찼으나 말대꾸는 나오지 않았다.

로렌스와 호로가 들어간 가게는 작은 여관에 달린 술집이었다. 술집이라는 이름이 붙어 있긴 해도 주종은 가벼운 식사로, 이런 곳은 아침부터 밤까지 쉴 새 없이 상인들과 여행객들이 드나드는 휴게소가 된다. 문을 열고 안으로 들어가니 좁은 가게 내에 3할 정도 손님이 차 있는 듯했다.

"아무거나 좋으니까 연한 과즙 1인분과 빵 2인분 부탁하오."

"예이~."

로렌스의 그런 적당한 주문에도 기세 좋게 대답하고는 카운터로 간 가게 주인이 주방에 주문을 반복했다.

로렌스는 그 소리를 들으면서 비어 있는 안쪽 자리에 호로를 데려가 앉혔다. 늑대라기보다는 고양이처럼 비실비실한 모습으로 호로는 의자에 앉자마자 테이블에 엎드렸다. 밀로네 상회에서부터 걸어온 탓에 다시 취기가 돈 모양이었다.

"술이 약하지는 않은 것 같은데, 어젯밤엔 어지간히 많이 마셨으니."

그 말에 호로의 귀가 외투 속에서 움찔했으나, 쳐다볼 기력도 없는 모양이다.

탁자 위에 비스듬히 엎드려서는 "으으…"하며 한숨을 짓는 건지 신음을 하는 건지 알 수 없는 소리를 내고 있다.

"사과즙과 빵 2인분 나왔습니다!"

"얼마요?"

"지금 주시겠수? 다 해서 30류트요."

"아아, 잠깐만."

로렌스는 허리춤에 있던 작은 돈주머니를 풀어 속을 뒤진다. 동화로 착각할 만큼 검은 류트 은화를 고르는 사이, 호로의 모습을 본 가게 주인이 어이없다는 듯이 웃었다.

"숙취요?"

"포도주를 너무 많이 마셨지."

"하긴, 젊을 땐 저런 실수도 하지. 숙취가 일어났건 어쨌건 결제일은 어김없이 닥치는데. 우리 가게에서도 자주 얼굴이 새하얗게 질린 젊은 행상인들이 비틀대며 나가곤 한다우.”

“여기 있소, 30류트.”

“음… 맞네. 뭐, 조금 쉬면 괜찮을 거유. 숙소로 돌아가려다 못 버틴 걸 테지?”

로렌스가 고개를 끄덕이자, 가게 주인은 와하하하 웃으면서 카운터로 돌아갔다.

“좀 마셔 보지 그래? 딱 맞게 희석해서 맛있을 거야.”

로렌스가 그렇게 말하자 호로는 느릿느릿 고개를 들었다. 이목구비가 뚜렷한 덕분에 괴로워하는 얼굴도 나름대로 매력적이다. 와이즈가 봤으면 틀림없이 장사를 접고서라도 간병을 하겠지. 그에 대한 보답은 희미한 미소 한 방이면 끝. 멍한 얼굴로 과즙을 핥듯이 마시던 호로는, 그런 생각에 그만 웃음이 난 로렌스를 이상한 눈으로 쳐다보았다.

“후우…. 숙취라니 몇 백 년 만인지 몰라.”

나무컵에 든 과즙을 반쯤 마신 뒤, 겨우 제정신이 들었는지 호로가 한숨을 지었다.

“늑대가 숙취라니 좀 그렇네. 곰이 술에 취했다면 왠지 이해가 갈 것 같지만.”

곰이 처마 끝에 달린 포도자루를 채 갔다는 얘기는 종종 듣는다. 포도주를 만들기 위해 발효시키는 과정에서 가죽 자루에 넣어 두는데, 이게 또 향이 아주 달콤한 것이다.

자루를 채 간 곰을 쫓아 숲으로 가 봤더니, 숲속에서 곰이 취해 있더라는 얘기도 있을 정도다.

"어, 곰이랑 술을 마시는 일이 제일 많았어. 인간들이 바친 공물도 있었지만."

곰과 늑대가 술을 주거니 받거니 하는 광경이라니, 그야말로 옛날이야기에나 나오는 세계. 교회 사람들이 들었다가는 어떻게 생각할지.

"뭐, 수없이 숙취를 겪어도 질리진 않지만 말야."

"사람도 마찬가지야."

로렌스가 웃자 호로도 덩달아 쓴웃음을 지었다.

"그러고 보니… 어어, 뭐더라? 당신한테 해줄 말이 있었는데…. 영 생각이 안 나네. 뭔가 아주 중요한 거였던 것 같은데…."

"정말 중요한 거라면 조만간 다시 생각나겠지."

"으음…. 그럴까? 하긴 그렇겠지. 틀렸어…. 머리가 전혀 안 돌아가."

오늘 하루는 이런 상태이리라. 아까 가게 주인이 말을 해서가 아니라, 출발 직전이 아니라 정말 다행이었다. 짐마차 위는 상당히 출렁이는 것이다.

"이제 뒷일은 밀로네 상회가 알아서 할 거야. 느긋하게 기다리기만 하면 돼. 나을 때까지 푹 쉬어."

"으으…. 면목 없네."

유난히 처량하게 말한 것은 일부러 그런 거겠지만, 실제로 아직 많이 힘든 모양이었다.

"모양새를 보니 오늘 하루는 꼼짝 못하겠네."

"음…. 한심하지만 그럴 것 같아."

엎어진 채로 호로는 그렇게 대답하면서 한쪽 눈만 뜨고 로렌스를 쳐다보았다.

"무슨 볼일이라도 있어?"

"응? 아아, 상관에 가서 얼굴 좀 내민 다음에 뭐 좀 사려고 했는데."

"뭐 사게? 당신 혼자 가면 되잖아? 난 여기서 쉬었다가 여관으로 돌아갈게."

호로는 느릿느릿 고개를 들고, 몸을 일으키더니 마시다 만 사과즙을 다시 핥았다.

"그게 아니면, 뭐야? 나랑 같이 가고 싶어?"

여관에서 만나자고 이미 약속한 셈이라 인사 대신 삼아 호로는 그런 소리를 한 것이었으나, 로렌스는 같이 가고 싶은 것이 맞는지라 솔직히 고개를 끄덕였다.

"뭐야? 재미없게."

로렌스가 지극히 차분하자 호로는 시시하다는 듯이 아랫입술을 삐죽 내밀었다. 로렌스가 대답이 궁해 당황하기라도 할 줄 알았겠지만, 맛있다는 듯이 과즙을 홀짝이며 건성으로 하는 말에는 아무리 로렌스라도 평정을 유지할 수 있다.

로렌스는 빵을 집어 들고 씹으며, 다시금 테이블에 엎어진 호로를 보고 살짝 쓴웃음을 지었다.

"너한테 빗하고 모자를 사 줄까 했는데. 다음에 하지, 뭐."

그 순간, 호로의 머리 위— 외투 아래에서 늑대귀가 움찔했다.

"…무슨 꿍꿍이야?"

샛눈을 뜨고 바짝 경계하는 눈빛으로 로렌스를 쳐다보며 호로가 물었다.

하지만, 파닥파닥 꼬리가 진정되지 못하고 움직이는 소리도 동시에 들려왔다. 의외로 속마음을 숨기는 게 서툰가 보다.

"그런 소리 많이 들었나 보네?"

"수컷이 고기를 물어다 줄 때는 고기를 빼앗길 것 같은 때보다 더 주의하라는 말이 있지."

밉살스런 말을 하기에 로렌스는 그런 호로에게 얼굴을 바짝 가져다 대고는 귓속말을 하듯 속삭였다.

"신중한 현랑인 척하시려거든, 하다못해 진정이 안 되는 이 귀랑 꼬리를 어떻게 좀 하시지?"

호로는 당황하여 머리 위의 외투자락을 손으로 누르더니 "아." 하고 작은 비명을 올렸다.

"요전 번 빚은 갚았다?"

로렌스가 의기양양하게 그렇게 말하자, 호로는 입술을 삐죽 내밀고는 분한 듯이 로렌스를 노려보는 것이었다.

"예쁜 머리카락을 갖고 있는데, 빗 정도는 있는 게 좋지 않을까 했거든."

호로에게 한 방 먹여 준 것은 기분 좋았지만, 한없이 좋아라 했다가는 또 금방 맞받아칠 수도 있다.

그래서 로렌스는 얼른 그런 얘기를 꺼냈다.

그런데 로렌스의 말을 들은 호로는 대뜸 재미없다는 듯이 콧

김을 내뿜더니, 일으켰던 몸을 도로 테이블 위에 털썩 엎어뜨리는 것이었다.

"뭐야, 머리카락 얘기였어?"

그리고는 그렇게 짧게 한마디 했다.

"마끈으로 묶기만 했잖아? 통 빗지도 않고."

"머리카락 같은 건 아무래도 상관없어. 빗이 있었으면 하는 건 맞지만, 꼬리를 위해서야."

뒤이어 파닥파닥 소리가 난다.

"…뭐, 네가 그러고 싶다면 그러지."

로렌스는 흐르는 듯한 호로의 머리카락이, 입바른 소리가 아니라 정말 예쁘다고 생각한다. 뿐만 아니라 긴 머리카락 자체가 진귀한 것이다. 매일 목욕을 하고 머리 손질을 할 수 있는 귀족들이 아니고서는, 웬만해서는 머리를 기를 수 없기 때문이다. 길고 아름다운 머리카락은 타고난 고귀함을 상징한다고 봐도 좋다.

그러니 로렌스 역시 여느 서민들과 마찬가지로, 여성의 길고 아름다운 머리카락에는 무조건 마음 약해지는 경향이 있었는데, 귀족 중에서도 좀처럼 없을 만큼 아름답고 긴 머리카락을 가진 호로는 그 가치를 모르는 모양이다.

늑대귀를 감추는 것도 머리 위에 외투를 푹 뒤집어 쓸 게 아니라 고운 베일을 쓰고, 옷도 장사꾼용의 멋대가리 없는 옷이 아니라 여성용 로브라도 입으면, 그야말로 음유시인의 시에 나오는 아름다운 수도녀로도 보이겠건만, 차마 거기까지는 말 못하겠다.

그런 말을 했다가는 어떻게 치고 나올지 모를 노릇이기 때문이다.

"그런데, 이봐."

"응?"

"빗은 언제 사러 갈 거야?"

테이블에 엎어진 채 로렌스를 올려보고 있으나, 그 눈에는 기대의 빛이 반짝반짝하다.

로렌스는 머리를 조금 외로 꼬고는 무심한 투로 말했다.

"빗은 필요 없다며?"

"빗이 필요 없다고는 안 했어. 있었으면 좋겠어. 가능하면 살이 가는 것으로."

머리를 빗지 않는데 빗은 왜 사나? 로렌스의 머릿속에 떠오르는 꼬리용 빗이라면 모직물 직인들이 쓰는 귀얄*이었다.

"귀얄을 사 줄게. 뭣하면 좋은 모직물 직인을 소개해 줄까?"

모피를 손질하려면 전문적인 도구와 그쪽 업계 사람이 나을 것이다. 반은 본심, 반은 농담 삼아 그렇게 말했는데, 말을 마친 뒤 자신을 쳐다보는 호로를 보고는 그만 말문이 막혔다.

호로가 당장이라도 물어뜯을 듯이 화가 나 있었던 것이다.

"이봐…. 내 꼬리를 저기 막 널려 있는 털가죽이랑 같이 취급했겠다?"

※귀얄: 풀이나 옻을 칠할 때에 쓰는 솔의 하나. 주로 돼지털이나 말총을 넓적하게 묶어 만든다.

억양 없는 목소리로 조용히 말한 것은 꼬리 운운하는 소리가 주위에 있는 손님들에게 들리지 않게 하려고 그런 것은 아닐 것이다.

로렌스는 그 박력에 조금 기가 죽었는데, 호로는 여전히 기분이 좋지 않은 모양이었다. 찍소리도 못하겠지? 하는 조로 깔보고 있다.

"더는… 못 참아."

예상했던 대로 호로의 협박도 직선적이다.

그래 봐야 울음이나 터뜨리겠지 하는 생각에 로렌스는 여유를 보이기 위해 사과즙을 마시면서 슬쩍 찔러 보았다.

"왜? 울면서 난리라도 치려고?"

별안간 당했으면 분명히 동요했을 거란 생각은 들었지만— 물론 그런 소리는 입 밖에 내진 않는다.

그런데 그 말을 들은 호로는 정곡을 찔렸는지, 조금 휘둥그레진 눈으로 로렌스를 보고는 얼굴을 반대편으로 획 돌렸다.

그런 어린애 같은 몸짓이 묘하게 귀여워서 로렌스는 조금 웃으며, '항상 딱 이 정도면 좋겠는데' 하는 생각을 했다.

그리고 잠시 침묵이 있은 후, 호로가 조그만 소리로 말했던 것이다.

"…못 참겠어. 토할래."

그 순간 로렌스는 마시다 만 과즙을 확 쏟을 뻔할 만큼 당황하여, 의자에서 벌떡 일어나서는 큰 소리로 가게 주인에게 통을 가져오라고 외쳤던 것이었다.

날도 완전히 저물고, 나무로 된 창문 너머 떠들썩한 거리도 차분해진 지 한참 지나서야 로렌스는 탁자에서 고개를 들었다. 손에 깃털펜을 든 채 등줄기를 힘껏 쭉 펴더니, 양손을 뻗어 기지개를 켠다. 우득우득 듣기 좋은 소리를 내는 등골이 시원하다. 목도 좌우로 기세 좋게 돌렸더니, 질세라 역시 듣기 좋은 소리를 냈다.

그리고는 다시 탁자 위로 시선을 돌린다. 거기에는 소박하지만 나름대로 가게의 구조를 그린 종이가 놓여 있었다. 어느 도시에서 어떤 장사를 하고, 어떻게 그것을 키워나갈 것인지 면밀한 계획까지 그 옆에 쓰여 있다. 뿐만 아니라, 가게를 여는 데 드는 비용에서 그 도시의 시민권 확보에 이르기까지, 다양한 각도에서 비용을 어림계산하고 정리한 것까지 있다.

로렌스의 꿈, 자신의 가게를 차리는 계획이었다.

바로 일주일 전까지만 해도 까마득히 먼 꿈인 줄만 알았는데, 밀로네 상회와의 이번 거래로 별안간 현실성을 띠기 시작했다. 만약 트레니 은화 2천 가량의 수익이 난다면, 저금을 해 놓은 것이라 할 수 있는 장신구며 보석류를 다소 처분하면 가게를 낼 수 있다. 그렇게 되면 로렌스는 더 이상 떠돌이 행상인이 아니라 도시상인 로렌스인 것이다.

"우…. 무슨 소리야…?"

자신이 그린 그림을 새삼스레 황홀하게 들여다보고 있노라니,

호로가 어느 틈에 일어나 침대 위에 앉아 있었다. 졸린 듯이 눈을 비비고는 있었으나 이제 꽤 잠이 깬 모양이다. 눈을 몇 번 깜박이고는 로렌스를 쳐다보더니 느릿느릿 침대에서 기어 내려왔다. 눈은 약간 부은 듯했으나, 안색은 좋아 보였다.

"몸은 좀 어때?"

"응, 꽤 괜찮아. 그런데, 배가 고파."

"입맛이 돌면 된 거야."

로렌스는 웃으며 탁자 위에 빵이 있다고 알려 주었다. 호밀로 만든 검은 빵이다. 딱딱하고 쓴맛이 나서 빵 중에서는 최하품인 싸구려지만, 로렌스는 그 쓴맛이 오히려 마음에 들어 종종 사먹곤 한다.

아니나 다를까 호로는 한 입 물더니 인상을 썼으나, 결국 그것 말고는 먹을 게 없으니 포기한 모양이다.

"뭐 좀 마실 건…."

"거기 물병 있잖아."

빵 옆에 나란히 놓인 물병 속을 확인하고 한 모금 마시더니, 호로는 빵을 씹으면서 로렌스 곁으로 다가왔다.

"…가게 그림?"

"내 가게."

"오오, 꽤 잘 그렸는걸?"

유심히 들여다보면서 말하고는 빵을 씹는다.

이국땅에서 말이 통하지 않는 경우에는 가끔 그림으로 거래를 하기도 한다. 사고 싶은 물건의 이름이 도무지 생각나지 않을 때도 자주 있고, 통역이 늘 찾아진다는 보장도 없다. 그래서 행상인들은 다들 꽤 그림을 잘 그리는데, 로렌스는 큰 벌이가 생기면 대개 가게 그림을 그리곤 한다. 술을 마시는 것보다도 기분이 좋다.

게다가 상당히 잘 그리는 편이라고 자부하고 있었는데, 칭찬을 받고 보니 역시 기뻤다.

"여기 이 글씨들은?"

"아아, 가게 출점 계획이며 비용 같은 거야. 물론 이대로 가란 보장은 없지만."

"흐응. 도시 그림도 그려져 있는데, 여기는 어디야?"

"실제 있는 곳은 아냐. 내가 가게를 내고 싶은 이상의 도시지."

"오호. 그런데 이렇게 세밀하게 그림을 그린 걸 보면, 조만간 가게를 차릴 건가 보지?"

"밀로네 상회와 거래가 잘 풀리면 아마 차릴 수 있을 거야."

"흐응…."

호로는 별로 솔깃하지 않는 듯이 끄덕이더니, 남은 빵을 작은 입에 털어 넣고는 탁자 쪽으로 걸어갔다. 꿀꺽꿀꺽 소리가 나는 것으로 보아 물이라도 마시고 있으리라.

"내 가게를 가진다는 건 행상인들의 꿈이거든. 나라고 예외는 아냐."

"우후. 그 정도는 나도 아네요. 이상의 도시까지 그린 걸 보니 어지간히 많이 그려 봤나 봐?"

"그리다 보면 언젠가는 내 손안에 들어올 것만 같거든."

"옛날 옛적에 만난 화가도 그런 말을 했었지. 보고 있는 경치를 그림으로 그려서 모든 것을 자기 것으로 만들고 싶다고."

두 조각째 빵을 씹으면서 호로는 침대 구석에 걸터앉았다.

"그 화가의 꿈은 아직도 이루어지지 않았겠지만, 당신의 꿈은 조만간 실현된다는 얘기네?"

"그렇지. 그 생각을 하면 덩실덩실 춤이라도 추고 싶은 심정이야. 밀로네 상회에 가서 돌아가며 엉덩이를 두드려 주고 싶은 지경이라구."

조금 과장되게 말해 봤지만, 거짓말은 아니다. 그래서 그런지 호로는 별로 놀리려는 기색도 없이 "꿈이 이루어지면 좋겠네."라고만 했다.

"그런데, 가게를 갖는 것이 그렇게까지 좋은 일이야? 행상으로도 돈은 벌 수 있잖아?"

"돈이야 벌지."

호로가 고개를 살짝 갸웃했다.

"그거 말고 또 뭐가 있는데?"

"행상인은 사람에 따라 다르지만 대개 스물에서 서른 곳을 돌아다니며 장사를 해. 행상인이 그 지방에 머물러 있어 봐야 땡전한 푼 늘어나지 않으니까. 일 년 중 대부분을 짐마차 위에서 보내게 되지."

로렌스는 탁자 위에 놓인 컵을 들고, 약간 남아 있던 포도주를 마셨다.

"생활이 그러니 친구도 제대로 못 사귄다구. 기껏해야 거래처에 아는 사람 정도."

로렌스의 설명에 눈이 동그래진 호로는, 순간 괜한 소리를 했다 싶은지 겸연쩍은 표정을 짓는다.

호로는 역시 근본이 괜찮은 녀석인 것 같다. 로렌스는 신경 쓰지 말라는 뜻도 포함해서, 조금 익살을 떨 듯 뒷말을 이었다.

"가게를 내면 나도 어엿한 그곳 사람이야. 친구도 생길 테고, 색싯감 찾는 것도 문제가 아니지. 뭣보다 죽고 난 뒤 묻힐 땅이 있으니까 마음이 놓이잖아? 하기야 함께 들어가 줄 마누라를 찾고 못 찾고는… 운에 달렸지만."

호로는 조그맣게 웃음을 터뜨렸다.

그런데, 행상인이 새로운 마을에 진귀한 물건을 찾으러 가는 것을 '색싯감을 찾는다'고 한다. 그만큼 좋은 물건은 쉽게 찾아지지 않는다는 뜻이 포함돼 있다.

실제로 어느 도시에 가게를 차렸다고 해서 금방 그곳 사람들과 친해질 수 있는 것은 아니다.

그럼에도, 한 곳에 오래도록 뿌리를 내리고 산다는 것은 역시 행상인에겐 꿈이었다.

"하지만, 당신이 가게를 차리게 되면 난 조금 곤란한데."

"응? 왜?"

로렌스가 돌아보자, 호로는 아직 입가에 웃음의 여운이 남아 있긴 했어도 표정이 약간 어두웠다.

"가게를 차리면 그 가게에만 붙어 있을 거 아냐? 난 혼자서 여행을 계속하거나, 새로운 동반자를 찾거나 해야지."

그러고 보니, 세상구경 좀 한 뒤 북쪽 대지로 돌아가고 싶다고 했던 호로의 말이 생각났다.

하지만 호로는 영특하다. 모피를 팔았을 때 번 돈도 있으니, 혼자서도 별로 어려울 일은 없을 것이다.

"혼자 여행해도 어려울 건 없잖아?"

그래서 아무 뜻 없이 그렇게 말했으나, 호로는 뜻밖에 그 소리를 듣자 빵을 씹으면서 약간 고개를 숙였다.

그런 뒤 불쑥 내뱉었다.

"혼자는 질렸어."

그런 식으로 말하면서 바닥에 닿지 않는 발을 장난치듯 흔들어대는 호로의 몸짓은 굉장히 어린애처럼 보였다. 침대에 걸터앉은 몸이 순간 아주 작아져서, 양초 불빛에 그만 찌부러질 것 같다.

로렌스는 호로가 몇 백 년도 더 오래전 옛 친구를 떠올리며 무척 기쁘고 즐거워 보였던 것을 떠올렸다.

옛 친구를 그리워한다는 것은 지금이 외롭다는 증거다. 그때 호로가 추억에 잠기듯 몸을 웅크리던 몸짓이, 외로움의 비바람에서 몸을 지키려던 몸짓인 양 생각되었다.

좀처럼 볼 수 없는 타인의 그런 모습에 로렌스는 약간 동요가 되어, 가능한 상처를 입히지 않도록 주의하며 말을 골랐다.

"어, 그래도 뭐, 네가 북쪽으로 돌아갈 때까지는 같이 다녀 줄 수도 있어."

로렌스는 달리 할 말도 없고 해서 그렇게 말한 것인데, 그 말에 호로가 '정말?' 하는 표정으로 올려다보았다. 큰 거래를 앞에 둔 때보다도 가슴이 더 쿵쾅대는 것을 감출 길이 없어 가벼운 말투로 대꾸해 주었다.

"돈이 들어온다고 금방 가게를 차릴 수 있는 것도 아니니까."

"정말로?"

"거짓말해서 뭐하게?"

무심코 쓴웃음을 짓자, 호로도 덩달아 따라 웃는다. 하지만 호로의 웃음은 "하하." 하는 맥 빠진 것이었다. 입은 웃고 있는데, 내리깐 눈에서는 어딘지 모르게 쓸쓸함이 묻어난다. 호로의 속눈썹이 이리도 길었던가 하고, 로렌스는 조금 엉뚱한 생각을 했다.

"저기, 그러니까, 그 뭐냐. 그런 얼굴 하지 마."

도시에 사는 상인들이라면 좀 더 효과적인 말을 할 수 있겠지만, 로렌스는 유감스럽게도 여자와는 영 인연이 없는 생활을 해온 행상인이다. 그래도 어떻게든 그렇게 말을 했더니 호로는 시선을 약간 들고는 조그맣게 웃은 뒤, "응." 하고 고개를 끄덕였다.

그런 식으로 얌전하게 대답하니, 몸집도 작은 탓에 호로가 몹시 연약하게 보였다. 늠름하게 뾰쪽 솟은 늑대귀는 푹 꺼진 채 힘없이 움직이고, 훌륭한 꼬리도 불안정하게 몸 옆에 둥글게 말려 있었다.

그런 뒤 찾아온 침묵.

로렌스는 호로에게서 시선을 뗄 수 없었고, 호로는 로렌스를 쳐다볼 수 없는 듯했다.

딱 한 번 로렌스를 쳐다봤다가는 바로 눈을 내렸다. 전에도 언젠가 이런 적이 있었는데 싶어, 로렌스는 기억을 조금 더듬다가 금방 생각해냈다. 파치오에 도착하자마자 사과를 사 달라고 조르던 그 눈이다.

그때는 사과였는데, 이번에 호로가 바라는 건 무엇일까.

상대가 무엇을 원하는지 짐작해내는 건 장사꾼의 필수 능력이다.

로렌스는 약간 심호흡을 한 뒤, 의자에서 일어났다. 그 소리에 조금 놀랐는지 호로는 귀와 꼬리를 약간 세우더니 로렌스를 쳐다보았다. 그리고 자기 쪽으로 다가오고 있는 것을 보고는 당황한 듯이 시선을 돌렸다.

잠시 후, 로렌스가 눈앞에 서더니 손을 조금 내밀었다.

쭈뼛쭈뼛 머뭇거리는 느낌으로.

"눈이 부은 걸 보니, 무슨 꿈이라도 꾸고 울었어?"

로렌스는 호로의 손을 잡자 곁에 앉고, 그대로 끌어당겨 살짝 안았다.

호로는 잠자코 안긴 채 로렌스의 품안에서 고개를 약간 끄덕였다.

"…눈을."

"응?"

"눈을…. 내가 눈을 떴더니… 아무도 없었어. 유에도, 인티도, 파로도 뮤리도 없었어. 아무 데도 없었어."

꿈속에서 그랬을 테지. 코를 훌쩍이는 소리가 나서 로렌스는 호로의 작은 머리를 쓰다듬어 주었다. 호로가 말한 이름들은 동료 늑대들의 이름일 수도 있고, 어쩌면 늑대의 신(神)의 이름인지도 모른다. 하지만 로렌스도 굳이 이 자리에서 그런 것을 물어볼 만큼 멋대가리 없지는 않았다.

"나는 몇 백 년도 넘게 살 수 있어. 그래서 여행을 떠났던 거야. 반드시, 꼭 다시 만날 수 있을 거라는 생각에. 그런데… 없었어. 아무도 없었어."

옷을 꽉 붙드는 호로의 작은 손이 파르르 떨리고 있었다. 그런 꿈은 로렌스도 꾸고 싶지 않다.

고향으로 돌아가면 그 누구 하나 로렌스를 기억하는 이가 없다. 그런 꿈을 가끔 꾼다.

실제로 행상을 나섰다가 이삼 년 만에 고향에 돌아갔더니 마을이 통째로 사라졌다는 얘기도 종종 듣는다. 전란에 휩쓸려 불타 버리기도 하지만, 역병으로 전멸하거나 기근으로 모두 굶어 죽는 등 이유는 다양하다.

그러니 행상인은 가게를 갖는 것이 꿈인 것이다.

그곳에 자신의 고향을 만들고, 그곳에 자신이 머물 곳을 꾸리는 것이다.

"이제는, 눈을 떴는데 아무도 없는 건 싫어…. 혼자는 질렸어. 혼자는 추워. 혼자는… 혼자는 외로워."

그렇게 감정을 쏟아내는 호로에게 로렌스는 장단도 맞춰 주지 못한 채 그저 끌어안고 머리를 쓰다듬어 주는 수밖에 없었다. 이렇게 흐트러져 있을 때는 무슨 말을 한들 귀에 들리지 않을 거라는 생각도 들었지만, 무엇보다 정확하게 짚어서 얘기해 줄 수 있을 것 같지가 않았다.

로렌스도 마부석 위나, 처음 찾아간 마을에서 돌풍과 같은 외로움에 휩싸일 때가 있다.

그럴 때는 무슨 일을 해도 소용없다. 무슨 말을 들어도 소용없다. 그저 아무 것이나 붙잡고 돌풍이 지나가기를 기다리는 수밖에 없다.

"훌쩍…."

그럼에도, 그런 식으로 호로를 한동안 안고 있었더니 이윽고 감정의 파도가 가라앉은 모양이었다. 호로는 붙잡고 있던 로렌스의 옷을 놓더니 고개를 조금 들었다.

로렌스도 그에 따라 서서히 팔을 풀자 호로는 코를 훌쩍이며 몸을 일으켰다.

"…면목 없네."

눈도 코도 새빨개진 채 말했으나, 목소리는 꽤 차분했다.

"행상인들도 그런 꿈을 꾸고 가위 눌릴 때가 있어."

로렌스가 그렇게 말하자 호로는 부끄러운 듯이 웃고는 막힌 코를 훌쩍 들이마셨다.

"아―, 아―. 그러다간 머릿속이 다 끈적끈적해지겠다. 잠깐만 기다려 봐."

로렌스는 자리에서 일어나 탁자 위에 있던 종이를 가져와 내밀었다. 그림과 문자가 그려져 있긴 해도 마른 종이다. 코 푸는 종이로는 쓸 수 있을 것이다.

"우⋯. 그치만, 이건⋯."

"그린 뒤엔 버리는 거야. 그리고 아직 거래가 성사된 것도 아 닌데, 뭐. 돈 들어오기 전부터 셈만 해보면 뭐 해."

그렇게 말한 뒤 웃자, 호로도 덩달아 따라 웃으며 종이를 받아 들었다. 코를 힘껏 풀고 눈가를 닦고 나자 한층 개운해진 모양이 었다. 한숨을 쉰 뒤 심호흡을 하고는, 다시 한 번 부끄러운 듯이 웃는 것이었다.

로렌스는 호로의 그런 모습을 보고 또다시 껴안아 주고 싶었 으나 차마 그러진 못했다. 평소 상태를 회복한 듯하니, 가볍게 핀잔을 먹게 될 수도 있기 때문이다.

"당신한테 큰 빚이 생겼네."

로렌스가 그런 생각을 하고 있던 것을 아는지 모르는지 호로 는 그렇게 말하고는, 꽉 쥐어 으깨졌던 모양인 빵조각을 다시 주 워 먹는다.

일단 무사히 넘어간 것에 안심하며 그런 모습을 바라보고 있 자니, 호로는 빵을 대충 다 먹고는 손을 탁탁 털고 작게 하품했 다. 울어서 피곤한가 보다.

"또 졸리네. 당신은 안 자?"

"아아, 그만 잘까? 깨어 있어 봐야 양초 값만 더 나가지."

"우후. 장사꾼답네."

호로는 침대 위에 책상다리를 하고 앉아 웃더니 그대로 옆으 로 쓰러졌다. 로렌스는 그런 호로를 본 뒤 촛불을 입으로 불어 껐다.

순간 드리운 어둠. 빛에 눈이 익숙해진 탓에 온통 새카맣다. 오늘밤도 하늘은 맑고 별이 반짝이고 있을 터였으나, 나무 창 틈새로 들어오고 있을 희미한 빛도 아직은 보이지 않는다. 눈이 익숙해지기를 기다리기도 답답하여, 로렌스는 더듬더듬 자신의 침대 쪽으로 갔다. 방의 구석, 창문 밑이다. 호로가 자는 침대 모서리에 부딪치지 않도록 조심하면서 걸어갔다.

이윽고 자신의 침대에 다다르자, 침대 가장자리를 확인한 뒤 천천히 몸을 눕혔다. 예전에 아무렇게나 몸을 던졌다가 침대 가장자리에 몸을 부딪쳐 다친 적이 있다. 그 뒤로는 신중을 기하게 됐다.

하지만, 아무리 그랬어도 **그것**은 알아채지 못했다.

침대에 누우려 하는데, 거기에 누가 이미 누워 있는 것이다.

"엇, 무슨."

"촌스런 소리 하지 마."

조금 화가 난 듯한 말투가 의외로 요염하다.

잡아당기는 대로 눕자, 호로가 바싹 곁으로 다가온다.

아까 껴안았을 때 느꼈던 가냘픔과는 달리 탄탄한, 그러면서도 부드러운 소녀 특유의 몸.

로렌스는 다시금 심장이 방망이질 치는 것을 억누를 수 없었다. 로렌스도 신체 건강한 남자다. 정신이 들었을 때는 호로의 몸을 힘껏 끌어안고 있었다.

"숨 막혀."

호로의 비난 어린 목소리에 그제야 정신을 차리고 팔에 넣었던 힘을 약간 풀긴 했으나, 완전히 놓아 주지는 않았다. 호로 역시 뿌리치려 하지는 않는다.

그 대신, 귓가에 입을 가까이 대더니 속삭이는 것이었다.

"당신, 눈은 이제 익숙해졌어?"

"무슨."

소리야? 하는 말은 호로의 가느다란 손가락에 막혀 나오지 못했다.

"이제야 당신한테 무슨 말을 하려고 했던 건지 생각이 났는데…."

소곤소곤 속삭이는 호로의 말이 너무 간지러웠다. 간지럽긴 했으나, 그것이 달콤한 정담처럼 들리지 않은 것은 호로의 말투에서 심상치 않은 분위기가 느껴졌기 때문이다.

그리고 실제로 정담 같은 것이 아니었다.

"조금 늦었어. 문밖에 셋. 필시 초대 받은 손님은 아닐 거야."

그제야 사태를 알아차렸는데, 호로는 어느 틈에 외투까지 입고 있었다. 그런 뒤 느릿느릿 움직이더니 로렌스의 가슴 위에 신변용품을 갖다 놓았다.

"여기는 2층이야. 다행히 바깥에는 아무도 없어. 마음의 준비는 됐어?"

또 다른 의미에서 심장이 방망이질 치기 시작한다. 호로가 천천히 몸을 일으켰다. 로렌스는 이불을 뒤집어쓰는 척하며 웃옷을 입고 외투를 걸쳤다. 허리에 은 단검을 차는 찰나, 호로가 문밖에 들리게끔 외쳤다.

"내 이 몸을 달빛 아래서 찬찬히 보시도록 하오."

그 직후, 덜컹하고 나무 문 열리는 소리가 났다. 호로는 발을 창틀에 걸치고 주저 없이 뛰어내렸다.

로렌스도 황급히 몸을 일으켜 창틀에 다리를 걸쳤다. 별로 머뭇대지 않고 뛰어내릴 수 있었던 것은, 다급히 문고리를 비트는 소리와 우당탕탕 뛰는 소리가 들려왔기 때문이다.

훌쩍, 몸이 공중에 뜬 기분 나쁜 느낌이 든 직후 이내 딱딱한 지면에 발바닥이 닿았다. 몸을 지탱하지 못하고 개구리처럼 퉁겨서는 무참하게 한 바퀴 굴렀다가 엎어졌다.

발목을 접질리지 않은 것은 다행이었으나, 그 꼴을 보고 호로가 박장대소했다. 그래도 호로는 곧 손을 내밀어 주었다.

"뛰자. 짐마차는 포기해야 할 거야."

로렌스는 그 말에 놀란 눈으로 마구간 쪽을 돌아보았다. 싸고 튼튼한 말이기도 했지만, 무엇보다 그 말은 로렌스가 처음 산 말이었던 것이다.

그 생각을 하자 바로 마구간으로 달려가고 싶은 심정이었으나, 머릿속의 냉정한 부분이 그것을 막았다. 호로의 말이 옳은 것은 불을 보듯 뻔했다.

로렌스는 어금니를 악물고 우뚝 서 있었다.

"말을 죽여 봐야 저들한테 득이 될 건 아무것도 없어. 사태가 진정된 뒤에 찾으러 오면 돼."

로렌스의 마음을 헤아렸는지 호로가 그런 말을 해주었으나, 지금은 정말 그러길 바랄 뿐이었다.

"아, 맞다."

로렌스가 자리에서 일어나자 호로는 목에 걸고 있던 가죽주머니를 손에 들고 입구를 묶고 있던 끈을 아무렇게나 풀더니 내용물을 반쯤 꺼냈다.

"혹시 모르니까, 당신이 얼마 간 갖고 있어 줘."

호로는 대충 덜어낸 그것을 로렌스의 대답도 기다리지 않고 주머니 속에 찔러 넣었다.

뭔가 뜨거운 것이 담긴 느낌이었으나, 그것은 호로의 체온이었는지도 모른다.

어쨌거나 이 보리는 호로가 깃들어 있다는 보리니까.

"자, 어서 가자."

믿음직한 친구에게 웃음을 지어 보이는 듯한 호로에게 로렌스는 뭐라 말을 하려다가 끝내 아무 말도 못한 채 고개를 끄덕이고는 어두운 도시 속으로 냅다 뛰기 시작했다.

"네가 하려던 말은 이거지? 밀로네 상회가 그 애송이의 배후를 조사할 수 있었듯이, 그 역방향도 어렵지 않다고. 저쪽도 경계를 하고 있었을 테니까. 우리가 밀로네 상회에 협력을 구한 걸 알았으면 입을 막으려 드는 게 당연하겠지."

보도가 깔려 있어 달빛 속에서도 달리는 데는 문제없었다. 인적이 끊어진 길을 나란히 뛰다가 도중에 골목을 만나 오른쪽으로 꺾어져 들어갔다.

캄캄해서 로렌스의 눈에는 길 같은 건 거의 보이지 않았으나, 호로가 손을 잡고 거침없이 앞으로 이끌어 준 덕분에 로렌스는 발이 돌부리에 채이면서도 그 뒤를 따라갔다.

한 블록 정도 갔을 때, 뒤쪽에서 남자 몇이 소리치며 달려오는 것이 보였다. 언뜻 들려온 단어 중에 '밀로네 상회'라는 것이 있었다.

이쪽이 향할 곳이 밀로네 상회 말고는 없다는 것을 저쪽도 안 모양이었다.

"이런. 어디로 가야 할지 모르겠어."

로렌스의 손을 잡아끌고 뛰던 호로가 세 갈래로 갈라진 교차로의 한복판에서 중얼거렸다. 로렌스는 고개를 들고 달의 위치와 월력을 따지며 머릿속에 파치오의 거리를 떠올렸다.

"이쪽이다."

진로를 서쪽으로 잡고 뛰기 시작한다. 파치오는 이 근방에서는 오래된 도시다. 건물은 증축을 거듭했고, 길은 몸부림치는 뱀처럼 구불구불 휘어져 있다. 그래도 수도 없이 온 도시다. 가끔 큰길로 얼굴을 내밀어 위치를 확인한 뒤 다시 골목으로 돌아간다. 그것을 되풀이하면서 점차 밀로네 상회 쪽으로 다가갔다.

그러나 상대도 바보는 아닌 듯했다.

"잠깐만. 사방에 쫙 깔렸어."

길모퉁이를 오른쪽으로 돌아 곧장 가다가 만나는 큰길에서 왼쪽으로 돌아 곧장 가면 네 블록 앞에 밀로네 상회가 있다. 규모가 큰 상회쯤 되면, 최소한 짐을 지키는 하역인부는 나와 있을 터였다. 그리로 뛰어들면 놈들도 손대지 못할 것이다. 상업도시인만큼 최고의 경비원은 그 간판에서 연상되는 돈의 양이기 때문이다.

"쳇. 거의 다 왔는데."

"우후후. 사냥은 오랜만이네. 사냥당하긴 처음이지만."

"지금 한가한 소리 할 때야? 할 수 없네. 빙 돌아가자."

로렌스는 오던 길을 되돌아가 도중에 오른쪽으로 꺾어졌다. 일단 다른 블록의 길로 들어갔다가 빙 돌아 다시 밀로네 상회 쪽으로 갈 심산이었다.

하지만 오른쪽으로 돌아 앞으로 나아가려다 멈칫 했다.

호로가 로렌스의 옷자락을 확 잡아당겨 벽 쪽으로 몸을 밀쳤던 것이다.

"거기 없나? 이 근처에 있을 것이다! 찾아내!"

오싹 하는 공포는 숲에서 늑대의 습격을 받았던 이후로 처음이었다. 곧 가까운 길에서 두 남자가 고래고래 소리를 지르며 달려왔다. 그대로 갔다간 맞닥뜨리고 말았을 것이다.

"제길. 상당히 많은 인원을 풀었어. 지리도 꿰고 있고."

"으음…. 형세가 영 불리하네."

외투를 벗고 늑대귀를 드러낸 뒤 이리저리 귀를 기울이더니 호로가 그렇게 말했다.

"둘로 갈라질까?"

"좋은 생각이지만, 내게도 생각이 있어."

"예를 들면?"

후다닥 후다닥 뛰는 소리가 멀리서 들려오고 있다. 큰길을 샅샅이 살피고 있는 것이리라. 길로 튀어나오면 몰아붙일 작정인 듯했다.

"내가 큰길로 나가서 따돌릴 수 있을 만큼 따돌리면서 도망칠게. 당신은 그 사이에—."

"잠깐, 그건."

"알아? 섣불리 둘로 갈라졌다간 잡히는 건 그쪽이야. 난 혼자서는 잡힐 리 없지만, 당신은 결국 잡힐 거야. 그때 저 상회와 담판을 짓게 되는 건 누구야? 내가 이런 꼬리랑 귀를 해가지고 당신을 구해달라고 부탁해야겠어? 안 되는 거 알지?"

로렌스는 말문이 막혔다. 밀로네 상회에는 이미 어떤 은화가 절하가 되는지 그 종류까지 가르쳐 준 상태다. 까딱하면 로렌스 일행쯤은 잘라 버릴 가능성도 있는 것이다. 그렇게 되면 로렌스와 호로는 자신들의 몸을 비장의 수단으로 삼는 수밖에 없다. 즉, 상대방과 손을 잡겠노라고 위협하는 길 외엔 방법이 없는 것이다.

그리고 그런 교섭을 할 수 있는 것은 로렌스뿐이다.

"하지만 어차피 틀렸어. 네 꼬리와 귀를 보면 밀로네 상회 역시 널 교회로 데려갈지도 몰라. 메디오 상회는 두 말할 것도 없고."

"안 잡히면 되는 거잖아? 그리고 잡힌다 한들 하루쯤은 꼬리와 귀를 감출 수 있어. 그 사이에 구하러 와 줘."

호로는 어지간히 자신만만한지, 어떻게든 막아 보려는 로렌스에게 웃음을 지어 보였다.

"난 현랑 호로야. 꼬리와 귀를 들키더라도 미친 늑대처럼 굴면 놈들도 웬만해선 건들지 못할 거라구."

씨익 하고 호로가 웃자 송곳니가 보였다.

하지만 로렌스의 머릿속에는, 혼자는 외롭다면서 울던 호로를 끌어안았을 때의 느낌이 되살아난다. 그토록 가냘프고 꺼질 듯한 몸이었는데. 돈에 고용된 건달 놈들에게 넘겨주다니, 도저히 그럴 순 없다.

그럼에도 호로는 씨익 웃으며 말했다.

"당신, 돈 벌어서 가게 차릴 거잖아? 그리고, 난 당신에게 큰 빚을 졌다고 아까도 말했지? 당신은 날 의리도 모르는 늑대로 만들 작정이야?"

"바보 같은 소리 마. 잡혔다가는 죽임을 당할 게 뻔하다구. 그게 이거랑 비교가 돼? 내가 갚지도 못할 빚을 너한테 지게 된다구."

로렌스는 소리를 죽이고 화를 냈으나, 그 말을 들은 호로는 담담히 웃으며 고개를 가로젓더니 가느다란 집게손가락을 내밀어 로렌스의 가슴을 콕 찔렀다.

"고독은 죽음에 이르는 병이야. 충분히 비교가 돼."

감사를 표하는 듯한 호로의 차분한 웃음에 로렌스는 할 말을 잃고 말았다.

"당신 머리가 잘 돌아가는 건 나도 보증해. 난 그걸 믿어. 꼭 데리러 와 줘."

그렇게 말한 뒤 호로는 아무런 말도 못하고 선 로렌스를 살짝 한 번 껴안더니, 당황하여 끌어안으려던 로렌스의 품을 획 빠져

나가 뛰기 시작했다.

"저기 있다! 로인느 거리다!"

호로가 골목에서 뛰쳐나가자 곧 그런 외침이 들리고 발소리가 멀어져갔다.

로렌스는 눈을 힘껏 감았다가 이내 확 뜨고 뛰기 시작했다. 이 기회를 살리지 못하면 다시는 호로와 만날 수 없을 것만 같았다. 어두운 골목을 내달리고, 수도 없이 걸려 넘어질 뻔하면서 달려나갔다. 큰길을 일단 가로지르고, 다른 블록의 골목으로 뛰어든 뒤 다시 서쪽을 향했다. 아직도 떠들썩한 소리가 들린다. 저쪽도 그리 오래 소동을 피울 수는 없을 것이다. 도시의 자경단*에게 걸렸다간 골치 아파질 터이기 때문이다.

로렌스는 좌우지간 달렸다. 다시금 큰길로 뛰어나와 그대로 건너편 블록의 골목으로 뛰어든다. 이제 남은 것은, 도중 어딘가에서 오른쪽으로 꺾어졌다가 큰길이 나오면 다시 왼쪽으로 꺾어지면 된다. 그곳이 바로 밀로네 상회다.

"혼자? 상대는 둘이었을 것이다!"

그런 목소리가 비스듬한 뒤쪽에서 들려왔다. 호로는 잡혔을까? 아니면 용케 잘 도망쳤을까? 도망쳤다면 그것으로 족하다. 아니, 그랬기를 비는 수밖에 없었다.

로렌스는 달빛이 비치는 큰길로 뛰쳐나가 좌우를 돌아볼 것도 없이 왼쪽으로 꺾어졌다. 왼쪽으로 돌아들어가자마자 뒤에서

※자경단(自警團): 지역 주민들이 스스로를 지키기 위하여 조직한 민간단체.

"저기 있다!" 하는 외침이 터진다.

하지만 로렌스는 그런 건 무시하고 전력을 다해 달렸다. 밀로네 상회 앞에 다다르자 하역장의 울타리를 있는 힘껏 두드렸다.

"낮에 왔던 로렌스요! 도와주시오! 쫓기고 있소!"

소동을 듣고 잠에서 깬 당직자가 헐레벌떡 달려왔다. 철제 자물쇠를 벗기고 울타리를 연다.

로렌스의 몸이 미끄러져 들어간 직후, 손에 각목을 든 사내들이 밀려왔다.

"잠깐만! 어이, 그놈을 이리 넘겨!"

철컹 하고 코끝에서 닫힌 울타리를 각목으로 내리치더니, 사내들이 울타리에 달라붙어 완력으로 열려고 들었다.

하지만 울타리를 막고 있는 쪽도 힘쓰는 것으로 먹고 사는 하역장 인부들이다. 그렇게 쉽사리 열리진 않는다.

그리고 수염을 기른 초로의 남자가 안에서 나오더니 바깥을 향해 호통을 치는 것이었다.

"이놈들! 여기가 어딘 줄 아는 게야! 여기는 라온딜 공국 제33대 라온딜 대공님께서 공인하신, 대(大) 밀로네 후작님께서 경영하시는 밀로네 상회 파치오 지점이다! 그 울타리는 밀로네 후작님의 소유물이고, 그 안에 있는 분은 후작님의 고객! 그리고 후작님의 고객은 곧 라온딜 대공님의 보호 하에 있게 되는 것이다! 네 놈들이 그 각목으로 여기 있는 울타리를 쳤겠다? 그건 곧 대공님의 대좌를 치는 것과 같은 줄 알아!"

일사천리로 터져 나온 말에 울타리 너머의 사내들은 겁을 먹고, 동시에 멀리서 자경단의 피리 소리가 들려왔다.

울타리 너머의 사내들은 물러나야 한다고 판단한 모양이었다. 곧바로 왔던 길을 되돌아 뛰어갔다.

한동안 울타리 안에 있던 사람들은 미동도 하지 않았으나, 이윽고 발소리도 사라지고 호루라기 소리도 멀어질 대로 멀어져간 뒤, 맨 처음 입을 연 것은 달변을 펼친 초로(初老)의 하역인부였다.

"한밤중에 웬 난리인지. 대체 어찌 된 거요?"

"무례를 사과하오. 우선 구해줘서 고맙소."

"인사는 멀리 계신 대 밀로네 후작님께 하시구려. 그보다 저놈들은 대체 뭐요?"

"메디오 상회에 고용된 놈들일 거요. 내가 이곳과 거래를 하게 된 것이 마음에 들지 않는 모양이오."

"어허허. 이 양반, 어지간히 위험도 마다않는 장사꾼일세. 요즘에는 통 그런 사람 못 봤는데."

로렌스는 이마에 흥건히 고인 땀을 닦고, 웃으면서 대답했다.

"파트너가 나보다 더 물불을 안 가리는 타입이라."

"그것 참 큰일이네."

"그나저나 생각하기도 싫지만, 그 파트너가 잡혔을지도 모르오. 지점장이신 마르하이트 씨와 연락을 취할 순 없겠소?"

"우린 남의 나라에 들어와 장사를 하고 있소. 습격이나 방화쯤이야 일상다반사지. 연락은 진즉에 갔을 거요."

그렇게 말하면서 웃는 목소리가 참으로 마음 든든하다.

하지만 그런 만큼, 이런 지점을 통솔하는 지점장은 무섭도록 만만치 않은 상대일 것이다.

과연 이쪽의 신변을 보호해 줄 수 있을 것인가.

그런 불안이 가슴속을 소용돌이쳤으나, 이내 로렌스는 생각을 고쳐먹었다. 보호해 주도록 만들어야 한다. 그 위에 이익을 확보해야만 한다.

그것이 행상인으로서의 오기와, 호로가 위험을 감수해 준 데 대한 보답이다.

로렌스는 심호흡을 한 후 고개를 끄덕였다.

"안으로 들어가서 기다리지 그러슈? 포도주도 느긋하게 기다려야 좋은 놈이 나오는 법이니까."

하역인부는 그렇게 권하지만, 호로를 생각하면 도저히 그럴 기분이 아니었다.

하지만 초로의 하역인부는 이런 사태에는 익숙할 대로 익숙한지 침착하게 로렌스를 대했다.

"무사하면 어차피 이리 올 것 아니겠소? 이름과 인상착의만 말해 주구랴. 교회에서 쫓아온대도 숨겨줄 테니."

허풍스러운 말이었으나, 로렌스는 그제야 겨우 기분이 냉정해질 수 있었다.

"고맙소. 아마— 아니, 틀림없이 아가씨 하나가 이리 올 거요. 이름은 '호로'요. 딱 보기에 몸집이 작고, 외투를 뒤집어쓴 아가씨요."

"호오. 아가씨라. 미인이우?"

자신의 기분을 풀어줄 요량으로 일부러 그런 소리를 한다는 것을 아는지라, 로렌스는 웃으면서 대답해 주었다.

　"열 사람이 지나가면 열 사람이 다 뒤돌아보지."

　"핫핫핫. 그것 참 기대되는구만."

　하역인부는 호탕하게 웃으며 로렌스를 상회 건물 안으로 안내해 주는 것이었다.

　"십중팔구 메디오 상회의 수하겠지요."

　잠자리에 막 들려는 참에 깨워져 나온 것인지, 낮과 전혀 다름 없는 모습으로 마르하이트는 말문을 열었다.

　"제 생각도 그렇습니다. 제가 은화에 대한 계략을 알아채고, 그것을 역으로 치기 위해 이곳과 이야기를 나눈 것이 탄로 난 것이겠지요. 그것을 막으려고 한 걸 겁니다."

　당황한 모습을 보이고 싶지는 않았으나, 로렌스는 이야기를 하는 도중에도 호로가 걱정되어 견딜 수가 없었다. 다른 누구도 아니고 호로인 만큼 잘 빠져나갔을 것 같기도 하지만, 일이라는 것은 늘 최악의 상황 일보직전에 초점을 맞춰 예상해야 하는 법이다. 그리고 어쨌든 한시라도 빨리 로렌스 자신과 호로의 신변의 안전을 확보해야 한다.

　그러기 위해서는 밀로네 상회의 협조가 필요했다.

　"제 일행이 붙잡혀 있을 가능성이 있습니다. 만일 그렇다면 정당하게 교섭을 해도 결론이 나지 않을 것이 뻔합니다. 본 상회에서 힘으로 되찾아올 순 없으십니까?"

테이블 위로 몸을 거의 내밀다시피 하여 물었으나, 마르하이트는 로렌스에게는 시선을 주지 않은 채 뭔가 생각에 잠겨 있었다.

그런 후 천천히 눈을 들었다.

"일행 분이 붙잡혔을지도 모른다 하셨습니까?"

"예."

"그렇군요. 저희 상회의 직원이 그 소동을 듣고 미행을 했던 모양인데, 억지로 끌려가는 것으로 보이는 젊은 아가씨를 목격했다는 정보가 있었습니다."

마르하이트가 전한 말은 거의 예상하고 있던 바였지만, 실제로 듣고 보니 심장을 쥐어뜯는 듯한 충격이 온몸을 휩쓸었다.

하지만 로렌스는 곧 숨을 고르며 그것을 뱃속으로 삼켜 누르고, 그 대신 말을 토해냈다.

"아마 제 일행인 호로일 겁니다. 제가 이곳에 올 수 있도록 미끼가 되어…."

"그렇군요. 그런데 그들은 뭣 때문에 잡아간 걸까요?"

그 순간 로렌스는 버럭 소리를 지를 뻔한 것을 간신히 참고, 목구멍에서 짜내듯이 하여 대답했다. 마르하이트 정도의 인물이 그런 것에 머리가 돌아가지 않을 리가 없다.

"저희들이 이곳과 손을 잡고 메디오 상회를 방해하려는 것을 막고 싶은 것이겠지요."

마르하이트는 로렌스의 그런 신음에 가까운 말을 듣고서도 표정이 거의 바뀌지 않은 채 고개를 작게 끄덕이더니, 다시 시선을 탁자 위에 떨어뜨리고 뭔가를 생각하기 시작했다. 로렌스는 초조함에 연신 다리를 떨었다. 참다못해 의자에서 일어나 소리치려던 그때였다.

"그건 좀 이상하지 않습니까?"

"어디가요?!"

덜컹 소리를 내며 벌떡 일어서자, 마르하이트도 눈을 깜박이긴 했으나 곧 냉정한 표정을 되찾더니, 당장이라도 달려들 듯한 로렌스를 손으로 제지했다.

"진정하십시오. 뭔가 이상해요. 이상합니다."

"뭐가 말입니까?! 이쪽에서 제렌의 배후관계를 쉽사리 조사해 낸 것처럼, 메디오 상회도 이쪽이 자신들을 방해하려는 것을 알아챘을 테고. 또, 대체 어느 누가 그 원인제공자인지 조사하는 것쯤이야 지극히 간단했을 텐데요!"

"…그거야 이곳은 그들의 본거지이니 확실히 그렇긴 합니다만…"

"어디가 이상하다는 겁니까?"

"예, 알겠습니다. 이건 분명히 이상합니다."

마르하이트가 똑바로 응시하며 그렇게 말을 하니, 로렌스 역시 이야기를 듣는 수밖에 없었다.

"애초에, 저쪽이 로렌스 씨와 저희 상회가 결탁한 것을 어떻게 알아챌 수 있었을까 하는 생각이 듭니다."

"그건 제가 자주 이곳을 드나들었기 때문이겠지요? 그리고 그것을 전후로 해서 이곳에서 트레니 은화를 모으기 시작한 것도 알아챘을 테구요. 그 두 가지 점으로 쉽게 추측이 가능한 일입니다."

"그건 이상합니다. 왜냐하면 로렌스 씨는 행상인이시니, 저희 상회와 자주 교섭을 가진다 해도 전혀 이상할 것이 없습니다."

"그러니까 그런 점에다가 이쪽에서 트레니 은화를 모으고 있다는 사실, 또한 제렌과 거래를 한 자를 덧붙여서 생각한다면."

"아니요. 그래도 이상합니다."

"어째서요?"

로렌스는 이해가 가지 않았다. 그게 조바심이 되어 그만 따져 묻고 말았다.

"왜냐하면, 저희들이 트레니 은화를 사 모으고 있는 시점에서 이미 로렌스 씨와의 거래는 일단락 지어진 것으로 보는 것이 당연하기 때문입니다. 로렌스 씨도 생각해 보십시오. '어떤 돈벌이 인지는 모르겠으나, 어쨌든 트레니 은화를 사 모아 달라. 이윤은 보증한다.'라고 한들 저희가 그리 쉽게 움직이겠습니까?"

"…하, 하긴."

"저희가 트레니 은화를 모으고 있다면, 그것은 곧, 이번 거래의 상세한 부분까지 저희들이 파악하고 있다는 뜻인 겁니다. 그리고 그 정도는 메디오 상회 쪽에서도 알고 있을 것입니다. 그러니, 원래 같으면 로렌스 씨와 일행 분을 인질로 잡을 이유가 없는 것이지요."

"서, 설마."

마르하이트는 조금 서글픈 표정을 지은 뒤 작게 고개를 끄덕이더니 유감스럽다는 듯이 말하는 것이었다.

　"예. 저희들은 돈을 벌기 위해 필요한 정보는 전부 손에 넣었으니, 로렌스 씨와 일행 분은 어떻게 되건 관계가 없는 것입니다."

　로렌스는 몸이 휘청 기우는 것을 억누를 수 없었다. 그렇다. 로렌스는 지원세력이 없는 일개 행상인인 것이다.

　"저도 이런 말씀을 드리는 것이 괴롭다는 점은 이해해 주십시오. 하지만 로렌스 씨가 가져오신 이번 일에 저희 상회에서도 상당한 금액을 이미 투자했습니다. 또, 거기에서 파생될 이윤은 어마어마합니다. 로렌스 씨에게 원망을 듣는 것과, 그 이윤을 포기하는 것을 저울질한다면…."

　마르하이트는 한숨을 쉬고 조용히 말했다.

　"죄송합니다만, 저는 상회의 이익을 택하겠습니다. 하지만…."

　그 뒤로 마르하이트가 한 말은 귀에 들어오지 않았다. 파산 선고를 받았을 때의 장사꾼이 이런 심정일까. 로렌스는 머릿속 어딘가에서 그런 생각이 들었다. 손, 발, 입, 모든 것이 굳어 버린 것만 같고, 자신이 숨을 쉬고 있는지조차 의심스러웠다.

　지금 이 순간, 로렌스는 밀로네 상회에서 버림받은 것이었다.

　그렇다면 자동적으로 호로도 버림받은 것이 된다. 자신을 대신하다시피 하며 잡힌 호로는, 로렌스가 밀로네 상회와 교섭하여 구하러 와 줄 것이라 믿고 잡혀갔다.

　호로는 로렌스를 믿어 주었다. 그런데도, 결과는 이 꼴이다.

잠시 여행을 한 뒤 북쪽 고향으로 돌아가고 싶다고 말하던 호로의 얼굴이 뇌리에 떠올랐다.

인질로 붙잡혔는데 교섭거리도 못된다면, 그 후의 대접은 불을 보듯 뻔하다. 남자라면 노예선에 팔리고, 여자라면 유곽일 것이다. 호로는 늑대귀와 꼬리가 달리긴 했으나, 세상에는 악마 들린 아가씨만 모으는 정신 나간 갑부들도 있는 것이다. 메디오 상회라면 그런 손님 한둘쯤은 알고 있으리라.

로렌스의 머릿속에 호로가 팔려가는 모습이 떠오른다. 악마를 숭배하는 미치광이 같은 의식에 푹 빠진 놈들에게 팔려간 아가씨가 거기에서 어떤 대접을 받을 것인가.

그럴 순 없다. 그런 일이 있게 해서는 안 된다.

로렌스는 거의 무너지다시피 했던 의자 위의 몸을 다시 추스르고, 당장 머리를 굴리기 시작했다. 기필코 호로를 구해내야 한다.

"잠시만 기다려 주십시오."

로렌스는 얼른 그렇게 말했다.

"이쪽에서 그리 판단하실 것이리라, 저쪽도 당연히 생각지 않았겠습니까?"

메디오 상회도 바보는 아니다. 그렇다면 메디오 상회는 그것을 알면서도 로렌스 일행을 납치하려고 했던 것이다. 그것도 그토록 많은 인원을 풀어서, 자경단에게 걸릴 위험을 감수해 가면서까지.

"예. 그러니 저는 더욱 이상하다는 생각이 드는 겁니다. 방금 전에 드린 말씀은 어디까지나 미완의 이야기입니다. 경우에 따라서는 로렌스 씨에게 원망을 들을 각오로 그런 선택을 취할 수도 있다는 것이지요."

로렌스는 그제야 마르하이트가 "하지만."하며 말을 이으려던 것이 떠올랐다. 로렌스는 그만 얼굴이 시뻘게지며 몸 둘 바를 몰라 고개를 숙였다.

"일행 분이 무척 소중하신가 봅니다. 하지만 그 때문에 자칫 지레짐작하여 기회를 놓친다거나, 생각이 무뎌진대서야 본말이 전도되는 것입니다."

"죄송합니다."

"아닙니다. 저도 아내가 같은 상황에 처했다면 가만히 있을 수 없었을 테지요."

그러면서 웃는 마르하이트에게 로렌스는 다시금 머리를 숙였다. 다만, '아내'라는 말에 가슴이 뜨끔했다. 단순한 여행길의 동반자라면 이렇게까지 자신이 당황하지 않았으리라는 걸 로렌스도 깨달았고, 호로 역시 미끼가 되어 붙잡힐 생각은 하지 않았을지 모른다.

"그러면 다시 이야기로 되돌아가지요. 저쪽 역시 교활한 인간들이 모여 있는, 호락호락하지 않은 상회입니다. 그러니 원래 같으면 교섭거리가 될 리 없는 로렌스 씨와 일행 분을 노렸을 때는 뭔가 이유가 있을 것입니다. 뭔가 짚이는 것이 없으십니까?"

그런 소리를 해봐야 로렌스에게는 영 짐작 가는 게 없다.

하지만 찬찬히 생각해 보니, 자신들을 잡으려는 것에는 뭔가 특별한 이유가 있으리라 보는 것이 타당할 듯하다.

로렌스는 생각했다.

짚이는 것이, 한 가지 있었다.

"아니, 하지만, 설마."

"뭔가 짐작 가는 것이라도?"

로렌스는 자신의 머릿속에 떠오른 생각을 즉시 부인하고 만다. 그럴 리가 있을라고. 하지만 그것 말고는 떠오르는 것이 없다.

"저희들이 눈앞에 두고 있는 돈벌이는 엄청난 것입니다. 반드시 성공시키고 싶습니다. 뭔가 짐작 가는 일이 있으시면 아무리 사소한 것이라도 말씀해 주십시오."

마르하이트의 말이 옳다. 하지만, 그래도 선뜻 입 밖으로 꺼낼 수 있는 것이 아니다.

로렌스의 머리에 떠오른 것은 호로였다. 호로는 아무리 봐도 평범한 인간이 아니다. 세간에서 보기엔 이른바 악마가 들렸다는 부류인 것이다. 호로가 인간이라고는 이미 생각지 않으나, 가령 악마 들린 인간이라면, 그들은 평생 집 안에서 키워지다 죽임을 당하거나 혹은 교회 측에 넘겨지는 것이 보통이다. 제대로 살아남을 수 있을 가망성은 거의 없다. 교회의 눈에 찍히면 여지없이 처형당하기 때문이다.

그런 악마 들린 인간들과 겉보기엔 차이가 없는 것이 호로다. 그러니 메디오 상회 놈들은 호로를 이용해 밀로네 상회를 협박할 수 있는 것이다.

악마 들린 자와 거래를 한 상회로 교회에 고발되고 싶지 않으면 이번 이야기에서 손을 떼라고.

교회재판에 회부된다면, 메디오 상회는 악마 들린 인간과 사악한 계약을 맺은 밀로네 상회를 고발한 신의 대리인으로 취급받게 된다. 재판 결과 따위는 보지 않아도 뻔하다. 밀로네 상회는 로렌스와 함께 화형에 처해지리라. 물론 호로가 불태워지는 것은 말할 것도 없다.

그러나 로렌스는 '설마' 하고 생각했다.

대체 어디의 누가 언제, 호로가 늑대의 귀와 꼬리를 가진 자라는 것을 알아챈 것일까.

호로의 행동을 보는 한, 그렇게 쉽사리 누군가에게 정체를 들킬 만큼 얼이 빠져 보이지는 않는다. 현재로는 자신 이외에 아무도 눈치 채지 못했을 것이다— 라는 확신이 로렌스에게는 있었다.

"로렌스 씨."

마르하이트의 목소리에 로렌스는 곰곰이 빠져 있던 생각에서 확 깨어났다.

"짐작 가는 바가 있으신 것이지요?"

마르하이트의 찬찬한 말투에 로렌스는 그만 고개를 끄덕일 뻔했다.

하지만 그랬다가는 그 이야기를 해야만 한다. 그랬는데 혹시, 만의 하나 그 가능성이 틀린 것이었다면, 로렌스는 마르하이트에게 하지 않아도 될 이야기를 전한 것이 된다.

최악의 경우에는 이럴 가능성도 있다. 밀로네 상회가 선수를 쳐서, '악마 들린 여자애를 이용해 밀로네 상회를 음해하려 한 악마의 상회'로 메디오 상회를 오히려 고발하는 것이다.

　그렇게 돼도 어차피 호로는 구해낼 수 없다.

　마주 앉은 마르하이트의 시선이 무겁게 짓눌러왔다.

　로렌스는 도망칠 길이 없었다.

　그때였다.

　"실례하겠습니다."

　그렇게 말하며 방 안으로 들어서는 이가 있었다. 밀로네 상회의 직원이다.

　"무슨 일인가?"

　"방금 전 편지가 날아들었는데, 관련이 있는 듯해서."

　직원이 내민 것은 깨끗한 봉투에 담긴 편지였다. 마르하이트는 그것을 받아들고 앞뒤를 번갈아 보았다. 보내는 이의 이름은 없었으나 받는 쪽은 있는 모양이다.

　"늑대와… 늑대가 사는 숲에게?"

　로렌스는 그 순간 자신의 예측이 맞았다는 것을 깨달았다.

　"죄송합니다만, 제가 먼저 보게 해주시겠습니까?"

　로렌스의 그런 요청에 마르하이트는 잠시 의아한 듯 뭔가를 생각했으나, 이윽고 고개를 끄덕이고는 봉투를 내밀었다.

　로렌스는 인사를 하고 받아든 뒤, 심호흡을 한 번 하고 봉투를 찢었다.

　안에서 나온 것은 한 통의 편지와, 그리고 호로의 것으로 여겨지는 갈색의 짐승 털.

편지에는 짤막한 글이 쓰여 있었다.

'늑대는 맡았다. 교회 문은 항상 열려 있다. 집으로 늑대가 들어가지 않도록 집안 식구들과 함께 문을 잠가 두라.'

의심의 여지가 없었다.

로렌스는 편지를 봉투째 마르하이트에게 건넨 뒤, 쥐어짜는 듯한 목소리로 말했다.

"제가 데리고 왔던 소녀, 호로는 풍작을 관장하는 늑대의 화신입니다."

마르하이트의 눈이, 그보다 더 커질 수 없으리만큼 휘둥그레진 것은 말할 것도 없었다.

제 5 막

마르하이트는 역시 이국땅에 가게를 차린 장사꾼답다는 느낌이었다.

로렌스의 고백에 잠시 소리도 내지 못할 만큼 놀라긴 했으나, 곧 정신을 차리고 냉정하게 머리를 굴리기 시작한 모양이었다. 메디오 상회에 붙잡힌 호로에 대해서도, 그런 호로를 데리고 다닌 로렌스에 대해서도 책망하는 말 한마디 전혀 없었다. 그런 것보다는 어떻게 하면 현 상황에서 밀로네 상회를 지켜내고, 또한 이익을 끌어낼 것인가, 그쪽으로 신경이 온통 쏠린 듯했다.

"이 편지는 여지없는 협박 편지입니다. 로렌스 씨의 일행 분이 교회에 넘겨지는 것을 보고 싶지 않으면 문을 닫아 걸고 가만히 있으라는."

"트레니 은화 거래가 끝날 때까지 조용히 있으라는 건가요? 하지만, 그것이 끝난 후에 교회에 넘기지 않는다는 보장도 없습니다."

"옳은 말씀입니다. 게다가 저희들은 이미 트레니 은화에 상당한 투자를 했습니다. 이제 와서 물러난다면 크나큰 손실로 이어지게 됩니다. 트레니 은화는 반드시 절하될 테니까요."

그렇다면, 이쪽의 선택권은 거의 없다.

앉아서 죽음을 기다리거나, 이쪽에서 먼저 치고나가거나.

전자를 선택하는 일은 있을 수 없다.

"이쪽에서 먼저 치고나가는 수밖에 없는 것이 아닙니까?"

로렌스의 말에 마르하이트는 숨을 한껏 들이마신 뒤, 고개를 끄덕였다.

"하지만 단순히 일행 분을 되찾아오기만 하면 될 문제가 아닙니다. 이쪽에서 숨겨 주더라도 고발을 당해 교회가 교회법을 휘두르며 수색에 나서게 되면, 저희들은 순종적인 어린 양이 되는 수밖에 없기 때문입니다. 이 도시에 있는 한은 숨길 방도가 없습니다."

"도시 밖으로 데리고 도망치면요?"

"한없이 펼쳐진 대평원인걸요. 웬만큼 운이 좋지 않고서야…. 게다가 도시 밖에서는 붙잡혔다가는 돌이킬 길이 없고, 다른 도시로 끌려가 고발당하지도 모릅니다. 그렇게 되면 막을 길이 없습니다."

속수무책이다. 이대로 메디오 상회가 시키는 대로 가만히 있는다고 해도, 한몫을 잡은 후 저들은 반드시 호로를 교회로 끌고 갈 것이다. 이국땅에서 온 상점을 파멸로 몰아붙여서 손해날 것은 없다. 장사의 적수는 적을수록 좋은 법이니까.

하지만 이쪽에서 먼저 치고나가려 해도 여러 가지 곤란한 점이 따른다. 아니, 곤란한 정도가 아니다. 지금 선택할 수 있는 방법은 그 어느 것이나 압도적으로 무모한 것들뿐이다.

"무슨 좋은 방법이 없을지?"

마르하이트가 혼잣말을 하듯이 중얼거렸다.

"이대로 가다가는 저희 상회의 이익을 보전하기는커녕 고발을 면할 수 없습니다."

로렌스는 바늘방석 위에 앉은 듯한 심정으로 그 말을 듣는 수밖에 없었다. 묵묵히 머리를 조아리고 있는 것만으로 사태가 해결된다면 얼마든지 조아리겠다. 장사꾼들에겐 기사나 귀족들이 가진 자존심 따윈 없다. 돈을 벌 수만 있다면 남의 신발바닥이라도 얼마든지 핥을 각오가 되어 있다.

따라서, 로렌스 역시 그 말을 비아냥거리거나 비꼬는 것으로 듣는 게 아니라, 단순한 상황 분석으로서 받아들인다. 실제로 마르하이트의 말은 현 상황을 더없이 잘 나타내는 것이었다.

"요는, 이쪽에도 저쪽에 대항할 만한 카드가 있어야만 한다는 얘기네요."

"그렇다고 할 수 있습니다. 하지만 아무리 돈을 싸다 준다 한들 저쪽이 트레니 은화를 이용해 얻을 이익에 비하면 새 발의 피입니다. 일단 돈으로는 해결할 수 없습니다. 한 가지 선택할 수 있는 방법은, 이쪽이 먼저 로렌스 씨의 일행 분을 메디오 상회가 수하에 두고 있다고 교회에 고발하는 것입니다만…, 그렇게 되면 로렌스 씨가 곤란하시겠지요. 최악의 경우 로렌스 씨가 이쪽에 불리한 증언을 하실지도 모르고."

"아마… 그렇겠지요."

거짓말을 해봐야 소용없으므로 로렌스는 그렇게 대답했다. 호로를 버리는 짓만큼은 못한다. 하지만, 버리면 이 상황을 타개할 수 있는 것만은 확실하다.

마르하이트도 그것을 알고 있을 터였다. 여차하면 그 선에서 로렌스를 설득하고 나올 것이 눈에 선하다. 그리 되면 로렌스는 틀림없이 고개를 세로로 흔들지는 않을 것이다. 호로와 함께 죽음을 택할 것 같은 기분이 스스로도 들었다.

그러나 당연히 그것은 피하고 싶었다.

로렌스가 머리를 굴려 이 꽉 막힌 상황을 헤치고 나갈 묘안을 찾아내는 수밖에 없었다.

"문득 떠오른 것입니다만."

로렌스가 말문을 열었다.

"저쪽이 고발하기 전에 이쪽이 트레니 은화의 구매를 끝내고, 이익의 전부를 교섭의 카드로 내미는 방법이 있습니다."

로렌스의 말에 마르하이트가 놀란 눈을 했다. 로렌스가 호로를 잃고 싶지 않듯이, 마르하이트 이하 밀로네 상회 역시 이익 전부를 잃고 싶지는 않을 것이다.

가치가 내려갈 것을 미리 알게 된 은화를 모음으로써 발생될 마법 같은 이익.

그런 이익은 천재일우(千載一遇)의 기회가 아니고서는 나오지 않는다. 천 년에 한 번이라 할 만큼 막대한 것이다.

그러니 카드로서는 최강이다. 메디오 상회도 그런 조건이면 주저 없이 호로를 내놓으리라.

하지만, 그렇기 때문에야말로 마르하이트는 손으로 눈을 덮었다. 그것을 잃는다는 것은 자식을 잃는 것이나 진배없는 것이었다.

이 마법 같은 거래의 상대는 그 정도로 막대한 이윤을 창출할 수 있다.

트레니 국왕. 한 나라의 왕이 이번 거래의 상대이므로.

"…이번 트레니 은화 거래의 최대의 이익은 국왕에게서 특권을 얻어낼 수 있다는 것입니다. 저희가 조사한 바에 따르면, 사실은 왕가의 재정이 상당히 어려운 것으로 나타났습니다. 요컨대, 이번 거래가 성사되면 왕가로부터 상당한 특권을 얻어낼 수 있을 것입니다. 그것을 포기하는 건 정말이지…"

"특권을 고스란히 내놓는 것은 형평에 맞지 않지요."

"사들이게끔 하라는 말씀입니까?"

로렌스는 고개를 끄덕였다. 이 정도로 큰 거래는, 말은 들어봤어도 실제로 해본 적이 없다. 그러니 실제 가능할지 어떨지 자신은 없었으나, 자신이 장사를 해온 것을 연장해서 생각해 보면 가능할 것이다.

"밀로네 상회를 무너뜨리는 것과, 국왕에게서 받은 특권을 사들이는 것— 이 두 가지를 저울질해서, 국왕에게서 받은 특권을 사들이는 쪽이 더욱 이득이라고 판단할 수 있을 정도까지 된다면 메디오 상회로부터 그 대가를 끌어낼 수 있지 않겠습니까?"

거의 되는 대로 떠들어대는 것 같지만, 나름대로 논리가 선 이야기이다.

애초에, 가치가 떨어질 것을 미리 안 트레니 은화를 사 모으면 사 모을수록 돈을 벌게 되는 이 구도는, 다름 아닌 트레니 은화를 발행하는 트레니 국이 그 은화를 사들여 줄 것이기 때문에 성립되는 것이다.

어째서 트레니 국이 은화를 사들여 줄 것인가 하면, 트레니 국의 의도는 현재 돌아다니고 있는 화폐를 일단 녹여 은덩어리로 만든 다음, 순도를 떨어뜨려 더 많은 은화를 발행하려는 것이기 때문이다. 순도를 떨어뜨리면 떨어뜨릴수록 당연히 같은 양의 은에서 보다 많은 은화를 발행해낼 수 있다. 녹인 은화의 수가 늘어나면 늘어날수록 수많은 은화를 부풀려 발행할 수 있다. 그렇게 되면, 예를 들어 원래 10냥밖에 안 나오던 화폐가 13냥이 된다. 3냥의 이득을 볼 수가 있는 것이다.

이런 잔재주는 당장에 자금을 만들어내기는 더없이 좋으나, 국가의 위신을 떨어뜨리게 되기 때문에 장기적으로는 불이익 쪽이 훨씬 크다. 그럼에도 굳이 이 방법을 택했다는 것은, 트레니 국의 왕가가 진퇴양난의 재정난에 시달리고 있다는 뜻이다. 하지만 정작 중요한 은화가 수중에 없으면 잠시 숨통을 트기 위한 돈 만들기도 불가능하다.

메디오 상회는 그 점을 파고들어 대량의 트레니 은화를 가지고 교섭을 하려 했던 것이다. 경우에 따라서는 시장에 유통되는 은화란 은화는 모두 회수하여 교섭에 임할 작정이었으리라.

그리고 왕의 면전에서 머리를 조아리며 이렇게 말하는 것이다.

이 은화를 적당한 가격에 매입하십시오. 또한 저희들이 바라는 특권을 저희들에게 주신다면, 이 은화를 다시 사들이겠습니다.

일부 국가를 제외하고는 기본적으로 국왕이라는 이름을 달고 있다 해도 다른 귀족들보다 재산이나 영지가 많고, 그 위에 국왕으로서 행세할 수 있는 정당성을 주위가 인정하도록 만든 것에 지나지 않는다. 그러니 국왕이 다른 제후들과 공동으로 관리하는 국가의 재산을 멋대로 처분할 수는 없다.

따라서 왕가가 소유하고 있는 재산은 다른 귀족들과 별반 다를 것이 없다. 특별한 것이 있다면 국왕의 이름 하에 관리하도록 되어 있는 특수한 권력들이다. 바로 광산채굴권, 조폐권, 관세설정권, 시장관리권, 왕국 도시의 시장 임명권 등— 실체가 동반되지는 않으나 쓰기에 따라서는 돈 열리는 나무가 되는 것들이다.

필시 메디오 상회는 트레니 국왕이 관리하는 그런 권력 중 어느 것이 탐났을 것이다. 그것이 무엇인지는 알 수 없으나, 메디오 상회가 계획한 거래가 제대로 풀린다면 장사를 하는 데 있어 결정적이라 할 수 있는 권리를 얻어낼 수 있다.

로렌스가 밀로네 상회에 제안한 것은 그런 거래를 가로채자는 것이었다.

즉, 메디오 상회보다 더 많은 은화를 회수하여 한발 빨리 왕에게 거래를 제의하는 것이다.

국왕의 입장에서는 두 상회와 거래를 하게 되면 각자가 원하는 특권이 서로 겹칠 수 있다. 그렇게 되면 왕의 입장이 곤란해진다. 따라서 거래를 하자고 든다면 거래처는 단 한 곳으로 정해진다.

밀로네 상회가 먼저 거래를 끝내 버리면 메디오 상회는 더 이상 특권을 얻어낼 수가 없게 된다.

특권이란 유일무이(唯一無二)한 것이다.

메디오 상회 측에서는 돈으로 살 수 있는 것이라면 얼마를 내놓으려 할 것이다. 그것은 밀로네 상회도 마찬가지였으나, 숨통이 죄어진 상황에서는 그에 상당한 대가를 얻을 수만 있다면 개의치 않을 것이다.

"하지만… 저쪽은 이 지점을 찌부러뜨리는 정도를 넘어서 우리들을 화형대 위로 보낼 수 있는 카드를 쥐고 있습니다. 저쪽이 대가의 지불에 응할까요?"

그것이 관건이다. 로렌스는 몸을 앞으로 내밀고는 신음하듯 말을 이어갔다.

"화형대로 보내질 만한 상회와 국왕이 거래를 했다는 것이 알려지면, 왕도 꽤 곤란하겠지요?"

마르하이트는 정신이 번쩍 든 모양이었다. 교회는 국경을 초월한 권력집단이다. 대국의 국왕과 대제국의 황제라면 또 몰라도, 트레니 국의 국왕 정도라면 교회 권력은 절대적인 효과를 갖는다.

그렇지 않아도 트레니 국왕은 어떤 이유에서인지는 둘째 치고, 재정난에 시달리는 모양이다. 교회와의 분쟁은 극력 피하고 싶어 할 것이다.

"이쪽이 왕과 계약을 맺으면 메디오 상회는 섣불리 이쪽을 고발하지 못할 겁니다. 섣불리 고발해서 우리가 교회에 찍히게 되면, 그런 상회와 거래를 한 왕도 교회에 찍히게 되지요. 그렇게 되면 메디오 상회가 왕의 원한을 얼마나 사게 될지 알 수 없기 때문입니다."

"그렇군요. 하지만 그렇다고 저쪽도 잠자코 물러서지는 않을 겁니다. 그러면 남은 것은 강제로 같이 망하는 쪽인가요?"

"예."

"그러니, 이쪽이 그에 상당하는 대가와 로렌스 씨의 일행 분을 돌려받는 조건으로, 특권을 양도한다?"

"예."

마르하이트는 턱을 쓰다듬으면서 감탄한 듯이 고개를 끄덕이고는 시선을 탁자 위로 떨어뜨렸다. 로렌스는 마르하이트가 할 다음 말을 알고 있다. 그 말에 대답하기 위해 벌써부터 심호흡을 하고 배에 힘을 준다. 이것은 이 상황을 타개하는 한편 이 상회와 로렌스의 이익을 끌어내는, 유일무일한 묘안인 것이다.

물론 그것에는 고난이 뒤따를 것이다.

하지만 이것을 해내지 못한다면, 로렌스는 호로를 버리거나 함께 교회의 불에 태워지거나 둘 중 하나를 선택해야 한다.

그리고 전자는 아니다. 절대 아니다.

마르하이트가 고개를 들고 물었다.

"방법론으로서는 괜찮을지도 모르겠습니다. 하지만 아시는지 모르겠습니다만, 이것에는 큰 고난이 따릅니다."

"어떻게 메디오 상회를 따돌릴 것이냐, 하는 것이지요?"

마르하이트는 턱에 손을 대고 고개를 끄덕였다.

로렌스는 머릿속에서 조합한 말을 이야기하기 시작했다.

"제가 추측하는 한, 메디오 상회는 아직 많은 은화를 모으지 못한 것으로 보입니다."

"그 근거는?"

"그 근거는, 호로를 붙잡은 시점에서 교회에 가지 않은 것에 있습니다. 만약 저쪽이 이미 충분한 은화를 확보하고 있다면, 이쪽을 무너뜨리기 위해 그 즉시 교회로 달려갔어도 무방했을 것입니다. 그러나 그렇게 하지 않고 이쪽의 움직임을 봉쇄하려 든 것은, 교회의 재판이 시작되고 이쪽의 처분이 결정되기까지 얼마 안 되는 사이에 국왕과의 거래에 나서기는 어렵다고 판단한 것이 아닐까요? 그러니, 이렇게 말할 수 있을지도 모릅니다. 메디오 상회는 이쪽이 이미 거래를 개시하는 데 충분한 양의 은화를 모은 줄 알고 있는 것으로요. 그것은 저쪽의 자신감 부족을 단적으로 나타내는 것입니다."

마르하이트는 눈을 감은 채 듣고 있다. 로렌스는 숨을 돌린 뒤 말을 이었다.

"또한, 메디오 상회는 아마도 트레니 은화를 회수하고 있다는 것이 표면화되는 것을 원치 않는 것으로 생각됩니다. 이번 거래는 명백하게 국왕의 약점을 치는 거래입니다. 교섭의 맨 앞에 선 귀족의 입장에서는 '우연히 수중에 은화가 있어서 팔러 왔다'는 형식을 취하는 것이, 그 아무리 속이 훤히 들여다보이는 핑계라 할지라도, 향후의 일을 고려할 때 좋은 방법일 것입니다. 또한, 제렌과 같은 자가 우리네 같은 행상인들에게 그런 거래 얘기를 꺼내들고 나선 이유는, 우리 행상인들로 하여금 은화를 걷어 들이게 만든 후, 기회를 봐서 그것을 사들이기 위한 것이었을 겁니다. 가치가 떨어지기 시작한 은화를 한없이 갖고 있을 장사꾼은 없습니다. 제렌의 행동에 다소 수상한 점이 있었다 해도, 은화를 사 주겠다면 다들 기뻐하며 팔겠지요. 이것은 제 추측에 지나지 않습니다만, 틀림없으리라고 봅니다. 그리고 그렇게 단계적인 방법을 택한 것을 보면, 대놓고 매입하고 있으리라고는 생각되지 않습니다. 무엇보다 메디오 상회가 대놓고 매입을 한다면 밀로네 상회뿐 아니라 다른 상회들도 트레니 은화를 둘러싼 수상한 움직임을 알아채지 않았겠습니까?"

마르하이트는 천천히 고개를 끄덕였다.

"이상 말씀드린 점에서 볼 때, 통하리라고 봅니다."

그런 후 힘겨운 듯 신음하며 눈을 감았다.

언뜻 옳게 들리는 추론이지만, 어디까지나 추론이다. 메디오 상회는 단순히 밀로네 상회 본점의 원한을 사고 싶지 않아서 호로를 교회로 끌고 가지 않는 것뿐인지도 모른다.

그러나, 어쨌든 뭔가 주저하는 바가 있는 것이다.

저쪽에서 주저하고 있는데 그것을 이용하지 않을 수는 없다.

"그러면 저쪽이 아직 준비가 별로 되지 않은 상황이라고 가정해 봅시다. 그런 경우, 로렌스 씨는 어떻게 움직이실 생각이십니까?"

로렌스는 그 말을 당당히 받았다. 여기에서 자신 없어 보여서는 안 된다.

숨을 깊이 들이마신 뒤 크게 내쉰다.

그런 후, 또렷하게 말했다.

"호로를 찾아내어 되찾은 후, 이쪽에서 교섭을 마치실 때까지 도망쳐 다니겠습니다."

순간, 마르하이트가 숨을 삼켰다.

"그런 무모한 일을."

"끝까지 도망치기는 불가능하겠지만 얼마간 시간을 벌 수는 있을 겁니다. 그러면 그 사이에 은화를 다 모으고 교섭에 나서 주십시오."

"그럴 순 없습니다."

"그럼 호로를 이쪽에서 고발하시겠습니까? 저는 밀로네 상회 측에 불리할 증언을 할 것입니다."

여지없는 협박성 문구다.

마르하이트는 배신과도 비슷하게 협박조로 나오는 로렌스를 울 것 같은 얼굴로 바라보며 눈을 껌벅거렸다.

밀로네 상회 측에서 고발을 해도 로렌스— 호로와 매매계약을 맺은 것은 사실이다. 교회재판에서 무죄판결을 받아내는 것은 얻는 것보다 잃는 게 많아 좋지 않다. 가령, 무죄판결을 받았다 해도 상당히 큰 벌금이 부과될 것이다. 게다가 로렌스가 밀로네 상회에 불리한 증언을 할 것은 뻔하다.

마르하이트는 고민했다. 고민하고 또 고민했다.

그래서 로렌스는 그 점을 밀어붙였다.

"밀로네 상회에서 도와주신다면 하루 이틀은 도망칠 수 있을 것입니다. 함께 도망치는 상대가 늑대의 화신이니까요. 그 능력을 도망치는 데만 쓴다면 인간이 따라잡는 건 어림도 없습니다."

물론 정말 그럴지 로렌스가 알 리 없으나, 설득력은 있으리라고 생각했다.

"으… 음…."

"이번에 붙잡힌 것은 제가 이곳으로 올 수 있도록 일부러 사람 눈에 띄도록 도망쳤기 때문입니다. 목적지 없이 오로지 도망만 치면 되는 것이었으면 절대 붙잡히지 않았습니다. 여쭙겠습니다. 시간이 어느 정도 있으면 국왕과 교섭이 가능할 만큼의 은화가 모일 것 같습니까?"

"…어, 어느 정도요?"

로렌스의 박력에 밀리는 느낌을 보이면서도 머릿속은 잘도 돌아가고 있는 모양이었다. 마르하이트의 시선이 이내 허공을 헤맨다. 의식을 집중하고 있는 것이다.

로렌스는 호로를 무사히 탈환하고, 또한 밀로네 상회가 협력해 준다면 꼬박 이틀은 도망칠 수 있을 거라 예상하고 있다.

파치오 시가지는 오래되었다. 건물 수는 많고, 골목은 서로 얽혀 있다. 숨자고 들자면 숨을 곳은 널리고 널렸다.

상대가 메디오 상회 하나라면 도망칠 수 있다. 로렌스는 그렇게 확신하고 있다.

그리고, 마르하이트가 눈을 떴다.

"지금 즉시 말을 몰아 트레니 성을 향하면, 잘하면 일몰 무렵에는 도착할 것입니다. 즉석에서 교섭을 결판 짓고 돌아오면 새벽 무렵. 교섭이 길어지면 그만큼 늦어질 겁니다."

"지금 즉시 간다는 것이 가능합니까? 아직 수중에 있는 금액도 모르는데요."

"은화가 있는 곳은 한정돼 있습니다. 그러니 우리가 손에 넣을 수 있는 은화의 양은 대충 짐작이 갑니다. 그 한도를 최대한으로 키워 제시한 후, 실제 은화를 양도하는 날까지 준비하기만 하면 문제없습니다."

대강의 액수로 교섭에 나선다 해도 결제 당일에 은화를 갖춰 놓기만 하면 문제없다.

확실히 맞는 말이긴 하나, 국왕을 상대로 하는 교섭에서 그런 거친 발상을 할 수 있는 것은 확실히 대(大) 상회에 소속돼 있기 때문일까. 더구나 국왕과의 교섭 시에는, 혹시 자신들의 힘으로 더 저렴하게 은화를 회수할 수 있지 않을까 하는 국왕의 기대를 접게 만들 만한 액수의 은화를 제시해야만 한다. 그런 점을 생각하면 너무도 대담한 것이었으나, 그런 거친 발상이 나왔다는 것은 마르하이트가 그럴 마음이 있기 때문이라고 로렌스는 판단했다.

"하지만 사실은 메디오 상회의 배후에 있는 인물이 누군지를 파악한 뒤 거래에 나서고 싶었습니다. 배후에 있는 자가 누군지를 알면, 자금이 마련되는 경로도 모조리 보이게 됩니다. 그것을 가로채는 것도 가능하고, 어림짐작해내는 것도 가능하지요. 다만 지금은 그것을 생각할 시간도, 추측할 시간도, 그 단서를 얻어낼 시간도 없습니다."

로렌스는 소용없다는 것을 알면서도 머리를 굴려 보았으나, 단번에 생각이 미칠 리가 없다. 무력감을 토로하듯 한숨을 쉬었다.

지금은 그저 앞만 봐야 한다. 로렌스는 등줄기를 쭉 펴고 마르하이트를 응시했다.

"하지만, 국왕을 상대로 즉석에서 결판을 낼 수 있겠습니까?"

교섭이 즉석에서 결판이 지어지건 질질 끌게 되건, 로렌스는 도망쳐야 한다. 그 사실에는 변함이 없으나, 그래도 역시 마음가짐은 달라진다.

마르하이트는 작게 헛기침을 하더니 날카롭게 단언했다.

"밀로네 상회가 그러자고 들면, 그 어떤 거래도 즉석에서 결판나게 되어 있습니다."

무심코 쓴웃음을 지은 로렌스였으나, 지금은 그런 마르하이트의 말이 믿음직하다.

로렌스는 오른손을 내밀면서 오늘의 날씨라도 묻듯이 마르하이트에게 질문했다.

"그런데, 호로가 있는 곳은 파악되셨습니까?"

"우리는 밀로네 상회입니다."

이 상회를 택하길 잘했다— 하고 로렌스는 마르하이트와 악수를 하면서 속으로 중얼거린 것이었다.

"직원이 불의의 습격을 당하거나, 가게에 불이 붙는 일이 일상다반사입니다. 그러니 우리는 그 도시의 그 누구보다도 도시에 대해 자세히 연구합니다. 비상용 대책도 철저히 세워 놓고 있지요. 엄청난 수의 기사단이 이 도시를 포위한다 해도 우리들만큼은 살아남을 수 있습니다. 하지만 우리에게도 라이벌은 있지요."

"교회입니까?"

"그렇습니다. 저들도 다양한 국가의 다양한 도시로 갑니다. 특히 전선(戰線)에서 포교 활동을 하는 사람들은 우리와 동급, 또는 그 이상으로 그런 일에 숙달돼 있습니다. 아시지요?"

"확실히, 그네들은 신출귀몰이지요."

"그러니 교회가 본격적으로 수색에 나선다면, 그때는 섣불리 도망치지 말고 한 군데 틀어박혀 있기로 합시다. 물론 그렇게 되기 전에 결판을 낼 생각입니다만. 그리고 암호는 '필레온', '누마이' 입니다."

"양대 금화입니까?"

"행운을 불러올 것 같지 않습니까? 그럼 무사와 성공을 빌겠습니다."

"알겠습니다. 반드시 기대에 부응하겠습니다."

로렌스와 마르하이트는 다시 한 번 악수를 한 뒤 마차에 올랐다. 어디서나 흔히 볼 수 있는 평범한 마차였다. 단, 지붕이 달린 덕분에 안에 타고 있는 사람의 얼굴이 바깥에서는 보이지 않는다. 하지만 그것은 여기에 호로를 태우고 도망치기 위해서가 아니다. 로렌스가 무사히 호로가 있는 곳으로 도착할 수 있게 하기 위해서다. 또한 로렌스를 태워다 주기 위해서라기보다는 로렌스가 어디로 갔는지 알 수 없도록 하기 위한 것이었다.

밀로네 상회의 직원이 어젯밤의 쫓고 쫓기는 소동을 듣고, 그것이 대체 어떤 소동인지도 모르면서 그들의 뒤를 밟아 호로가 끌려간 곳을 알아 놓은 것처럼, 메디오 상회도 밀로네 상회를 감시하고 있을 터였다. 조심은 하고 또 해도 부족할 것이 없다.

장사꾼들은 얼굴을 마주한 상태에서도 서로 속인다. 눈에 보이지 않는 장소에서는 무서울 만큼 서로 속인다.

로렌스는 마차에 함께 탄 밀로네 측 사람과 함께 바닥을 벗겨내고, 천천히 흘러가는 보도를 바라보며 확인했다.

"지하에 들어가면 오른쪽 벽에 손을 댄 채로 전진, 이지요?"

"막다른 곳이 목적지입니다. 탈환이 성공하면 위에 있는 문이 열릴 겁니다. 거기에서 '랏헤'라고 하면 일행 분이 오기를 기다리십시오. '페로소'라고 하면 즉시 예정된 통로로 도망치십시오."

"호경기와 불경기입니까?"

"알기 쉽잖습니까."

로렌스는 쓴웃음을 짓고는 알았다며 고개를 끄덕였다. 밀로네 상회는 이런 암호를 좋아하는 모양이었다.

"그럼, 이제 거의 다 왔군요."

밀로네 측 사람이 그렇게 말하자마자, 마부석에 앉은 마부가 벽을 똑똑 두드렸다. 정지신호다.

그 직후 말울음이 들리며 마차가 정지하고, 누군가에게 버럭 화를 내는 마부의 목소리가 들렸다. 로렌스는 즉시 마차 바닥에 뚫린 구멍을 통해 밑으로 내려가, 보도 한 장을 들어 옆으로 밀었다. 그 밑에 있는 것은 검은 구덩이다. 지체 없이 뛰어들자 첨벙하고 발밑에서 물이 튀었지만, 용케 넘어지지 않고 착지했다. 위에서도 그것을 확인했는지 곧바로 보도는 원래대로 되돌아가고 지하도에는 완전한 어둠이 찾아왔다.

잠시 후에는 마차가 아무 일도 없었다는 듯이 달리기 시작하는 소리가 났다.

　"이런 준비까지 해두다니."

　로렌스는 거의 질린 듯이 중얼대고는 오른쪽 벽에 손을 짚고 천천히 걸음을 내딛기 시작했다.

　옛날 지하수로가 있던 곳으로, 시장까지 용수로가 들어온 뒤로는 쓰이지 않고 있는 곳이다. 로렌스가 알고 있는 것은 거기까지였으나, 밀로네 상회는 이곳을 완벽하게 파악하여 마음대로 확장한 뒤 몇몇 건물을 지하에서 연결시켜 놓은 모양이었다.

　이런 것은 교회도 특기다. 지하에 묘를 만들 것이라 하고는 도시 지하에 독자적인 통로를 구축해 놓는다고 한다. 용도는 이단에 대한 첩보활동, 탈세 등 가지가지다. 교회는 권력을 가진 만큼 적도 많다. 적을 피해 도주하는 길도 된다.

　교회의 총본산이나 밀로네 상회와 같은 대상회의 본점이 있는 도시는 악마와 괴물들이 우글대는 곳이나 다름 없을 것이라 한다. 꼭 거미줄 위에서 사는 것만 같다고, 동료 행상인은 말했다.

　지금은 그것이 무서우리만치 실감이 난다.

　캄캄하고 축축한 지하도였으나, 발밑이 웬만한 골목길보다 탄탄한 것만 보아도 손질이 꼼꼼히 되어 있음을 잘 알 수 있었다.

　그렇기 때문에 더 안심이 되기도 했다. 밀로네 상회는, 강하다.

　"여기인가?"

　발밑의 물이 울리는 소리로 막다른 곳에 도착한 것으로 판단하고, 조금 손을 앞으로 내밀자 바로 벽에 닿았다.

달 없는 산길에서 들개의 습격을 당하기 일쑤인 행상인이다. 여차하여 여기에서 뛰어나간다 해도 바로 어디가 벽인지 알 자신이 로렌스에게는 있었다.

이곳의 오른쪽 위는 메디오 상회와 연관이 있는 잡화상의 살림집 겸 창고인 모양으로, 호로는 그 창고에 있을 것이었다. 바로 위는 밀로네 상회가 유사시에 대비해 대리인을 내세워 빌린 살림집으로, 아무도 모르게 자기들 멋대로 옆 건물과의 사이에 통로를 만들어 놓은 듯하다. 주도면밀함에 소름이 오싹 끼칠 정도였으나, 이국땅에서 점포를 차리고 장사를 한다는 것은 그런 것인지도 모른다. 로렌스도 명심해 두어야겠다고 혼자 중얼거리는 것이었다.

그런 생각을 하고 있는 사이, 어딘지 먼 곳에서 종치는 소리가 들렸다. 시장 개방을 알리는 종소리다. 이것을 신호로 진입할 것이라 했으니, 지금쯤 위는 아수라장이 되었을지도 모른다. 시장 개방을 알리는 종소리에서 작업 개시를 알리는 종소리 사이에 구출해내지 못하면 상황이 어려워진다. 위쪽 잡화상에 거래를 하러 사람들이 오게 될 것이기 때문이다.

메디오 상회가 총애하는 잡화상이건, 그곳에 중요한 인질이 있건 없건, 결제일은 닥쳐온다. 영업만은 쉴 수 없을 것이었다.

문제는 호로를 구출하는 데 배치된 이들의 수다. 수가 너무 많으면 밀로네 상회에게 단번에 들킬 테고, 너무 적으면 여차하는 순간 의지가 되지 않는다고 판단했을 것이다. 로렌스는 가능하

면 호로를 감추는 것을 우선시하여 인원을 배치했기를 바랄 뿐
이었다.

수가 많으면 싸움은 불가피해진다. 진입한 사람들 손에 들린
것이 눈가리개와 밧줄이 아닌 칼과 둔기가 될 수도 있기 때문이
다.

그렇게 되면 가뜩이나 복잡한 문제가 한층 복잡해진다. 가능
한 그것은 피하고 싶었다.

그런 생각을 하며 얼마나 기다렸을까. 처음에는 냉정했으나,
정신이 들자 발밑의 물에서 소리가 날 정도로 떨고 있었다. 그것
이 자신이 더할 나위 없이 불안해 하고 있는 것을 나타내는 것
같아, 필사적으로 다리가 떨리는 것을 막으려 했으나 여의치 않
았다.

거듭 다리를 폈다 구부렸다 해봤으나, 심장박동이 격렬해지고
오히려 더 자신이 불안해 하고 있는 것 같아 소용없었다.

뚜껑이 열리려면 아직 멀었나 싶어 위를 쳐다보았다.

그 순간, 로렌스는 별안간 등줄기가 얼어붙었다.

설마 장소를 틀린 것은?

"서, 설마 그럴 리가."

로렌스가 그러면서 이곳이 막다른 곳임을 확인하려던 그때였
다.

"랏헤."

그런 목소리가 바로 위에서 들려왔다. 얼마 후 삐걱삐걱 마룻
바닥을 벗기는 소리. 또다시 "랏헤." 하는 소리가 들리고, 로렌스

는 "누마이."하고 대답했다. "필레온."하는 소리는 뚜껑이 벗겨지고 빛과 함께 로렌스의 귀에 들렸다.

"호로!"

그 얼굴을 보고 로렌스는 자기도 모르게 외쳤다.

그러나 호로는 그런 로렌스의 목소리 따위는 못 들었다는 듯이 고개를 들더니 위에 있는 다른 사람에게 뭔가를 이야기하고 있었다. 그런 후 다시 한 번 구멍 안의 로렌스를 내려다보고는 짤막하게 말하는 것이었다.

"그쪽이 비켜야 내가 내려가지."

여전하다면 여전한 호로의 말이었으나, 로렌스는 그 말을 듣고, 자신이 호로의 기뻐하는 얼굴과 반가운 말투를 기대했었다는 것을 깨달았다.

호로가 말한 대로 구멍 아래에서 비켜서 호로가 내려오기를 기다렸으나, 그때 가슴속에 있던 것은 호로를 만난 기쁨보다는 그런 소리를 듣지 못한 실망감이었다.

물론 그거야, 완전히 로렌스 자신이 혼자 멋대로 기대한 것뿐이라는 것을 아니까 뭐라 할 수도 없었지만, 지하도로 내려서자 로렌스 같은 건 신경도 쓰지 않는다는 듯이 위에서 내려오는 짐을 받아드는 호로를 보자, 로렌스의 가슴속의 요동은 커져만 갈 뿐이었다.

"뭘 멍하니 섰어? 이거, 당신 몫이야. 얼른얼른 들고 안쪽으로."

"웃, 으, 앗, 아앗."

내미는 대로 짐을 받아들고는 떠밀리다시피 통로 안쪽으로 들어간다. 떠맡은 짐에서 철컹철컹 소리가 난다. 강도를 가장하기 위해 돈 될 물건을 탈취해 온 모양이었다. 곧바로 구멍에서 또 한 사람이 내려오고, 뚜껑이 닫혔다. 다시 캄캄해졌지만 이것은 출발의 신호다. 로렌스는 호로에게 말도 걸어 보지 못한 채 걷기 시작했다.

이 다음은 막다른 곳을 오른쪽으로 돌고, 왼쪽 벽에 손을 대고 막다른 곳까지 전진이다. 일단 지상으로 나가, 그곳에서 대기하고 있을 마차를 타고 이번에는 다른 지하도로 들어간다.

모두가 아무 말 없이 지하도를 계속 걸어, 이윽고 막다른 곳에 도착했다.

로렌스는 미리 들었던 대로 준비된 사다리를 타고 올라가 천장을 쿵쿵쿵 세 번 두드렸다.

차질이 생겨 미처 대기하지 못하게 되면 다른 루트로 가는 거였지, 하는 생각을 하자마자 천장에 구멍이 뻥 뚫린다. 이미 바로 위는 마차 안이었다.

"필레온." "누마이." 하는 암호를 주고받은 후, 로렌스는 마차 안으로 기어 올라갔다.

"잘 풀린 듯합니―."

마차 안에 있던 밀로네 측 사람이 말을 하면서 호로를 끌어올리다, 겉으로 나와 있는 늑대귀에 깜짝 놀란 모양이었다.

"장사에는 놀랄 일이 따르는 법이지요."

그럼에도, 그렇게 말하고는 웃으며 재빨리 보도를 원상태로 돌려놓고 뚜껑을 덮는 것이었다.

"아직 저 안에 한 사람이 더 있는데요?"

"아니오. 그 친구는 정리를 하고 다른 곳을 통해 지상으로 나갈 겁니다. 메디오 놈들의 정보를 동료에게 전한 뒤 도시를 떠나기로 돼 있습니다."

무서우리만큼 손발이 척척 맞는 것은, 평소부터 세밀히 대책을 연마하고 있기 때문이리라. 마차의 널빤지를 다 끼우더니, "그럼 무운을 빕니다."라는 말을 남긴 뒤, 그 역시 호로와 로렌스가 운반해 온 짐을 들고는 마차에서 내렸다. 그러자마자 마부의 신호에 따라 마차가 달리기 시작하고, 현재까지는 모든 것이 예정대로인 듯했다.

눈앞에 있는 호로의 반응만 빼고는.

"무사해서 다행이야."

더듬지 않고 말한 것은 잘한 일이다. 하지만 그게 고작이었다. 맞은편 자리에 앉아, 목에 두르고 있던 천을 펼쳐 후드처럼 쓰고 있는 호로에게 그 이상은 아무런 말도 할 수가 없었다.

대답이 나온 것은, 호로가 언짢은 표정으로 후드를 다시 쓰고 신경질적으로 조정을 한 뒤였다.

"무사해서 다행이라고?"

"그래."라고 하려던 대답은 목구멍에 안쪽으로 꿀꺽 삼켰다. 호로가 당장이라도 물어뜯을 것만 같은 표정으로 후드 아래에서 로렌스를 노려보고 있었기 때문이다.

설마 무사했던 게 아니었나?

"내 이름을 말해 봐."

하지만, 호로의 말은 그런 것이었다. 로렌스가 걱정하고 있던 종류는 아니었다. 그럼에도 체격으로는 배 가까이 큰 로렌스가 움츠러들 만큼 박력이 있었다. 로렌스는 영문을 알 수 없었으나, 생각이 가는 대로 대답했다.

"호로… 잖아."

"현랑 호로지."

크르르르르르 소리가 목구멍 안쪽에서 들려올 것처럼 노기등등했으나, 뭣 때문에 화가 난 것인지를 모르겠다. 호로가 사과를 하라면 얼마든지 사과할 용의가 있다. 어쨌거나 호로는 로렌스 대신 잡혀 주었던 것이다.

그게 아니면, 역시 말로 할 수 없는 짓을 당한 것일까?

"내가 지금까지 살아오는 동안, 나를 수치스럽게 한 자들의 이름을 나는 전부 외울 수 있어. 그런데 거기에 새롭게 이름을 덧붙여야겠어. 그게 바로 당신이야!"

역시, 그런 종류의 일을 당한 것인가? 로렌스는 그렇게 생각했으나, 눈앞의 호로는 깡패나 산적에게 습격당한 마을 아가씨들과는 다른 식으로 화를 내고 있는 것 같다. 게다가 섣불리 대꾸했다가는 불난 데 기름을 붓는 격이 될지도 모른다.

그 결과 무언의 시간이 계속되고, 그러는 사이에 호로는 로렌스가 잠자코 있는 것 자체에 화가 났는지 앉은 자리에서 일어나더니 바짝 다가왔다.

꽉 쥐어 부들부들 떨리는 주먹이 새하얘져 있었다.

248

도망칠 곳이라곤 없다. 호로가 금방 로렌스의 눈앞에 와 선다.

눈높이가 딱 맞은 탓에 호로의 시선이 더할 나위 없이 똑바로 로렌스의 눈을 꿰뚫듯이 쏘아본다. 호로의 작은 주먹이 열리고, 로렌스의 멱살을 힘껏 움켜쥔다. 힘의 강도는 겉으로 보이는 그 대로인 듯 그다지 세게 붙잡힌 것은 아니었으나 뿌리치려는 생각은 들지 않았다.

속눈썹이 길다. 그런 생각이 또, 머리 한 구석에서 떠오른 직 후였다.

"내가 당신한테 그랬지? 당신이 데리러 오라고."

로렌스는 바로 고개를 끄덕였다.

"나는… 나는 완저어어어언히 당신이 온 줄만 알고…. 으으… 생각만 해도 열 받아!"

그 순간, 로렌스는 꿈에서 깨어난 것만 같았다.

"그쪽도 수컷이면 당연히 이를 갈고 싸우러 나섰어야지! 그런 구멍 뻥 뚫린 데나 들어가 있는 바람에, 괜히 나만 수치를—."

"무사했던 거지?"

끝까지 듣지 않고 로렌스가 그렇게 묻자, 호로는 기분이 팍 상 한 듯이 입술이 일그러지더니 외면했다.

그러다 한동안 망설인 후에야 쓸쓸한 표정으로 고개를 끄덕였 다.

호로는 눈이 가려져 있었는지도 모른다. 구해주러 온 밀로네 측 사람을 로렌스인 줄로 알고 뭔가 이야기했는지도 모른다. 안 겪어도 됐을 수치를 당했다며 호로가 화를 낸 것은, 그 정도의 말을 했기 때문이리라.

로렌스는 단순히 그것이 기뻤다. 자신이 갔더라면 호로는 틀림없이 자신이 기대하던 표정을 보여 주었을 것이라는 걸 알았기 때문이다.

로렌스는 자신의 멱살을 쥔 호로의 가느다란 양팔을 천천히 잡고 조금 힘을 넣었다.

호로는 토라진 듯이 약간 저항했으나, 싱겁게 힘을 뺐다. 후드 위에서도 알 수 있을 정도로 성이 나 있던 늑대의 두 귀도 점차 가라앉았다.

분노로 일그러져 있던 얼굴이 토라진 표정으로 변해 간다.

온 세상을 다 돌아다녀 돈방석에 앉는다 해도 손에 넣을 수 없는 것이 거기 있었다.

"무사해서 다행이야."

로렌스가 그렇게 말하자 호로는 방금 전까지도 분노로 한껏 커져 있던 눈을 천천히 내리깔고는 고개를 끄덕였다. 하지만 입은 약간 삐죽 내민 채다.

"당신이 그 보리를 갖고 있는 한, 나는 죽지는 않아."

로렌스의 손을 뿌리치려고도 하지 않고, 호로는 로렌스의 옷에 달린 가슴 주머니를 쿡 찌르며 그렇게 말했다.

"하지만 여자애라면, 죽는 게 아니라도 그에 못지않은 고통이란 게 있잖아?"

로렌스가 호로의 손을 잡아당기자, 호로는 서서히 몸을 기울여 로렌스의 어깨 위에 턱을 올려놓았다. 호로의 가벼운 몸이 보리를 가득 채운 묵직한 자루보다도 강렬하게 느껴졌다.

그러더니 호로는 장난스럽게 속삭였다.

"우후, 난 귀여우니까. 인간의 수컷도 한방에 가거든. 하지만 날 상대해낼 만한 수컷이 인간 중엔 없지."

호로는 로렌스에게서 몸을 떼더니, 평소의 싱글거리는 웃음을 지어 보였다.

"날 건드리기만 하면 거시기가 뚝 떨어질 거라고 했더니 다들 새하얗게 질려서는 벌벌 떨던걸? 우후후후."

그런 말을 하면서 웃자, 날카로운 두 개의 송곳니가 연한 복숭앗빛 입술 밑에서 번뜩였다. 하긴, 그런 말을 들으면 다들 겁먹기도 하겠다.

"하지만 예외가 있었어."

돌연 호로의 얼굴에서 웃음이 가시고 무표정이 되었다. 그것이 지금까지의 것과는 다른, 고요한 분노라는 것을 로렌스는 알아챘다.

"날 잡아간 놈들 중에, 누가 있었는 줄 알아?"

분노로 이글댄다는 표현이 딱 맞을 것 같다. 그렇게 화난 얼굴의 입술 밑으로 보이는 송곳니가 강렬하다. 로렌스는 무심코 호로의 가느다란 손목을 놓았다.

"누가 있었는데?"

호로가 그 정도로 화를 낼 인물이 누구인가. 옛날의 아는 사람이라도 있었던 것인가?

로렌스가 그런 생각을 하고 있노라니, 호로가 콧등을 잔뜩 찡

그러며 말했다.

"야레이. 알지?"

"어."

—떻게 그런, 이라고는 끝까지 말하지 못했다. 그 순간 로렌스는 머릿속에서 다른 것이 작렬했기 때문이다.

"그렇구나! 메디오 상회 뒤에 있는 것은 엘렌도트 백작이었어!"

이제부터 속에 담고 있던 분노를 있는 것 없는 것 할 것 없이 확 쏟아낼 준비를 하고 있었던 모양인 호로는, 로렌스의 그런 외침에 어안이 벙벙해서는 멀뚱히 서 있었다.

"보리의 대산지라면 보리 거래 시에 자기네들이 선호하는 은화로 대금을 지불하게끔 할 수 있어. 또한 보리에 관한 다양한 관세 철폐는 메디오 상회와 백작, 그리고 마을 사람들 모두에게 하늘의 축복이지. 그래. 이제야 한꺼번에 다 이해가 되네. 어떻게 네가 늑대라는 것을 아는 자가 있었던 것인지!"

호로는 놀란 눈으로 로렌스의 그런 모습을 바라보고 있었으나, 로렌스는 그런 호로는 아랑곳없이 옆으로 비켜 세우고는 마부석의 연락창으로 달려들었다. 작은 나무 창문을 열자 마부 한 사람이 귀를 갖다 댔다.

"들으셨습니까, 방금 그 말?"

"예에, 들었습니다."

"메디오 상회의 뒤에 있는 것은 엘렌도트 백작입니다. 백작의 영지에서 보리 거래를 하는 상인이 은화를 회수하는 큰손입니

252

다. 이것을 마르하이트 씨에게 전해 주십시오."

"문제없습니다!"

하더니 한 사람이 재빨리 마차에서 내려 뛰어갔다.

이미 교섭을 하기 위해 트레니 성으로 급하게 출발했겠지만, 교섭이 길어질 것 같으면 추가 조건을 제시할 수 있다. 메디오 상회가 은화를 어디를 통해 회수하려고 획책하고 있는지를 알면, 밀로네 상회의 간판과 자금력을 내세워 가로채는 것도 불가능하지는 않기 때문이다.

그것을 좀 더 빨리 알아챘다면 호로가 잡혀가는 일은 없었을지도 모른다. 그랬으면, 이번 거래는 훨씬 원만하게 진행되었을 것이었다.

그것을 생각하니 후회가 들었으나, 이제 와서 그래 봐야 소용 없다. 지금 깨달은 것만으로도 다행인 것이었다.

"…무슨 소리인지."

의자에 다시 앉아 팔짱을 낀 채 이런저런 생각을 머릿속으로 하고 있었더니, 아까하고는 앉는 위치가 반대가 된 호로가 언짢은 듯 말했다. 그제야 로렌스는 생각이 났다. 호로의 말을 잘라 먹었다는 것을.

"설명을 하자면 길어. 다만, 네 정보 덕분에 모든 것이 분명해졌다는 얘기야."

"흐응."

영특한 호로이니 조금만 머리를 굴리면 당장에 이해를 할 수 있을 텐데, 그러려는 척도 않는다.

심드렁하게 고개를 끄덕이고는 눈을 감아 버렸다.

역시 말을 중간에서 자른 것이 불쾌했던 모양이다.

그렇다고 토라지는 어른스럽지 못한 점이 뭐라 할 수 없을 만큼 귀여웠다. 하지만 로렌스는 자신의 얕은 생각을 야단쳤다.

저것도 다, 말을 중간에서 잘라먹은 분풀이를 하려는 호로의 함정일지도 모른다고.

"아, 말을 중간에서 자른 건 미안했어."

하지만 그것만은 솔직히 사과했다.

호로는 로렌스의 말을 듣더니 왼쪽 눈을 살짝 떠서 힐끗 쳐다보았으나, "아니, 뭐."하고 작게 대답할 뿐이었다.

로렌스는 그래도 주눅 들지 않고 말을 이었다. 호로는 아주 유치하거나, 아니면 교활한― 극에서 극을 달리는 성격인가 보다.

"야레이는 원래 같으면 수확제 의식을 위해 곡물창고에 갇혀 있어야 할 텐데, 도시에 나와 있는 것을 보면 그 녀석도 이번 거래에 한몫을 하고 있는 모양이로군. 그 녀석은 보리 거래를 하러 오는 상인들과도 안면이 있고, 촌장도 거래를 위임하고 있어. 그리고 보리 거래는 수확제가 끝난 후에 가장 많이 이루어지지."

호로는 눈을 감고 잠시 생각하는 듯하더니, 얼마 후 두 눈을 떴다. 어느 정도 기분이 풀린 모양이었다.

"내 이름은 그 애송이, 제렌에게서 들었나 봐. 야레이 그놈, 마을에서는 입지 않는 옷을 입고 아주 잘난 듯이 굴더군."

"메디오 상회에 깊이 관여하고 있는 건가? 그래서, 얘기는 해 봤어?"

"아주 잠깐."

그런 뒤 내쉰 한숨은 노기를 띠고 있었다. 야레이와의 대화를 떠올리니 다시금 화가 났는지도 모른다.

'그나저나, 무슨 말을 들었기에.' 하고 로렌스는 잠시 생각했다. 분명히 마을사람들에 대해 화가 나 있기는 했었으나, 마을을 떠나겠다고 결심했으니 호로도 더 이상은 화를 낼 것 같지 않았다.

그런 생각을 하고 있는데 호로가 입을 열었다.

"내가 그 땅에 머물면서 보낸 세월이 얼마인지 몰라. 꼬리털의 개수만큼 됐을지도 모르지."

파닥 하고 외투 밑에서 꼬리가 소리를 냈다.

"나는 현랑 호로야. 가능한 풍년 드는 해가 많이 나오도록, 때로는 땅을 쉬게 하기 위해 흉년이 들게 하기도 했어. 그래도 다른 누구도 아닌 내가 관리한 땅이야. 다른 땅보다는 훨씬 좋은 보리의 산지가 됐을 거라구."

그 말을 듣는 것은 두 번째였지만, 로렌스는 순순히 고개를 끄덕이고 뒷말을 재촉했다.

"그 마을 사람들은 나를 풍작의 신으로 대접하긴 했지만, 따져 보면 공경했다기보다 구속에 가까웠어. 최후로 보리다발을 벤 자가 여러 사람에게 붙잡히잖아? 그리고 붙잡힌 사람은 밧줄에 꽁꽁 몸이 묶이게 되고."

"그런 다음 곡물창고에 진수성찬과 이듬해를 위한 볍씨와 함께 일주일 간 가둬 둔다지?"

"돼지고기하고 오리는 확실히 맛있었어."

그런 감상을 들으니 조금 우습다. 곡물창고에 갇힌 이가 먹은 기억이 없는 음식까지 사라졌다는 이야기는 아무래도 사실이었던 모양인데, 그 범인이 눈앞에 있으니 재미있다.

어딘지 막연하게 으스스했던 그 이야기가 돼지고기와 오리고기를 뜯고 있는 늑대 모습의 호로로 바뀐다.

"하지만."

단호한 소리가 나오자 로렌스는 자세를 가다듬었다. 호로의 입에서 분노의 핵심이 튀어나왔다.

"야레이가 나한테 뭐라고 했는지 알아?"

호로는 아랫입술을 깨물며 잠시 말을 끊더니, 손바닥으로 눈꼬리를 훔쳤다.

"그놈은 내 이름을 제렌에게서 들은 것만으로도 혹시나 했었나 봐. 나는, 나는 말이지. 정말 한심하지만, 그게 기뻤어…."

호로는 그렇게 말하더니 고개를 숙이고 눈물을 뚝뚝 흘렸다.

"그랬는데, 그놈이 이러는 거야. 우리가 당신 눈치나 살피는 시대는 끝났다. 당신의 변덕에 가슴 졸일 필요도 이젠 없다. 교회에도 찍히려던 참이었으니… 당신을 교회에 넘기고 우리는 낡은 시대와 결별하겠다!"

엘렌도트 백작이 자연학자들과 교류하면서 새로운 농법을 차례차례 도입해 수확량을 높이고 있다는 이야기는 알고 있다.

아무리 떠받들고 기도를 해도 여차하면 무자비하고 도움이 안되는 신이나 정령은 집어치우고, 자신들의 힘으로 뭐든지 이뤄

낼 수 있다면 그것은 참으로 매력적인 이야기다. 게다가 새로운 농법을 도입하거나 작업의 효율화를 도모해 수확량이 올라간다면, 풍작의 신이나 대지의 정령들은 풍작과 흉작을 기분 내키는 대로 조작한다고 여기게 될 수도 있다.

로렌스 역시 운수를 관장하는 신은 변덕스러워서 인간의 운명을 희롱한다고 생각하고 있다.

그러나 눈앞에 있는 호로는 다른 듯했다.

파슬로에 마을에 있던 이유는 오랜 옛날 마을사람과 친해졌는데, 그 친구가 마을의 보리밭을 부탁했기 때문이었다고 했다. 적어도 호로는 가능한 풍년이 되도록 애썼던 모양이다.

그랬는데 몇 백 년 동안이나 그 마을에 있으면서 주위에서 점점 자신의 존재를 부정하게 되고, 결국은 일방적인 결별의 말을 들었다면 어떤 심정이었을까.

호로의 눈에서 눈물이 뚝뚝 흘러넘친다. 분하기도 하고 서럽기도 한 감정이 한데 뒤엉킨 듯한 얼굴이었다.

호로는 혼자는 싫다고 했다.

신이 자신을 받들도록 인간들에게 강요하고 있다면, 그것은 역시 외롭기 때문인지도 모른다.

그런 엉뚱한 생각이 들 정도였으니, 호로의 눈물을 닦아 주는 것쯤은 아무것도 아니었다.

"모든 건 생각하기 나름이야. 북쪽으로 돌아가려면 어차피 그곳을 떠나야 했어. 그쪽에서 뒷머리 잡아당기며 미련 떠는 모습을 보이지 않는다면, 이쪽에서도 뒷발로 모래를 확 차 주면 그만

이야. 그러는 편이 포기도 빠르고 좋아. 그냥 갈 수야 없지."

울음은 대충 그치긴 했으나, 코를 훌쩍대는 머리를 쓰다듬으면서 로렌스는 최대한 다부지게 웃으며 말했다.

"나는— 아니, 우리는 장사꾼이야. 돈을 벌 수 있다면 뭐든지 해. 웃는 건 돈이 들어온 다음이야. 우는 건 파산한 다음이고. 그리고 우리는 웃게 될 거야."

'우리' 라는 말에는 물론 힘을 주어 말해 주었다.

호로는 순간 로렌스를 쳐다보니, 또다시 고개를 숙이고 또 눈물을 뚝뚝 흘린다.

그리고 여전히 고개를 숙인 채 끄덕이고는 얼굴을 들었다. 로렌스가 다시 눈물을 닦아 주자 호로는 심호흡을 했다. 아직 번져 있는 눈물은 자기 손으로 거칠게 닦았다.

그리고 얼마 지나자, 눈물로 젖었던 눈망울과 눈썹이 의연한 빛으로 반짝였다.

"…아아, 시원하다."

아직 남은 눈물을 한 손으로 닦으며 호로는 창피한 것을 감추려는 듯이 웃고는, 로렌스의 가슴을 주먹으로 가볍게 쿡 찔렀다.

"지난 수 백 년 간 제대로 얘기를 해본 적이 없었거든. 희로애락에 약해졌어. 이로써 당신 앞에서 두 번 울었던가? 하지만 당신 앞이 아니었더라도 울었을 거야. 무슨 뜻인지 알지?"

로렌스는 양손을 들고 어깨를 으쓱했다.

"착각하지 말라고?"

"음."

하지만 호로는 즐거운 듯이 로렌스의 품을 파고든다.

그런 호로가 못 견디게 사랑스러워 로렌스는 웃으면서 말해 주었다.

"나도 돈 벌 생각에 상대를 해준 거야. 밀로네 상회가 이야기를 정리할 때까지 도망치는 것이 우리 임무야. 그런 와중에 훌쩍되면 거치적거린다구. 그러니까 내 앞에서 운 것이 네가 아니었더라도 나는—."

로렌스의 그 다음 말은 나오지 못했다.

호로가 상처 입은 듯한 얼굴로 로렌스를 쳐다보았기 때문이다.

"…너, 너무 약은 거 아냐?"

"응. 암컷의 특권이지."

하도 밉살맞게 얘기하는 바람에 로렌스는 호로의 머리에 가볍게 꿀밤을 먹여 주었다.

그리고 둘의 이야기가 끝나기를 이제나저제나 재고 있었는지, 마부석과의 연락창이 열리면서 그 너머로 살짝 쓴웃음이 어린 마부의 입이 보였다.

"도착했습니다. 그쪽도 일단락 지어졌습니까?"

"예. 완벽하죠."

일부러 힘차게 대답하고는 로렌스는 마차 바닥을 벗겼다. 옆에서는 호로가 킥킥대며 웃고 있었다.

"역시 돈이 벌릴 이야기를 들고 오신 분들은 좀 다르시군요."

"이 귀 말인가?"

호로는 장난스럽게 물었으나 마부는 괜히 말했다는 듯이 웃는다.

"다시 행상인으로 돌아갈까 하는 생각이 들었습니다. 방금 두 분을 보고."

"안 그러시는 게 좋을걸요?"

보도를 벗기고 지하도 안을 확인한 뒤, 일단 마차에 다시 올라 호로를 먼저 내려 보내고 나서 로렌스가 말했다.

"저런 녀석을 주우면 어쩌시려구요?"

"웬걸요. 짐마차 마부석은 혼자 앉기엔 넓어요. 그거야 바라는 바지요."

입가에 떠 있는 것이 쓴웃음이었던 것은, 다들 생각하는 것이 거기서 거기이기 때문이다.

하지만 로렌스는 그대로 입을 다문 채 지하도 안으로 뛰어내렸다. 무슨 말을 한들 쑥스러운 말밖에는 나오지 않을 듯했고, 무엇보다 지하도 안에 호로가 있었기 때문이다.

"나도 당신한테 주워져서 꼴이 우습게 됐어."

덜컹 하고 마부가 객차로 들어와 보도의 뚜껑을 닫고 나자, 어둠 속에서 호로가 그런 소리를 했다.

보도 뚜껑 너머로 작게 울리는 말울음을 들으며 로렌스는 어떻게 상황을 뒤집을까 이리저리 궁리했으나, 무슨 말을 한들 결국은 호로가 우위에 설 것 같아 솔직히 항복했다.

"역시 너 진짜 약았어."

"이런 나도 귀엽지?"

당연하다는 듯이 그렇게 말한다. 이걸 어떻게 되받아치면 좋을지.

아니, 잘 받아치려고 애를 쓰니까 호로의 책략에 빠지는 것이다.

로렌스는 그렇게 생각하고, 가장 뜻밖의 선택을 했다. 호로를 동요하게 만들어서 그런 모습을 비웃어 줄 작정이었다.

로렌스는 잠시 헛기침을 했다.

그런 후 옆에서 걷고 있는 호로의 반대쪽을 쳐다보며 작고 나직한 목소리로 부끄러운 듯이 말했다.

"뭐…, 귀엽다고는… 생각하지."

설마 이렇게 나올 줄은 몰랐겠지?

로렌스는 어둠 속에서 입끝이 히죽대는 것을 겨우 진정시켰는데, 예상대로 호로는 말문이 막힌 모양이었다.

자, 이쯤에서 통쾌하게 결정타를 날려야지.

로렌스가 호로 쪽으로 돌아서려는 그 순간, 문득 부드러운 감촉이 손안으로 미끄러져 들어오는 것이 느껴졌다.

그것이 호로의 작은 손이라는 것을 깨달은 것은, 순간 머리가 텅 비었다.

"…정말 기뻐."

수줍어하는 듯한 애교를 부리는 듯한, 그런 소녀다운 말투의 속삭임에 로렌스는 동요하지 않을 수 없었다. 그런 뒤 호로는 로렌스의 손을 잡은 손에 약간 더 힘을 주었다. 정말 기쁘다는 말을 한 것이 그야말로 쑥스럽다는 듯이.

결국 결정타를 날린 것은 호로였다.

"그쪽도 정말 귀여운 아이야."

약간 기막히다는 투로 말하는 점이 오히려 더 화가 났다. 말한 당사자인 호로에게가 아니라, 그런 소리가 나오도록 빈틈을 보인 자신에 대해.

하지만, 그런데도 호로의 손을 뿌리치려 들지 않는 자신이 약간 한심스럽기도 했고, 호로가 손을 놓지 않는 것이 기쁘기도 했다.

그래도 로렌스는 속으로 중얼거렸다.

약았어.

지하도는 고요했다.

호로가 소리죽여 웃는 소리가 키득키득 울려 퍼지는 것이었다.

제 6 막

우뚝, 하고 호로가 발걸음을 멈춘 것은 발밑에서 쥐가 놀란 비명을 지르며 달려갔기 때문은 아니리라.

로렌스는 끈적하게 들러붙는 듯한 어둠속에서 호로 쪽을 쳐다본다. 결국 지금까지 손을 잡고 있었기 때문에 방향만은 정확했다.

"왜 그래?"

"공기가 희미하게 떨리지 않았어?"

현재 자신들이 도시의 어느 부근에 있는 것인지를 로렌스는 파악할 수 없었으나, 아까부터 깨끗한 물 냄새가 나는 것으로 봐서 시장 부근일 것이다. 도시의 옆을 흐르는 강에서 멀어져 있는 것만큼은 알 수 있기 때문이다.

그렇다면, 바로 위쪽에는 수많은 사람들과 짐마차가 오가고 있을 것도 쉽게 상상할 수 있다. 공기가 흔들릴 만도 할 것이다.

"위에서 그런 게 아니고?"

"아니…."

호로가 말을 하며 두리번거리는 것이 느껴진다. 하지만 통로는 앞 아니면 뒤밖에 없다.

"수염만 있어도 좀 더 자세히 알 수 있는데…."

"그냥 기분이 그런 거 아니고?"

"아니…, 나. 소리가 나. 이건 소리야. 물? 물이 튕기는 소리…."

로렌스는 놀란 눈이 되어 직감적으로 알아챘다. 추격자다.

"앞에서야, 이건. 이런, 되돌아가자."

로렌스는 호로가 말하기도 전에 방향을 바꿔 달리기 시작했다. 호로도 황급히 따라온다.

"여긴 길이 하나뿐이야?"

"우리가 가려고 하던 쪽은 외길이야. 되돌아가는 쪽에는 갈림길이 하나 있어. 그 앞은 복잡한 미로고."

"아무리 나라도 이 안에서 길을 잃지 않을 자신은 없는데…. 엇?"

호로는 말을 하다 우뚝 멈춰 섰다. 느닷없이 서는 바람에 잡고 있던 손을 놓치고, 로렌스는 헛발을 디뎠다. 허둥지둥 돌아가자 호로는 뒤쪽을 향하고 있는 모양이었다.

"당신, 귀 좀 막아."

"왜?"

"도망쳐도 따라붙을 거야. 저쪽에서 개를 풀었어."

외길에서 훈련된 개에게 쫓기면 끝장이다. 호로가 이런 어둠 속에서도 훤히 볼 수 있듯이, 개 역시 코와 귀를 이용해 정확히 습격해 올 것이다. 이쪽에는 개와 싸울 만한 무기다운 무기도 없다. 있는 것이라곤 늘 차고 다니는 은 단검 정도다.

하지만 이쪽에도 개와 비슷한 자가 있다. 현명한 늑대— 호로다.

"흐흥, 짖는 소리하고는. 머리 꽤나 나쁘겠어."

호로가 그런 식으로 말하자마자, 확실히 로렌스의 귀에도 개 짖는 소리가 작게 들렸다.

지하도 안이라 되울려서 그런지도 모르겠지만, 겹겹이 들려오는 그 소리로 볼 때 아마도 두 마리 이상이다.

호로는 어쩔 작정인가.

"개가 너무 멍청해서 이해를 못하면 어쩌지? 자, 당신은 귀를 막고 있어."

로렌스는 시키는 대로 귀를 막았다. 뭘 하려는 것인지 알겠다. 늑대의 울음소리다.

"…스읍."

숨을 들이마시는 소리가 나고, 호로의 작은 몸 어디로 그렇게까지 숨이 들어가는가 싶을 만큼 그것이 한참을 이어진 직후, 한순간에 터져 나온 그것은 땅울림과도 같은 늑대의 포효였다.

"아오오오오오오오오오오오오오오오오오오오!"

겉으로 드러나 있는 손과 얼굴의 피부가 찌르르하게 떨려올 만큼 엄청나다. 지하도가 붕괴되는 것이 아닌가 싶을 정도다.

힘이 천하장사인 그 어떤 사내의 간담도 강제로 으깨 버릴 것만 같은 늑대의 포효에, 로렌스는 중간부터는 그것이 호로의 것이라는 것도 까맣게 잊고, 필사적으로 귀를 막고 몸을 웅크리고 있었다.

로렌스는 산과 들판에서 늑대떼에게 쫓기던 기억이 떠올랐다. 압도적인 수적 우세에 훤한 주변 지리, 사람은 도저히 대적할 수 없는 그들의 운동능력. 그것들이 떼를 지어 덮쳐 온다. 늑대의 울음소리는 그 상징이다. 그래서 역병이 유행하면 역병을 쫓기 위해 마을사람 전원이 늑대 울음소리를 흉내 내는 마을도 있을 정도다.

"커헉… 켁…. 목…. 목이….."

포효가 천둥소리와 같은 여운을 남기고 사라진 후, 귀에서 손을 떼고 얼굴을 들고 보니 어둠 속에서 호로가 콜록대고 있었다. 가느다란 목으로 그런 큰 소리를 냈으니 그럴 만도 하다.

하지만 물은 아무데도 없다.

"사과… 먹고 싶다…. 콜록."

"나중에 얼마든지 사 줄게. 그런데 개는 어떻게 됐어?"

"꼬리를 말고 도망쳤어."

"그럼 우리도 도망가자. 방금 그 소리로 우리가 있는 것을 저쪽도 완전히 알았을 테니까."

"길은 아는 거야?"

"일단은."

뛰기 시작하기 전에 호로를 돌아보며 왼손을 내밀자, 손을 꽉 잡았다.

그것을 확인하고 로렌스는 달리기 시작했다. 그 무렵에는 로렌스의 귀에도 사람의 고함소리가 희미하게 들려왔다.

"그런데, 어떻게 들킨 거지?"

"정확하게 여기다, 하고 안 건 아닐 거야. 필시 지상에서 찾아지지 않아서 지하로 내려왔다가 우연히 마주친 거겠지."

"그런가?"

"만약 알고 왔다면 지금쯤은 포위…?"

"그렇군. 바로 그러네."

로렌스와 호로가 걸어왔던 일직선으로 뚫린 길 저쪽 끝에서

웅웅거리는 소리가 들린다 싶더니, 어두운 지하도 끝으로 희미한 빛이 비쳐드는 것이 보였다. 아까 두 사람이 들어온 곳이다.

이런 순간에 밀로네 측 사람이 구하러 와 주었을 것이라고 생각할 만큼 로렌스는 낙관적인 인생을 살아오진 않았다.

로렌스는 차가운 물을 머리에 뒤집어쓴 것 같이 숨을 짧게 들이마시고는 발걸음을 빨리했다.

그 직후, 지하도 내에 소리가 울려 퍼진다.

"밀로네 상회는 너희들을 팔아넘겼다! 이제는 도망쳐도 소용없다!"

그런 말을 피하듯이 지하도의 샛길을 꺾어지자, 다시금 비슷한 말이 뒤쪽에서 울려왔다.

이런 상황에 처했을 때 전 세계 어디서나 듣게 되는 말이다. 로렌스는 무시하고 뛰었으나, 호로는 불안스레 입을 열었다.

"우리가 팔린 모양인데?"

"엄청 비싼 값에 팔렸겠지. 왜냐면 너만 있으면 적어도 밀로네 상회의 여기 지점은 망하게 만들 수 있거든."

"…그렇군. 그랬다면 상당히 비싼 값이지."

만약 로렌스와 호로가 팔렸다면, 밀로네 상회의 파치오 지점과의 교환 조건으로 그랬을 수도 있다. 마르하이트가 그런 길을 택했다면 지점을 망하게 하고 사리사욕을 채워 그 돈을 가지고 도주하는 계획을 세운 경우인데, 밀로네 상회라는 거대한 상회가 그런 짓을 용납할 성 싶지도 않거니와 본점의 추격에서 벗어날 수 있을 거라고 마르하이트가 생각할 것 같지도 않았다.

즉, 인사를 대신한 단순한 거짓말인 것이다. 이런 일에 익숙지 않은 듯한 호로에게는 효과가 있었던 모양이다.

대답을 듣고는 다 이해했다는 듯이 고개를 끄덕이긴 했으나, 로렌스의 손을 잡은 작은 손에는 약간 힘이 들어가 있었다.

로렌스는 호로의 작은 불안을 으스러뜨리려는 듯이 손을 단단히 잡아 주었다.

"좋아. 여기서 오른쪽으로 돌아가면."

"잠깐."

하는 호로의 말을 들을 것도 없이, 모퉁이를 돌자마자 로렌스는 우뚝 멈춰 섰다.

완만하게 구부러진 지하도의 저 너머. 그 안쪽에서 흔들흔들 흔들대는 램프의 빛과, "저기 있다!" 하는 말이 날아들었던 것이다.

로렌스는 즉시 호로의 손을 잡아끌고 오던 길을 냅다 뛰기 시작했다. 이어서 놈들도 로렌스와 호로를 알아보고 뛰기 시작했으나, 로렌스의 귀에 그런 발소리는 와 닿지 않았다.

"이봐, 길은?"

"알아. 걱정 마!"

그만 거칠게 대답하고 만 것은 숨이 차오르기 시작해서가 아니다. 지하도가 기묘하게 얽혀 있는 탓에 로렌스는 사전에 설명을 들은, 드나드는 입구를 연결하는 길밖에 외우고 있지 않았기 때문이었다.

길을 안다고 한 것은 거짓이 아니지만, 진실도 아니다.

자신이 몇 개의 샛길을 지나왔고, 어디를 오른쪽으로 돌고 어디를 왼쪽으로 돌았는지 제대로 외우고 있다면 그 말은 진실이지만, 하나라도 틀리면 거짓이 된다.

　나무숲이 흔들리는 것처럼 쥐떼가 와르르 도망치는 소리가 나거나, 다 무너져가는 석벽의 잔해에 걸려 넘어질 뻔하면, 머릿속에 든 내용물이 모조리 사라져 버릴 것만 같은 착각에 휩쓸린다. 외상으로 물건을 사거나 판 빚을 거의 모두 기억하고 있어야 하는 행상인은 다들 나름대로 기억력에 자신이 있다. 하지만, 길의 순서를 외우고 있다고 자신 있게 생각한 것은 그 후 잠깐 동안뿐이었다.

　지하도가 너무도 복잡한 것이었다.

　"또 막다른 길인가."

　T자형 길을 오른쪽으로 돌아갔더니 얼마 안 가 길이 끝나 있었다. 숨이 차오르기 시작한 로렌스는 그만 벽을 걷어차고 만다. 초조해 하고 있다고 공언하는 것 같지만, 호로도 거친 숨을 몰아쉬며 아까보다도 점점 더 손에 힘이 들어가고 있다.

　메디오 상회 측은 여기서 반드시 로렌스와 호로를 붙잡겠다고 생각했는지, 상당한 인원을 푼 모양이었다.

　물론 그것은 지하도 속에서 되울리는 고함소리와 발소리로 판단한 것이었으나, 너무 되울림이 많아 호로조차도 정확한 인원수를 알 수가 없었다.

　마음이 초조하다 보니 이제는 귀에 들어오는 발소리가 개미떼보다도 더 많은 추격 인원을 상상하게 만든다.

"제기랄. 일단 되돌아가자. 더 이상은 길을 못 외우겠어."

억지로 계속 나아가다가 기억 속의 길이 뒤엉키면 돌이킬 수 없게 된다.

이미 현시점에서도 상당히 의심스러웠으나, 호로가 동의하듯이 고개를 끄덕였기 때문에 그 점에 대해서는 말하지 않았다. 호로를 불안하게 만들고 싶지 않았던 것이다.

"아직 뛸 수 있겠어?"

로렌스는 튼튼한 두 다리가 자랑인 행상인이니 숨이 차올라도 아직은 뛸 수 있었으나, 호로는 대답도 겨우 고개만 까닥하는 정도가 돼 있었다.

인간의 형태로는 늑대처럼은 되지 않는가 보다.

"약간은."

그런 짤막한 말도 숨을 거칠게 몰아쉬면서 했다.

"어딘가, 적당한 곳을 찾아서—."

쉬자. 그렇게 말하려 했으나, 그런 말은 호로의 시선을 보고 도로 집어삼켰다.

어둠속에서도 순간순간 둔하게 반짝이는 호로의 눈은 캄캄한 숲속에서 냉정하게 상황을 파악하는 늑대의 그것이었다.

지금은 같은 편인 호로가 마음 든든하여, 로렌스는 귀를 기울이며 호흡을 낮췄다.

저벅, 저벅, 경계하듯이 한 걸음씩 내딛는 발소리가 가까이에서 들려왔다.

로렌스가 서 있는 위치에서 오른쪽으로 쭉 뻗은 길 끝에 있는 샛길의 어딘가에서 들려오는 것이리라.

로렌스와 호로가 왔던 길은 뒤로 돌아서면 정면에 있다. 그 길을 돌아가면 좌우로 몇 개의 샛길이 있다. 타이밍을 잘 재어 왔던 길을 뛰어가 샛길로 도망쳐 들어가는 것이 상책이다.

로렌스가 호로의 손을 살짝 잡아당겨 그것을 알리자, 작게 고개를 끄덕이는 호로의 기척이 전해져왔다.

저벅, 저벅, 발소리가 서서히 다가온다. 그 소리가 아직은 벽 너머에서 들린다는 안도감이 있기는 했으나, 그 뒤쪽으로는 끊임없이 메디오 상회 측의 패거리들이 일부러 소리를 내는 것처럼 막 뛰어다니고, 자기네들 특유의 은어를 써 가면서 서로 이야기를 나누고 있었다.

이미 로렌스와 호로는 저들의 포위망 속에 완전히 걸려들었고, 저쪽은 그 망을 좁혀오고만 있는 것 같은 느낌이 들었다.

로렌스는 따끔따끔한 목구멍으로 마른침을 삼키고, 앞으로 뛰어나갈 타이밍을 쟀다.

가능하면 메디오 상회의 누군가가 큰 소리를 냈을 때가 좋다.

그러기를 빈 직후였다.

"에, 에…."

발소리가 나던 쪽에서 그런 얼빠진 소리가 들려왔다. 재채기다.

신의 은총이라고 로렌스는 판단하고 호로의 손을 쥔 손에 힘을 넣었다.

"엣취!"

저쪽도 아차 싶었는지, 어떻게든 손으로 막으려고 노력한 느낌이 드는 작은 재채기였다.

그러나 두 사람이 조용히 뛰기에는 그것으로 충분했다.

로렌스와 호로는 뛰었다. 그리고 왼쪽 첫 번째 샛길로 들어갔다.

그 순간, 검은 물체가 눈앞을 스쳤다.

쥐가 아니라는 것을 깨달은 것은 호로의 것으로 생각되는 으르렁 소리가 들렸기 때문이다.

"크르르, 크르르르르!"

"우와앗, 젠장, 여기다! 여기다아!"

작은 어린애만한 크기의 검은 덩어리가 좌우로 흔들리고 있는 것이 어둠 속에서 보인다. 잠시 후 왼쪽 뺨에서 뜨거운 것이 느껴졌다. 칼에 벤 상처일 것이란 생각이 든 것은, 그것을 만지자 미끈미끈했기 때문이다.

그리고 지금 좌우로 흔들리고 있는 것이 칼을 든 상대의 팔을 순간적으로 물고 늘어진 호로라는 것을 깨달았을 때는, 로렌스도 무의식중에 움직이고 있었다.

때로는 자신의 체중만큼 무거운 짐을 지고, 산 넘고 들판을 가는 행상인의 주먹은 은화보다도 단단하다.

로렌스는 오른손을 불끈 쥐고 뒤로 확 치켜 올렸다가, 호로가 물고 늘어져 비명을 지르고 있는 남자의 입 조금 위쪽을 조준하여 힘껏 휘둘렀다.

퍼걱, 하는 기분 나쁜 소리에 이어 개구리가 찌부러지는 듯한 소리가 로렌스의 주먹에 얽혀든다.

로렌스는 다른 한 손을 호로의 등으로 뻗어 옷을 붙잡고 자기 쪽으로 끌어당겼다.

주먹을 뻗은 끝에 있던 그림자는 그대로 천천히 뒤로 쓰러지고, 로렌스는 입을 벌릴 틈도 없이 뒤로 물러나 다른 길을 찾으러 뛰어가려고 했다.

그러나 그 재채기가 우연이 아니라 로렌스와 호로를 끌어내리는 함정이었다는 것을 깨달은 것은 그로부터 얼마 지나지 않아서였다.

쿵 하는 충격이 있은 후, 온몸의 피가 역류하는 듯한 감각이 덮쳤다.

뒤로 물러나 몸을 돌리려는 순간, 로렌스를 향해 온몸이 내던져지듯 칼이 푹 꽂혀든 것이었다.

"신이시여, 저의 죄를 사하여 주옵소서."

귓전에서 들려온 말에 로렌스는 상대가 자신을 죽일 작정이라는 것을 확신했다.

실제로, 어둠속에서 숨을 죽이고 기회를 엿보고 있었을 상대는 로렌스를 죽였다고 생각했을 것이다.

그러나 신은 아직 로렌스를 저버리지 않았다. 칼은 로렌스의 왼팔, 손목 조금 위쪽에 찔려져 있었다.

"죄보다는,"

로렌스는 그렇게 말하며 다리를 쳐들었다가 사내의 사타구니를 걷어찼다.

"평소의 행실을 반성해야지!"

소리도 없이 기절한 사내를 냅다 밀친 뒤, 로렌스는 오른손으로 호로의 팔을 붙잡고 뛰기 시작했다.

여기저기에서 비명소리를 듣고 메디오 상회 측 패거리들이 달려오는 소리가 들렸다.

샛길을 왼쪽으로 구부러진 뒤, 곧바로 다시 오른쪽으로 돌아 들어간다. 무슨 대책이 있는 것도 길을 외우고 있는 것도 아니다.

여하튼 계속 달리고 싶었다. 도저히 멈출 분위기가 아니었다. 왼팔이 늪에 빠진 것처럼 무겁고, 시뻘겋게 달군 쇠막대기가 꽂혀 있는 것처럼 여전히 뜨거웠다. 그러면서도 왼쪽 손목 아래가 차가운 것은 피가 점점 흘러나가고 있기 때문이리라.

이런 상태로는 그리 오래 달리지 못한다. 로렌스도 여행을 하다 다치는 일이 종종 있다. 자신의 몸의 한계는 어느 정도 알고 있었다.

그 후로 얼마나 닥치는 대로 달렸는지 알 수 없다. 점점 이상해져가는 의식 속에서 난무하는 고함과 발소리의 메아리가, 한밤중의 들판에 큰 비가 쏟아질 때처럼 머릿속을 침식해 들어왔다.

그것조차 멀어져 간 것은, 호로를 걱정할 여유는커녕 자신의 몸이 앞으로 어느 정도 앞으로 나아갈 수 있을지조차 알 수 없게 된 후의 일이었다.

"로렌스."

자신의 이름을 부르는 소리가 들리자, 마침내 사신(死神)이 찾아왔나 보다 했다.

"로렌스, 괜찮아?"

그리고, 확 정신을 차렸다. 가만 보니 자신의 몸이 석벽에 기대어져 있었다.

"아아, 다행이다. 당신, 몇 번을 불러도 꼼짝도 안 하잖아."

"…크…윽. 괜찮아. 잠깐 졸렸던 것뿐이야."

히죽 웃었는지 어쨌는지 알 수 없었으나, 호로는 조금 화가 난 듯이 로렌스의 가슴을 때렸다.

"정신 차려. 얼마 안 남았다구."

"……뭐가?"

"못 들었어? 빛의 냄새가 나. 지상으로 통하는 곳이 있다고 그랬잖아."

"아, 아아."

전혀 기억에 없었으나, 로렌스는 고개를 끄덕인 뒤 벽에서 몸을 떼고 비틀거리면서 앞으로 나아가려다 알아챘다. 어느 틈엔가 왼팔에 천이 감겨 있었다.

"…붕대?"

"옷소매를 찢었어. 당신, 그것도 모르고 있었던 거야?"

"아니, 알고 있었어. 괜찮아."

이번에야말로 제대로 웃으며 대답했으므로 호로는 그 이상 아무 말도 하지 않았으나, 걷기 시작하면서 앞장을 선 것은 호로였다.

"이제 거의 다 왔어. 저 길에 막다르게 되면 오른쪽으로 돌아서…."

호로가 로렌스의 손을 끌고 뒤를 돌아보며 하던 말이 도중에서 끊긴 이유는 로렌스도 잘 알았다.

뒤에서 발소리가 들려왔기 때문이다.

"빨리, 빨리."

호로가 거의 쉬어 버린 작은 목소리로 재촉하자, 로렌스는 최후의 힘을 쥐어짜 걸음을 내딛었다.

발소리는 두 사람 쪽으로 다가오고 있기는 했으나 아직은 상당히 멀리 있는 느낌이었다. 이대로 일단 지상으로 나가게 되면, 로렌스는 큰 상처를 입고 있으니 주위 사람들에게 도움을 청하지 못할 것도 없다.

그렇게 되면 메디오 상회 측의 패거리들도 드러내고 소동을 피우고 싶지는 않을 터이니, 그 사이에 밀로네 상회에 연락을 해서 다시금 호로만 도망치게 하면 된다. 지금은 어쨌든 밀로네 상회 사람과 연락을 취해서 다시 일처리를 하는 것이 중요하다.

로렌스는 그런 생각을 하면서 돌덩이처럼 무거운 몸을 끌며 앞으로 나아갔다. 이윽고 호로의 말대로 빛이 눈에 들어왔다.

빛은 막다른 길의 오른쪽에서 왼쪽을 향해 비쳐들고 있는 듯했다. 뒤쪽에서 나는 발소리도 가까워져 있다. 하지만 이대로 가면 어떻게든 될 것 같았다.

호로가 재촉하듯이 로렌스의 오른팔을 힘껏 잡아당기고, 로렌스도 가능한 그것에 응한다.

그리고, 마침내 막다른 곳을 오른쪽으로 돌아들어갔다.

길 저 안쪽에 또렷한 빛이 있었다.

"지상으로 통해. 이제 다 왔어."

호로의 말에도 활력이 되살아나고, 로렌스는 기운이 북돋아진 듯이 앞으로 나아갔다.

사냥은 사냥감이 근소한 차이로 이겼다.

로렌스는 적어도 그렇게 확신했다.

호로가 울먹이는 소리를 지르기 전까지는.

"어떻게 이런…!"

로렌스는 그 소리에 얼굴을 들었다.

고개를 숙이고 있어도 지하도의 어둠에 익숙해진 눈에는 아릴 정도의 빛이었기 때문에 한동안 눈을 제대로 뜰 수 없었으나, 이윽고 눈이 익숙해져 오자 그곳이 어떻게 되어 있는지 분명히 보였다.

지하도가 지하수로로 기능하고 있었던 시절의 것이었으리라. 지금은 쓰이지 않는 우물이 그곳에 있고, 뻥 뚫린 원형의 구멍에서 빛이 비쳐들고 있는 것이었다.

그러나 지하도 안에서 그 우물을 통해 올려다본 하늘은 너무나도 멀다. 로렌스가 발돋움을 해서 손을 뻗으면 가까스로 닿는 천장보다도 더 높은 위쪽에 우물의 출구가 있었다.

로프도 사다리도 없는 지금, 두 사람이 그 구멍을 올라가는 것은 일단 불가능했다.

마치 고리대금업자가 천국으로 가는 길이 아득히 먼 것에 절망하는 것처럼, 호로와 로렌스는 침묵했다.

그리고 그런 두 사람이 궁지에 몰린 것을 확인이라도 하듯 발소리가 드디어 모퉁이에서 들렸다.

"있다!"

외침 소리에 두 사람은 그제야 뒤를 돌아보았다.

호로가 로렌스의 얼굴을 올려다보자, 로렌스는 아직 움직일 수 있는 오른손으로 허리에 찬 단검을 빼들고는 물속에 있는 듯한 동작으로 천천히 호로의 앞으로 나가 버티고 섰다.

"물러나 있어."

사실은 좀 더 앞으로 나갈 생각이었으나, 로렌스의 두 발은 모든 힘을 다 써 버린 모양이다. 그 이상은 한 걸음도 꼼짝하지 않고, 그 자리에 뿌리를 내려 버린 것만 같았다.

"이봐, 그런. 무리야."

"무슨. 아직 거뜬해."

가볍게 얘기할 수 있었던 것은 요행이다. 단, 뒤돌아 어깨너머로 이야기하는 것까지는 무리였으나.

"말도 안 돼. 굳이 내 귀가 아니어도 거짓말이라는 거 다 알아."

호로가 약간 화를 내면서 그렇게 말했으나, 로렌스는 못 들은 척하고 앞을 노려보고 있었다.

메디오 상회의 면면들은 시야에 들어온 것만 다섯 명. 저마다 곤봉과 파이프를 들고 있는 데다, 그 뒤쪽에서 더 많은 발소리가 들려오고 있다.

그러나 압도적으로 유리할 터인데도 그들은 바로 전진해 오는 게 아니라, 모퉁이를 돌아 나온 지점에서 이쪽을 쳐다보고 있었다.

지원을 기다리고 있는 것이겠지만, 다섯 명씩이나 되면 충분하고도 남을 숫자일 것이다. 로렌스는 아무리 봐도 전력(戰力)이 못되고, 호로는 보다시피 소녀이니.

그런데도 그들은 움직이지 않았고 이윽고 여러 개의 발소리가 도착했다. 대치하고 있던 다섯 명이 뒤를 돌아보며 길을 열어 준다.

"아."

그리고, 모퉁이에서 나타난 인물을 보고 호로가 소리쳤다.

로렌스도 그만 소리를 지를 뻔했다.

모퉁이에서 나타난 것은 야레이였던 것이다.

"보고 받은 인상착의에서 혹시나 했었지. 설마 정말로 자네였을 줄이야. 로렌스."

도시의 성벽 안에서 사는 사람들과도, 먼지와 땀으로 얼룩져 살아가는 행상인과도 다른, 땅과 태양의 색깔을 띤 야레이는 조금 서글픈 듯한 얼굴을 하며 앞으로 나왔다.

"이쪽도 의외였지. 금속의 냄새라고는 낫과 괭이뿐이었을 파슬로에 마을이 이렇게 엉뚱한 은화 거래를 꾸미고 있었을 줄이야."

"이 거래를 이해하는 마을 인간들은 얼마 안 되지만 말이지."

마치 자신은 마을사람이 아니라는 듯이 말한다. 하긴, 걸치고 있는 것을 보면 그것도 납득이 간다. 야레이가 메디오 상회와 깊이 관련을 맺고 있는 것은, 그 옷의 색깔과 옷감을 보면 잘 알 수 있다.

죄다 검소한 농촌의 생활로는 절대로 손에 넣을 수 없는 것들이었다.

"쌓인 회포는 나중에 풀자구. 시간이 없어."

"이거 너무 무정한 거 아냐, 야레이? 모처럼 마을에 갔을 때도 만나지 못했는데."

"그 대신 다른 걸 만났잖아?"

야레이는 로렌스의 어깨너머로 뒤에 있는 호로를 쳐다보며 말을 이었다.

"나도 설마 했는데, 옛날이야기 속에 나오는 것과 너무 똑같더라구. 우리 마을 보리밭에 살면서 풍작 흉작을 자유자재로 조작하는 늑대의 화신과."

호로가 움찔하는 것이 느껴졌으나, 로렌스는 뒤돌아보지 않았다.

"그걸 이쪽으로 넘겨. 우리는 그걸 교회에 넘기고 옛 시대와 결별할 거야."

야레이가 한걸음 앞으로 전진했다.

"로렌스. 그게 있으면 밀로네 상회를 무너뜨릴 수도 있어. 그리고 관세가 철폐되면, 우리 마을의 보리는 막대한 이익을 낳게 된다구. 그건 우리 보리를 취급하는 상인들에게도 마찬가지야. 세금이 붙지 않는 상품만큼 돈벌이가 되는 게 또 어디 있어?"

야레이가 두 걸음 전진하자, 호로가 로렌스의 옷을 붙잡았다. 휘청대는 로렌스도 알 수 있을 만큼 손이 떨리고 있었다.

"로렌스. 무거운 세금 때문에 고통 받던 우리 마을의 보리를 매입해 준 자네한테는 마을사람 모두가 아직도 고마워하고 있어. 자네에게 보리를 우선적으로 매입할 수 있는 권한을 주는 것 쯤은 아무것도 아니야. 게다가 자네와 나 사이 아닌가? 안 그래, 로렌스? 상인이라면 손익 계산쯤은 할 수 있을 것 아냐?"

야레이의 말이 머릿속으로 차분히 스며든다. 세금이 붙지 않는 보리. 그것은 보리이삭 끝에 돈이 열린 것이나 마찬가지다. 야레이와 손을 잡으면 틀림없이 재산은 몇 배로 불어날 것이다.

그리고 자금만 된다면 파치오에 자신의 가게를 차리는 것도 가능할지 모른다. 그렇게 되면 파슬로에 마을과의 우선적 보리 매입권이라는 무기를 앞세워 점점 장사를 확대해 나갈 수 있으리라.

야레이의 말 앞에는 너무나도 커다란 꿈이 펼쳐져 있다.

"손익계산쯤이야 할 수 있지."

"오오, 로렌스."

야레이가 환한 얼굴로 양팔을 벌리자, 호로가 옷을 잡고 있는 손에 힘을 꽉 준다.

로렌스가 있는 힘 없는 힘을 다 짜내 뒤를 돌아보자, 호로도 로렌스를 올려다보았다.

호로의 호박색 눈이 로렌스를 서글픈 듯이 바라보더니 이내 시선을 떨어뜨린다.

로렌스는 천천히 앞으로 향했다.

"하지만, 계약을 완수하는 것이야말로 좋은 상인의 첫째 조건 이지."

"로렌스?"

야레이가 의아한 듯 되묻자, 로렌스는 더욱 말을 이었다.

"무슨 인연이 있어서 줍게 됐는지 모르겠지만, 이 이상한 아가 씨가 북쪽으로 돌아가기를 소망하신다. 나는 그 여행에 함께하 겠노라고 계약을 맺었거든. 야레이, 계약을 파기하는 짓은 나는 못해."

"이봐…."

호로의 그런 놀란 목소리를 들으며, 로렌스는 야레이를 똑바 로 노려보았다.

야레이는 머리를 흔들며 이해가 안 간다는 표정을 짓더니, 한 숨을 푹 쉬고 얼굴을 들었다.

"그렇다면 나도 내 계약을 이행하는 수밖에."

야레이가 가볍게 오른손을 쳐들자, 잠자코 두 사람의 대화를 지켜보고 있던 메디오 상회의 패거리들이 자세를 취했다.

"로렌스. 짧은 만남이었다."

"행상인은 이별에 익숙하지."

"남자는 죽여도 좋다. 계집애는 반드시 생포해라."

야레이는 다른 사람 같은 싸늘한 말투로 그렇게 말했다. 메디 오 상회의 패거리들이 앞으로 나섰다.

로렌스는 은 단검을 쥔 오른손에 힘을 주고, 땅바닥에 달라붙은 것만 같은 다리를 어떻게든 앞으로 내밀어 보려 했다.

아주 잠깐이라도 시간을 벌 수 있다면, 밀로네 상회 사람들이 이리로 올 수 있을지 모른다. 그런 희망을 품으며 단검을 휘적휘적 휘둘렀다.

호로의 팔이 몸에 감겨온 것은 그 순간이었다.

"윽. 호로, 무슨 짓이야?"

호로의 가느다란 팔이 로렌스의 몸을 껴안고, 로렌스의 몸을 강제로 쓰러뜨린 것이었다.

호로의 몸 어디에 이런 힘이 있었을까 싶었으나, 그것은 아마도 로렌스의 몸에 저항할 힘이 전혀 남아 있지 않았기 때문이리라.

실제로 호로는 로렌스의 몸을 채 떠받칠 수가 없었던 모양으로, 로렌스는 거의 땅바닥에 엉덩방아를 찧은 꼴이었다. 그 충격으로 손에 들고 있던 단검도 날아가 버렸다.

로렌스는 단검을 주우려고 황급히 몸을 일으키려 했으나 여의치 않았다. 뻗은 팔조차 지탱하지 못하고 앞으로 고꾸라지듯 쓰러지고 말았다.

"호로… 단검 좀."

"이제 됐어."

"호로?"

로렌스의 말에 호로는 대답하지 않고, 앞으로 쓰러진 채 꼼짝할 수 없는 로렌스의 왼팔에 손을 얹었다.

"조금 아플지도 모르지만, 참아."

"뭘?"

로렌스가 말을 채 마치기도 전에 호로는 로렌스의 왼팔에 감긴 붕대를 풀더니, 드러난 상처에 코를 갖다 대고 냄새를 맡는다.

로렌스의 기억이 되살아났다. 호로와 만났을 때의 대화다. 호로가 진짜 늑대라면, 늑대의 모습을 보여 보라고 했을 때.

호로는 대수롭지 않게 말했었다.

원래 모습으로 돌아가려면 약간의 보리나—.

또는, 생피가 필요하다고.

"뭘 하고 있어! 빨리 붙잡아!"

야레이의 호통이 울리자, 호로의 묘한 행동에 주저하고 서 있던 메디오 상회의 패거리들이 정신이 확 들었는지 무기를 다시 부여잡고 몰려들었다.

그 직후, 호로의 눈이 감기는 대신 입술 밑에서 두 개의 송곳니가 드러나더니 로렌스의 상처에 꽂혀들었다.

"피, 피를 빨고 있다!"

그런 외침이 터져 나왔다.

호로는 그 소리를 언뜻 듣고, 로렌스를 힐끗 올려보았다.

그때 자신이 어떤 표정을 하고 있는지는, 서글프게 웃는 호로를 보고 알 수 있었다.

피를 빠는 것은 악마와 괴물 이외에는 없는 것이다.

"겁먹지 마라! 단순히 악마 들린 계집애에 지나지 않는다! 붙잡아라!"

야레이의 그런 소리도 패거리들의 다리를 앞으로 전진시키는 데는 도움이 되지 않았다.

호로가 천천히 로렌스의 팔에서 입을 떼었을 때는 이미 변화가 시작되고 있었기 때문이다.

"당신이."

후두둑 후두둑, 호로의 긴 머리카락이 명백히 사람의 것이 아닌 털로 바뀌어가고, 찢어진 소매 틈으로 엿보이는 팔도 짐승의 그것으로 변화되어 간다.

"날 선택해 준 것은 쭉 기억해 두겠어."

입술 끝에서 떨어지는 피를, 손이 아닌 새빨갛게 타오르는 혀로 핥은 것이 인상적이었다.

"이봐."

자리에서 일어난 호로는 로렌스를 향해 여전히 서글픈 듯이 웃으며 마지막으로 조그맣게 말했다.

"이젠 그만 봐."

다음 순간 호로의 몸이 부풀어 오르는가 싶더니, 옷 찢어지는 소리와 함께 그 밑에서 갈색의 털이 폭발적으로 넘쳐나고, 찢어진 옷감에 섞여 보리가 담긴 가죽주머니가 떨어졌다.

호로가 깃들어 있다는 그것에 로렌스는 거의 반사적으로 손을 뻗었고, 그 후 고개를 들었을 때는 이미 거대한 늑대가 거기 있었다.

느닷없이 나타난 거대한 갈색의 늑대는 잠에서 깨어난 듯이 머리를 좌우로 흔들고, 몸 상태를 확인하듯이 앞발로 몇 번인가 바닥을 쳤다.

늑대의 발에는 낫처럼 생긴 발톱이 달렸고, 겉으로 드러난 이의 형태 하나하나가 뚜렷이 보일 만큼 컸으며, 그 입은 사람을 거뜬히 삼킬 수 있을 만큼 엄청났다.

몸 주위의 공기가 무겁게 느껴질 정도의 중압감에, 가까이 다가가기만 해도 녹아 버릴 것 같은 열기. 그러면서도 늑대의 눈은 한없이 냉정하고 맑다.

도망칠 수 없다.

인간이라면 반드시 그런 생각이 들 것이다.

"으, 으아아아아아아아아아아악!"

한 사람이 소리를 지른 것이 시발점이었다. 그 자리에 있던 대부분이 무기를 버린 채 도망가고, 두 명은 너무 공포에 질린 탓인지 늑대를 향해 무기를 내던졌다.

거대한 늑대는 참으로 날렵하게 입을 움직이더니, 던져진 무기 두 개를 입에 물고 대수롭지 않다는 듯이 철제인 그것들을 씹어 부쉈다.

이것이 신(神).

북쪽 땅에서는 '인간은 대적할 길이 없는 것들'이라는 뜻으로 신이라는 말이 쓰인다.

로렌스는 그 의미가 잘 이해되지 않았으나, 이제는 넘칠 만큼 똑똑히 알겠다.

대적할 길이 없다. 저런 늑대에게는, 대적할 길이 없다.

"윽."

"억."

무기를 던진 두 사람이 내지른 소리는 그런 외마디였다. 그것이 소리라 부를 수 있을지 어떨지는 의문이다.

늑대의 거대한 앞발에 후려쳐져 벽에 메다 꽂힌 것이다. 개구리가 찌부러질 때 내는 소리 같은 것이리라.

그리고, 늑대는 마치 지면을 미끄러지듯이 달렸다.

「네 놈들, 살아서 돌아갈 생각은 마라.」

굵으면서도 땅을 기어오르는 듯한 목소리가 울린 직후, 발톱과 금속이 부딪히는 소리. 그 사이에서 끊어지는 비명이 들려왔다. 로렌스는 필사적으로 몸을 일으켜 그 뒤를 쫓으려 했다.

그러나, 참극은 한순간이었다.

늑대의 몸동작이 멈추자, 아마도 끝까지 남겨 두었을 남자의 목소리가 들려왔다.

"시, 신은 항상 그래. 항상… 항상, 불합리해."

야레이의 목소리였다.

그에 대한 대답은 없다. 그 대신 촤악 하고 입을 벌리는 소리가 들려, 로렌스는 황급히 소리쳤다.

"안 돼, 호로!"

철컹, 하는 소리는 거대한 입이 닫히는 소리이리라.

로렌스는 야레이의 상반신이 먹히는 것을 상상했다. 야레이가 도망쳤으리란 생각은 도저히 들지 않았다. 사냥개의 눈앞에 놓인 새는 절대 하늘로 날아오르지 못하기 때문이다.

그러나 잠시 침묵이 흐른 후, 좁은 통로에서도 어렵지 않게 휙 돌아보는 호로의 입은 피에 젖어 있지는 않았다.

대신, 기절하여 축 늘어져 있는 야레이가 이에 걸려 흔들리고 있었다.

"호로…"

로렌스는 안도의 한숨과 함께 그 이름을 중얼거렸으나, 야레이를 지면에 쿵 떨어뜨린 호로는 로렌스를 쳐다보지 않았다.

대신 짧게 한마디 했다.

「보리를.」

몸에 걸맞는, 땅을 기는 듯한 목소리에 로렌스는 순간 움찔하고 몸이 움츠러들고 말았다.

저것이 호로라는 것은 알지만 어쩔 수가 없다. 똑바로 시선을 향해 온다면 로렌스 역시 제정신으로 있을 수 있을지 없을지 알 수 없다.

저 늑대는 너무도 숭고하다.

「보리를.」

재차 말하자, 로렌스는 무의식중에 고개를 끄덕이고 손에 든 가죽주머니를 내밀려 했다.

그러다 문득 멈췄다. 뭔가 불길한 예감이 들었다.

"보리를 어쩌려고?"

로렌스가 묻자, 호로는 잠시 말이 없다가 별안간 발을 앞으로 내밀었다.

순간, 중압감과도 같은 것을 느끼고 로렌스는 몸을 뒤로 젖히고 말았다.

그것이 결정적 실수라는 것을 깨달은 것은, 호로가 이가 가득한 입을 조금 일그러뜨렸기 때문이다.

「그것이 대답이로군. 보리를.」

보리를 가지고 떠날 작정이다. 로렌스는 그것을 알아챘으나, 호로의 말은 마치 무슨 마법처럼 로렌스의 팔이 앞으로 내밀어지게 만든다.

하지만 로렌스의 몸에는 팔을 지탱할 힘도, 작은 가죽주머니를 들어 올릴 힘도 남아 있지 않았다.

공중에서 멈춘 손에서 가죽주머니가 먼저 떨어지고, 이어서 팔이 툭 떨어졌다. 떨어진 주머니를 주울 수도 없다.

로렌스는 절망적인 눈으로 가죽주머니를 바라보고 있었다.

「그동안 신세 많이 졌어.」

호로가 그런 말을 하면서 다가와 로렌스의 손에서 떨어진 가죽주머니를 큰 입으로 재주 좋게 물어 올렸다.

호박색 눈동자는 끝까지 로렌스를 보지 않고, 두세 걸음 뒤로 물러나더니 재빨리 휙 몸을 돌려 뛰어가려 했다.

호로가 의기양양하게 자랑스러워하던, 끝이 흰 꼬리가 눈에 들어온다. 털이 풍성한 그것이 애처롭게 축 처져 흔들흔들 멀어져간다.

로렌스는 순간 외쳤다. 외친다고 할 수도 없는 목소리였지만, 온 힘을 다해 외쳤다.

"자, 잠깐만!"

그래도 호로는 발을 멈추지 않고 걸어간다.

로렌스는 호로가 한 걸음 내밀었을 때 반사적으로 몸을 피하고 만 자신이 미웠다. 호로는 수없이 말했었다. 자신의 모습을 보고 두려움에 떠는 눈이 싫었다고.

그리고 로렌스의 몸은 막무가내로 호로를 두려워하고 있었다. 인간은 대적할 수 없는, 명백하게 별종인 존재로서의 호로를 앞에 두고 벌벌 떨고 있었다.

그래도, 하고 로렌스는 생각한다. 그래도 로렌스는 호로를 붙들고 싶었다.

"호로!"

쉰 목소리로 외친다.

소용없나? 로렌스가 그렇게 생각한 직후, 호로의 발이 멈췄다.

지금이다. 지금 여기서 호로를 막지 않으면 다시는 호로를 만날 수 없게 될 것 같았다.

하지만 뭐라고 해야 좋을까. 로렌스의 뇌리에 수많은 말들이 스쳤다 사라진다.

이제 와서 호로에게 겁을 먹지 않았다고 이야기해 봐야 설득력이 전혀 없다. 지금도 여전히 호로의 모습이 무서운 것이다. 그래도 로렌스는 호로를 붙들고 싶다. 그런 상반되는 마음이 교차하는 것을 제대로 표현할 말이 떠오르지 않는다.

로렌스는 필사적으로 머리를 굴렸다. 호로가 놀려댔던, 짧은 어휘력 속에서 호로를 붙들어 세우기 위한 말을 열심히 풀어냈다.

"네가… 찢어 버린 옷. 그거 얼마인 줄 알아?"

그리고, 튀어나온 말은 그런 것이었다.

"신이든 뭐든… 변상해. 네가 번 은화 70냥, 그것으로는 모자라."

가능한— 아니, 거의 정말로 화가 난 로렌스는 호로에게 푸념을 했다.

가지 말라고 부탁해 봐야 절대 소용없을 것 같았다. 그래서 로렌스는, 자신이 설령 호로의 늑대 모습을 두려워한다 해도 호로를 보낼 수는 없다는 의지를 보이려면 이 수밖에 없다고 생각했다.

장사꾼의 돈에 대한 원한은 낭떠러지보다도 깊고, 돈을 돌려받으려는 집념은 밤하늘에 떠 있는 달보다도 끈질기다.

그 뜻을 전하기 위해 로렌스는 증오를 담아 외쳤다. 호로가 로렌스의 앞에서 모습을 감추려는 것을 막는 게 아니다. 모습을 감춰도 소용없다는 것을 전하는 것이다.

"내가 그걸 다 장만하는 데… 몇 년이 걸렸는지 알아?! 쫓아갈 거야…. 북쪽 숲까지 쫓아갈 거라구!"

로렌스가 외치는 소리가 지하도 안을 잠깐 메아리치고는 이내 사라졌다.

호로는 그 자리에 가만히 서 있었으나, 커다란 꼬리가 순간 흔들렸다.

뒤돌아보려나?

로렌스는 마침내 기진맥진해 그 자리에 무너지듯 쓰러지면서도, 초조함과도 비슷한 기대감에 가슴이 메일 만큼 긴장했다.

그러나, 호로는 다시 걸음을 내딛었다.

자박, 자박, 작은 소리를 내면서 걸어간다.

로렌스는 시야가 뿌옇게 되는 것을 느꼈다.

눈물이 나서 이런 게 아니다. 나락 속으로 떨어져가는 의식 속에서, 그렇게 생각하는 것이 고작이었다.

캄캄한 어둠 속에 서 있다. 여기가 어디이고, 무엇을 하고 있는지 알 수 없다.

상하좌우 온통 캄캄한데, 그러면서도 자신의 몸은 잘 보였다.

대체 어디인 걸까.

그런 생각을 하고 있는데 문득 시야 끝을 뭔가가 스쳤다.

로렌스는 반사적으로 그쪽을 돌아보았으나 아무것도 없었다. 기분 탓인가 싶어 시선을 모아 보기도 하고 눈을 비벼 보기도 하는데, 다시금 시야 끝을 뭔가가 스쳐지나갔다.

불꽃?

순간 그런 생각이 들어 돌아보자, 이번에는 그 뭔가가 저쪽 끝에서 제대로 보였다.

흔들흔들 흔들리는 진한 갈색의 무언가.

로렌스는 눈을 의심하며 응시하다 이내 그것이 불꽃은 아니라는 것을 알아챘다.

털이다. 길고 진한 갈색의 털 뭉치가 흔들리고 있는 것이다.

치렁치렁하고 끝만 하얀 털 뭉치.

로렌스는 그 순간, 놀란 눈으로 숨을 삼키고 전력질주로 달려갔다.

저 털 뭉치는, 끝만 흰 저것은.

호로다. 호로의 꼬리털이 틀림없다.

흔들흔들 흔들거리며 점점 작아져가는 그것을 필사적으로 쫓아가면서 로렌스는 외쳤다.

그러나, 목소리는 나오지 않고 호로의 꼬리와의 거리도 좁혀

지지 않는다.

로렌스는 점점 무거워지는 다리에 안달이 났다. 이를 악물고, 소용없다는 것을 알면서도 오른손을 앞으로 뻗었다.

그리고 호로의 꼬리는 별안간 시야에서 사라졌다.

그 직후, 로렌스의 눈은 낯선 방 안의 천장을 바라보고 있었다.

"윽."

로렌스는 벌떡 일어나려다가 왼팔에서 일어난 격렬한 통증에 신음했다. 한순간 무엇이 어떻게 된 것인지 이해되지 않았으나, 통증이 방아쇠가 되어 온갖 기억들이 되살아났다.

메디오 상회의 추격을 받던 것. 왼팔을 찔린 것. 꼼짝없이 붙잡히게 되었던 것.

그리고 호로가 떠나 버린 것.

그때, 마지막으로 본 호로의 꼬리가 서글프게 흔들리며 멀어져 가던 것이 떠올라 로렌스는 한숨을 푹 쉬었다.

좀 더 괜찮은 말이 있지 않았을까. 몸을 일으키기도 귀찮아진 머리로 그런 생각을 했다.

여기가 어디인가 하는 의문조차, 그런 후회 앞에서는 하찮은 것이었다.

"아, 정신이 드셨습니까?"

그러나 갑작스런 그 소리에 돌아보자, 열린 문 너머에 마르하이트가 서 있었다.

"다친 데는 좀 어떠십니까?"

서류를 손에 든 채 마르하이트는 로렌스 쪽으로 다가와, 로렌스의 머리맡에 있는 창문을 열었다.

"예에…. 덕분에."

창문에서 들어오는 상쾌한 바람과 그것을 타고 들려오는 왁자한 소리로, 이곳이 밀로네 상회 내의 방이라는 것을 알았다.

그렇다는 것은, 로렌스는 그 후에 도와주러 온 밀로네 상회 사람에게 무사히 구조되었다는 얘기다.

"저희의 불찰로 위험한 일을 당하시게 되어 대단히 죄송합니다."

"아닙니다. 근본을 따지자면 제 일행이 원인이었으니."

로렌스의 말에 마르하이트는 뭐라 할 수 없는 표정으로 고개를 끄덕이고는, 말을 고르듯이 잠시 침묵한 뒤 천천히 입을 열었다.

"교회에는 운 좋게 발각되지 않았습니다. 소동도 지하도 내에서 일어난 것이 다행이었습니다. 만일 로렌스 씨의 일행 분의 모습이 교회의 눈에 들어갔더라면…. 어쩌면 지점뿐 아니라, 본점까지도 화형대에 올려졌을지 모릅니다."

그 말에 로렌스는 놀라서 되물었다.

"호로의 모습을 보셨습니까?"

"예. 서둘러 지하도 내로 구하러 들어간 부하에게서 보고가 있었습니다. 로렌스 씨를 발견했지만, 거대한 늑대가 저를 데리고 올 때까지 로렌스 씨를 보내 주지 않겠다고 한다고."

마르하이트가 거짓말을 할 이유는 전혀 없다. 그렇다면 로렌스가 정신을 잃은 후 호로는 돌아와서 로렌스 곁에 있어 주었던 것이다.

"그래서, 그래서 호로는 지금 어디에?"

"시장 쪽으로 갔습니다. 성미가 급한지, 여행에 필요한 것들을 사 오겠다면서요."

사정을 알 리 없는 마르하이트는 가볍게 그리 말했으나, 로렌스가 보기에 그것은 호로가 혼자 여행을 떠날 것을 의미하는 것이었다.

아마 지금쯤은 북쪽으로 가는 길 위에 있으리라.

그런 생각을 하자 가슴에 큰 구멍이 뻥 뚫린 것만 같은 기분이 들었으나, 한편으로는 오히려 개운한 것 같기도 했다.

원래 호로와는 우연이라고도 할 수 없을 만큼 기묘한 만남으로 며칠 간 함께 지낸 것뿐이다.

잠깐 꿈을 꾸었다 치면 견디지 못할 것도 없다.

로렌스는 그렇게 생각하기로 하여, 억지로나마 기분을 일단 전환하고 머릿속을 상인의 머리로 되돌렸다.

마르하이트의 말에는 호로와 함께 중요한 사실이 한 가지 더 포함돼 있었기 때문이다.

"호로가 시장에 갔다는 것은, 메디오 상회와의 거래가 잘 풀렸다는 말씀이십니까?"

"예. 오늘 아침 트레니 성으로 갔던 사람이 무사히 돌아왔습니다. 국왕과의 거래를 정리하고 왔지요. 메디오 상회가 가장 탐낼 만한 특권을 무사히 끌어냈습니다. 그리고 특권을 미끼로 메디오 상회에게 교섭을 했더니, 메디오 상회도 사태를 파악하고 완전히 패배를 인정했다고 합니다. 참으로 원만하게 사태가 해결되었습니다."

마르하이트는 자랑스럽게 대답했다.

"그렇습니까? 그거 다행입니다…. 그렇다면 제가 꼬박 하루를 누워 있었다는 얘긴가요?"

"예? 예에, 그렇게 되네요. 아, 점심 드시겠습니까? 방금 전 점심식사 시간이 끝나서 아직 부엌에도 불이 꺼지지 않았을 테니, 따뜻한 것을 준비해 오겠습니다."

"아니오, 괜찮습니다. 그보다 자세한 거래 상황을 들을 수 있을까요?"

"예. 알겠습니다."

억지로 밥을 권하지 않는 면이 역시 남쪽지방 사람 맞구나 싶어 로렌스는 조금 재미있었다. 이 근방 사람이면 고집을 부려서라도 로렌스에게 밥을 먹이려 들었을 것이다.

"저희들이 회수한 은화의 총 금액은 30만7천2백12냥. 국왕은 상당히 대담하게 은화 절하를 행한 모양으로, 즉석에서 35만 냥 상당의 화폐로 지불했다고 합니다."

과연 현기증이 일어날 것 같은 숫자다. 로렌스는 그 숫자에 주눅 들지 않고 자신의 이익을 계산했다.

계약에 따르면 밀로네 상회가 얻은 이익에 대해 5푼. 돈으로 계산하면, 은화 2천1백 냥의 수입이다.

그 정도만 있으면 로렌스의 꿈—자신의 가게를 여는 꿈은 현실화된다.

"로렌스 씨와의 계약에 따르면, 양도하는 것은 저희가 번 이익의 5푼입니다. 틀림없지요?"

그 말에 로렌스가 고개를 끄덕이자 마르하이트도 고개를 끄덕인다.

그리고 마르하이트는 한 장의 서류를 로렌스에게 건넸다.

"확인해 주십시오."

그 말은 로렌스의 귀에 들어오지 않았다.

건네받은 종이에 믿어지지 않는 숫자가 쓰여 있었기 때문이다.

"이건…?"

"은화로 120냥. 그것이 저희가 얻은 이익의 5푼입니다."

마르하이트의 말은 너무나도 영리했다.

하지만 로렌스는 그에 대해 화를 낼 수도 없었다. 왜냐하면 로렌스의 수중에 있는 서류에는 로렌스의 몫이 그렇게 변변찮은 금액이 된 이유가 실로 상세하게 적혀 있었기 때문이다.

"저희가 준비한 은화의 운반비, 또한 국왕이 지불한 은화의 운송비, 은화 운송에 따른 관세, 그리고 계약 자체에 대한 계약수수료. 국왕에게 그런 꾀를 심어 준 것은 어용상인*이었을 겁니다. 특권을 양도하는 대신, 하다못해 은화 매수 손실 정도는 되찾으려고 했던 것이었겠지요."

※어용상인(御用商人): 자신의 이익을 위하여 권력자나 권력 기관에 영합하여 권력자의 비호를 받으며 궁중이나 관청 따위에 물건을 대는 상인.

명세서를 보면, 국왕이 자신의 입장을 최대한 이용하여 밀로네 상회를 통해 돈을 되찾으려고 획책한 것이 눈에 선하다.

밀로네 상회가 모은 은화의 운반비를 밀로네 상회에게 부담시킨 데다, 왕이 지불할 은화도 어음이 아닌 은화 자체로 지불한다고 장담하고 있다. 수십 만 냥에 달하는 은화를 운반하려면 막대한 비용이 든다. 말, 사람, 은화를 담는 나무상자, 그리고 호위병들.

그 위에, 왕은 계약 시에 계약서 작성료라는 명목으로 엄청난 금액을 씌우고 있었다.

남쪽 나라의 작위를 가진 대상인이 경영하는 상회의 지점과 계약을 하는 것이라 해도, 그것은 역시 작위를 가진 상인과 국왕이라는 차이 나는 신분 간의 계약이다. 힘의 서열 관계가 뚜렷하다. 밀로네 상회는 수수료를 놓고 불평을 할 입장이 아니었다.

"저희들이 계산한 결과, 저희들이 얻을 이익은 은화로 2천4백 냥. 그것의 5푼이므로, 로렌스 씨께 건네질 은화는 그 액수가 됩니다."

죽을힘을 다해 머리를 굴리고 칼에 팔을 찔려가면서까지 해서, 은화 120냥.

더욱이 이번 일에 끼어들지 않았으면 호로와 헤어질 일도 없었겠지 하는 생각이 들자, 로렌스의 머릿속에는 '적자'라는 두 글자밖에 떠오르지 않았다. 은화 120냥으로는 도저히 수지가 맞지 않았다.

그러나 계약은 계약이다. 로렌스는 그 점을 납득할 수밖에 없다. 이득을 볼 때도 큰 손해를 입을 때도 있다. 그것은 장사꾼에게는 당연한 사실이다. 목숨을 잃지 않았고, 또한 적기는 해도 그런 상황에서 은화 120냥을 손에 넣을 수 있다는 것은 행운인지도 모른다.

로렌스는 서류를 앞에 두고 천천히 고개를 끄덕였다.

"이것은 저희들도 예상하지 못한 바입니다. 결과가 유감스럽게 되었습니다."

"장사를 하다 보면 예상 밖의 일은 늘 있게 마련이니까요."

"그렇게 말씀해 주시니 감사합니다. 하지만."

하고 말을 덧붙이는 마르하이트를 로렌스는 무심코 돌아보았다.

말투가 왠지 밝았기 때문이다.

"예상 밖의 일이라는 것은 좋은 쪽으로도 일어납니다. 이쪽을 보십시오."

로렌스는 마르하이트가 내민 두 번째 서류를 받아들고, 거기에 쓰여 있는 짧은 글을 읽었다.

그 직후, 로렌스는 놀라서 마르하이트를 다시 쳐다보았다.

"메디오 상회는 어지간히 특권이 탐났던 모양입니다. 가치가 떨어지고 있는 은화를 모으고 있기도 했으니까요. 그건 빚을 끌어안고 있는 것과 마찬가지죠. 확실하게 돈벌이가 예상되는, 특권을 이용한 장사를 꼭 하고 싶었나 봅니다. 저쪽에서 즉시 결제할 가격을 제시해 왔거든요."

로렌스가 손에 든 서류에는 특별이익에 대한 배당금으로서 로렌스에게 은화 1천 냥을 증정한다고 쓰여 있었다.

"천 냥이나… 괜찮은 겁니까?"

"예에, 저렴한 것이지요."

웃는 얼굴로 말하는 것이다. 상당히 많이 벌었겠지만, 아무리 그래도 그것을 물을 만큼 로렌스도 융통성이 없지는 않다. 무엇보다 계약 외의 배당금으로서 이 정도 금액을 받게 되다니, 길을 걷다가 금괴를 주운 것이나 다름없다.

계약이란 것은 그만큼 중요한 것이고, 계약도 맺지 않았는데 돈을 주고받는다는 것은 있을 수 없는 일이나 마찬가지다.

"그것과 로렌스 씨의 상처가 나을 때까지의 치료비용, 로렌스 씨의 짐마차 관리도 저희들이 부담하겠습니다."

"짐마차는 무사했습니까?"

"예에, 말은 인질로 잡아 봐야 소용없다고 메디오 상회 측에서도 판단했던 것이겠지요."

마르하이트가 웃으면서 말하자 로렌스도 덩달아 웃었다.

그나저나, 이건 정말 파격적인 대우다.

"자세한 실제 지불방법에 관해서는 며칠 후에 다시 의논드리기로 할까요?"

"그러지요. 아, 그리고 정말 감사합니다."

"아닙니다. 저희로서도 로렌스 씨 정도의 상인 분과 앞으로도 좋은 관계를 쌓아갈 수 있을 것을 기대하면, 이 정도는 아무것도 아니지요."

마르하이트는 손익계산에 빈틈없는 눈으로 로렌스를 보면

서— 필시 일부러 그런 것이겠지만, 영업용임이 분명한 웃음을 지어 보였다.

하지만 이것은 밀로네 상회라는 대상회의 지점을 맡고 있는 사람이 은화 1천 냥을 주고서라도 각별히 지내고 싶은 생각을 할 만큼, 로렌스를 가치 있는 상인으로서 평가했다는 뜻이다.

그것은 일개 행상인인 로렌스로서는 기쁘기 그지없는 일이다.

로렌스는 목례를 하고, 침대 위에서 감사의 뜻을 전했다.

"아, 일단 여쭤 보겠습니다만, 지불은 은화가 좋으시겠습니까? 뭔가 상품으로 바꾸는 것이 좋으시다면 수배해 놓겠습니다만."

은화도 1천 냥씩이나 되면 부피만 클 뿐 아무 도움이 안 된다. 마르하이트의 호의에 로렌스는 잠시 생각에 잠겼다. 마르하이트에게서 받을 은화 1천 냥과 자신의 짐마차의 크기를 고려할 때, 딱 좋은 상품이 한 가지 떠올랐다.

"혹시 후추가 있을까요? 가볍고 부피도 크지 않고, 앞으로 겨울로 접어들수록 육류 요리가 늘어나면 가격도 올라갈 테니까요."

"후추, 요?"

"왜 그러십니까?"

마르하이트가 피식 웃는 바람에 로렌스는 되물었다.

"아, 아닙니다. 죄송합니다. 바로 얼마 전 남쪽에서 보내온 희곡을 읽었는데, 거기에 나오는 이야기가 떠올랐습니다."

"희곡이요?"

"예에. 큰 부자 상인의 앞에 악마가 나타나 이렇게 말하는 겁니다. 세상에서 가장 맛있는 인간을 데려와라, 그렇지 않으면 널 잡아먹겠다고. 그 상인은 자신의 목숨이 아까워서 젊디젊은 아름다운 하녀, 하인들 중에 가장 살찐 하인 등을 갖다 바칩니다만 악마는 고개를 가로젓습니다."

"호오."

"그래서 결국은 집안뿐 아니라 온 도시에 돈을 풀어서 맛있어 보이는 인간을 찾는데, 마침내 벌꿀과 우유의 향내가 나는 수습 수도사인 어린 사내아이를 발견합니다. 수도원을 통째로 돈으로 산 부자는 재빨리 악마에게 사내아이를 갖다 바칩니다. 그러자 사내아이가 악마에게 그러는 겁니다. 신을 거역하는 악마여, 세상에서 가장 맛있는 인간은 나 같은 게 아니다."

로렌스는 완전히 이야기에 빠져 잠자코 고개를 끄덕였다.

"이 세상에서 가장 맛있는 인간은 바로 당신의 눈앞에 있었다. 날이면 날마다 향신료를 짊어지고 다니며 돈을 벌어서, 그 살찐 영혼에 향신료의 감칠맛이 듬뿍 밴 남자가— 라고요."

재미있어 죽겠다는 듯이 마르하이트는 몸동작까지 취해 가며 마지막에는 겁에 질려 벌벌 떠는 상인의 흉내까지 내다가, 문득 정신이 들었는지 겸연쩍게 웃었다.

"교회가 상회를 향해 장사의 절도를 설교하는 종교극용 희곡인데, 말씀을 듣고 보니 생각이 났습니다. 확실히 앞으로 큰 돈을 벌 상인에게는 향신료가 딱이로구나— 하고."

그 말이 칭찬이라는 것쯤은 상인들끼리라면 너무 잘 안다.

로렌스는 재미있는 이야기와 칭찬의 말에 그다지 싫지 않은 웃음을 지으며 대답했다.

"하루 빨리 향신료가 밴 몸이 되고 싶은 따름입니다."

"기대하고 있겠습니다. 앞으로도 저희 상회를 잘 부탁드립니다, 로렌스 씨."

마르하이트는 빈틈없이 그렇게 말했고, 두 사람은 다시 한 번 마주보고 웃었다.

"그럼 후추는 수배해 놓겠습니다. 저는 일이 있어서 이만…"

하고 마르하이트가 몸을 돌리려던 그때였다.

방문을 노크하는 소리가 조심스럽게 울렸다.

"일행 분일까요?"

마르하이트는 그렇게 말했으나, 그럴 리 없다고 로렌스는 확신했다.

마르하이트가 문을 열기 위해 침대를 떠나자, 로렌스는 머리맡의 창문을 올려다보았다.

창문 밖으로 아름다운 푸른 하늘이 잘 보였던 것이다.

"지점장님, 이런 청구서가."

문을 열자마자 그런 조심스런 목소리가 들려왔고, 부스럭 하고 종이를 내미는 소리가 들렸다.

아마 무슨 급한 청구서 같은 것이겠지. 나도 어서 빨리 내 가게를 가질 수 있으면 좋겠다는 생각을 하면서 로렌스는 하늘에 떠 있는 작은 흰 구름을 바라보고 있었다.

마르하이트의 말이 들린 것은 그로부터 얼마 안 되어서였다.

"수신인은 분명히 우리 상회이긴 한데…."

그 말에 로렌스가 마르하이트를 쳐다보자, 마르하이트도 로렌스를 보았다.

"로렌스 씨. 로렌스 씨의 이름으로 청구서가 왔습니다만."

로렌스의 머릿속에서 거래처의 이름과 재무관계가 일제히 펼쳐진다.

그중에서 결제일이 가까운 것을 이리저리 떠올려 보았으나, 기본적으로 도시와 도시 간의 이동에 들어가는 날짜는 몹시 불안정하다. 설령 결제일이 어제였다 하더라도 행상인 로렌스에게 결제일을 엄격히 지키라고 따질 만한 사람은 없을 터였다.

무엇보다, 로렌스가 여기 있다는 것을 어떻게 알았단 말인가.

"좀 보여주시겠습니까?"

그 말에 마르하이트는 부하에게서 서류를 받아들고 로렌스 곁으로 와 내밀었다.

로렌스는 그것을 받아들자, 계약할 때 으레 쓰는 문구는 건너뛰고 명세란에 눈길을 주었다.

무슨 상품인지를 알면 어디의 누구에게서 온 것인지 바로 알 수 있기 때문이다.

하지만, 거기에 적혀 있는 상품명은 기억에 없는 것들이었다.

"어…."

하며 고개를 갸우뚱거리는 찰나, 침대 위에서 펄떡 튕겨 일어났다.

마르하이트가 놀라서 뭐라 하려 했으나, 로렌스는 그것을 기다리지 않고 침대에서 뛰어내렸다. 아픈 왼팔 따위는 무시하고 문으로 달려갔다.

"아, 저기."

"비켜요!"

로렌스의 호통에 당황하여 길을 열어 준 직원의 이상한 시선도 무시하고 복도로 나가 달려가려다가 문득 멈춰 섰다.

"하역장이 어느 쪽입니까?"

"아, 그 복도의 막다른 곳에서 왼쪽으로 들어간 끝으로 쭉 가면."

"고맙습니다."

짤막하게 말한 뒤 곧바로 뛰었다.

상당한 금액의 청구서를 손에 쥐고, 로렌스는 있는 힘껏 달렸다.

손에 꽉 쥐어 구겨진 청구서에 적혀 있던 상품은 로렌스가 그렇게까지 할 만한 것들이었다.

날짜는 오늘. 청구한 곳은 파치오 시에 소재한 모직물상과 과일상.

그 내역은, 호화로운 여성용 로브 두 벌에 비단 허리띠, 여행용 신발과 거북이 등껍질로 만든 빗. 그리고, 대량의 사과.

은화로 쳐서 140냥을 웃도는 그것들은, 특히 사과는 도저히 손에 들고 운반할 수 있는 양이 아니다.

그러면서도 그 청구서에는 짐마차의 항목이 없었던 것이다.

그에 따른 결론.

로렌스는 하역장에 도착했다.

수많은 상품이 산더미처럼 늘어서 있고, 먼 곳에서 실려 온 물건과 앞으로 실려 갈 물건이 교차하며, 말과 사람의 소리가 난무하는 활기로 가득한 하역장은 오늘도 밀로네 상회의 번창을 입증하듯 몹시 붐비고 있었다.

로렌스는 주변을 돌아보며 반드시 있을 그것을 찾았다.

드넓은 하역장에는 수많은 말과 짐마차가 있다. 여기저기 어질러져 있는 여물이며 짚단 자투리에 발이 미끄러지면서도 뛰어다니다가, 마침내 낯익은 자신의 말을 하역장 한 구석에서 발견하고 달려갔다.

로렌스의 그런 모습을 하역장 인부들이 이상한 눈으로 쳐다보았으나, 정작 본인은 그런 것은 일체 무시하고 오직 한 곳만을 응시하고 있었다.

짐칸에 산더미처럼 사과가 쌓여 있는 짐마차 마부석에 앉아 훌륭한 모피를 곁에 두고, 거북이 등껍질로 만든 빗으로 그것을 빗고 있는 아담한 사람의 형체를.

한 눈에도 고급품임을 알 수 있는 로브를 걸치고, 눈 있는 데까지 후드를 깊숙이 눌러쓴 그 자는, 잠시 후 털을 빗던 손을 멈추고 한숨을 쉬었다.

마부석 위에서 그 자는 로렌스 쪽은 돌아보지도 않고 이러는 것이었다.

"북쪽 숲까지 돈을 받으러 쫓아온다는데 어떡하겠어."

언짢은 듯한 그 말에 로렌스는 웃지 않을 수 없었다.

로렌스는 마부석으로 다가가, 고집스럽게 로렌스 쪽을 외면하려는 호로를 향해 오른손을 내밀었다.

호로는 힐끗 보더니 다시 곁에 있는 꼬리털에 시선을 떨어뜨렸으나, 결국은 천천히 손을 내밀었다.

로렌스가 그것을 꽉 잡자, 호로는 그만 항복한 듯이 웃는다.

"빚 갚으러 돌아온 거야."

"당연하지."

로렌스의 손을 호로가 꼬옥 꼬옥 잡는 것이었다.

이 기묘한 한 쌍의 여행은 조금 더 이어질 듯하다.

이른바 늑대와 향신료, 두 사람의 나그넷길은.

1권 끝

상금이 걸린 무슨 무슨 콘테스트에 응모를 할 때마다 최고액의 상금을 타게 됐을 때를 상상하지 않고는 못 배기는 인간입니다.

그리고, 그 상금으로 주식을 사면 재산이 몇 배로 불어나고, 마지막에는 늘 세계를 좌우할 정도의 재벌이 되는 겁니다.

최근에는 이제야 겨우 서서 먹는 국수집에서 주저 없이 곱빼기 식권을 살 수 있을 정도가 되었습니다.

처음 뵙겠습니다. 하세쿠라 이스나라고 합니다.

이번에 제12회 전격소설 대상 은상이라는, 하늘에 떠 있는 저 달과 거의 동의어였던 상을 영광스럽게도 받았습니다. 너무 믿어지지가 않아서, 사실은 다른 사람을 착각했습니다— 라는 전화가 걸려오는 꿈을 세 번 꾸었습니다.

원고를 퇴고하기 시작한 뒤로는, 사실은 마감이 지났다는 꿈을 두 번 꾸었습니다.

세계를 좌우할 정도의 재벌이 된 꿈은 몇 번을 꾸었는지 모릅니다.

과연 이것이 꿈이냐 생시냐. 그렇게 생각하면서 이 후기를 쓰고 있습니다.

그런 꿈의 세계로 가는 문을 열어 주신 사전심사 담당자 분, 편집부 여러분, 심사위원 여러분들, 정말로 감사드립니다. 또한,

수상 파티에서 말을 걸어 주신 여러분, 그 중에서도 특히 『늑대와 향신료』라는 제목과 관련해 늑대 모양의 실버 액세서리를 주신 유키 미츠타카 선생님, 고맙습니다. 은빛 늑대는 지금도 컴퓨터 옆에 의젓하게 앉아 있습니다.

그리고 미려한 일러스트를 그려 주신 아야쿠라 쥬우 선생님. 제가 상상한 캐릭터가 놀랍게도 거기에 있었습니다. 감사한 마음만큼이나 놀라움도 컸습니다.

그리고 제가 지금 이 상태로 있도록 관계한 모든 분들, 모든 일들, 모든 것들. 감사합니다.

이것이 물거품 같은 꿈으로 끝나지 않도록, 절대 노력을 잊지 않을 생각입니다.

_하세쿠라 이스나

『늑대와 향신료』 제1권입니다. 스물다섯의 장사꾼 노(?)총각과 열여섯 늑대소녀의 장돌뱅이 산전수전 여행기입니다. 요즘은 초등학생들도 경제 개념을 배우는 여름캠프 같은 곳에 참여하던데, 그야말로 대놓고 돈 버는 법을 논하는 '똑똑한' 작품입니다.

개인적으로 저는 서막의 장면이 참 좋습니다. '늑대'가 내달리는 황금빛 보리밭. 푸른 하늘 아래 물결치는 보리밭의 정경이 눈에 선하게 떠오릅니다. 언뜻 『어린왕자』도 생각나는군요.

그렇게 낮 동안 바람결에 너울너울 물결치던 보리밭 위로 어스름한 초저녁의 보랏빛 하늘이 내리면, 한뎃잠을 피하고 싶은 나그네가 터벅터벅, 또는 로렌스처럼 짐마차를 따각거리며 마을로 가는 길을 재촉하는 겁니다. 뒤로는 점점 어둠이 따라붙고, 저 앞에는 깜박깜박 인가의 불빛이 보이는 것이지요. 하지만 그곳은 그저 잠시 머물다 뒤로 해야 할 '남의 마을'. 이방인인 장사꾼의 가슴속에는 보리밭 물결보다 더 서늘한 바람이 한바탕 쏴아 일어나겠지요. 외로움은 마음을 좀먹는 독이라 하는데…. 그러니 뜻하지 않게 호로를 만나 억지춘향으로 여행을 함께 하게 된 로렌스가 점점 호로의 온기에 진심으로 위안을 얻게 되는 것이 남의 일 같지 않게 흐뭇하고, 이야기를 다 읽고 책을 덮으니 따각따각 말발굽 소리와 함께 은은한 사과향이 코끝에서 감도는 것 같습니다.

『늑대와 향신료』는 시각과 후각을 자극하는 요소들이 많습니다. 물결치는 황금빛 보리밭, 코를 찌르는 담비 털의 가죽내, 벌꿀과자, 아삭아삭 달콤한 사과, 은은한 포도주, 쌉싸름한 맥주, 꿀이 듬뿍 발라진 빵…. 흐음, 대충 떠오르는 대로 나열하고 보니 주로 먹을 것들이로군요. 그 중에서 가장 엽기적이었던 것은 ××××를 벌꿀에 조린 안주. 헉, 중세 사람들은 이런 것도 먹었군요. 살짝 조사해보니 영국 서머셋 지방의 당당한 전통요리라나요. (맛은…?!)

자, 무슨 인연인지 충격적인 첫 만남에서 목숨 거는 고난의 길을 거쳐 이제 다시 한동안 외로운 길 나그넷길을 함께하게 된 로렌스와 호로. 새로운 마을, 새로운 돈벌이를 찾아 떠나는 이 야릇한 한 쌍에게 또 어떤 여행길이 펼쳐질지, 『늑대와 향신료』 제2권을 기대해주세요.

_역자 **박 소 영**

늑대와 향신료 [1]

2007년 10월 7일 초판 발행
2022년 5월 10일 25쇄 발행

저자 하세쿠라 이스나(ISUNA HASEKURA)
일러스트 아야쿠라 쥬우(JYUU AYAKURA) | **옮긴이** 박소영
발행인 정동훈 | **편집인** 여영아
편집 팀장 황정아 | **편집** 노혜림
발행처 (주)학산문화사 | 서울특별시 동작구 상도로 282 학산빌딩
편집부 02.828.8838(전화), 02.816.6471(팩스) | **영업부** 02.828.8986(전화), 02.828.8890(팩스)
홈페이지 www.haksanpub.co.kr | **등록** 1995년 7월 1일 | **등록번호** 제3-632호

ISBN 978-89-258-5611-7 04830
ISBN 978-89-258-5612-4 (세트)

값 6,800원

전파적 그녀

1권

카타야마 켄타로 지음
야마모토 야마토 일러스트
최고은 옮김

eXtreme novel

'저의 몸은 당신의 영토. 저의 마음은 당신의 노예. 저의 왕, 쥬자와 쥬우님.
당신에게 영원한 충성을 맹세합니다.' 라며 불량소년 쥬자와 쥬우에게
다가와 느닷없이 충성을 맹세하는 전파녀 오치바나 아메.
쥬우는 그녀의 기묘한 언동이 시간이 갈수록 싫지만은 않은데…
그러던 어느날, 도시를 떠들썩하게 만든 연쇄살인범에게
쥬우네 반 학급위원인 후지시마 카나코가 살해되고, 쥬우는 우연히
그곳을 지나가다 그녀의 사체를 제일 처음 발견하고 큰 충격을 받는다.
쥬우는 며칠 전 아메와 카나코가 심하게 다투던 걸 기억해내고,
혹시 아메가 연쇄살인범이 아닌 지 의심한다.
아무도 믿을 수 없는 상황에서 연쇄살인은 계속 되고,
쥬우는 범인을 찾기 위해 혼자만의 수사를 시작하는데…

XNR-24-1
(주)학산문화사 발행 / 값5,900원

집 지키는 반시
1권

오가와 마사타케 지음
토베 스나호 일러스트
인단비 옮김

eXtreme novel

동유럽의 어느 작은 나라에 있는 오를레유 성(城).
그 곳에 거주하고 있는 이들은 사람이 아니랍니다.
성의 출입문을 지키는 '가고일'. 하지만 부엉이 울음소리만 들어도
겁에 질려 도망가죠. 그리고 흉한 외모를 감추기 위해 항상 옷이나 가면
으로 분장하고 있는 정원사 '리빙데드'. 폼생폼사 '듀라한'.
어린 외모에 홍차를 즐겨 마시는 300세를 훌쩍 넘긴 '마녀'.
그리고 미모를 무기로 남자들을 홀리는 '서큐버스'.
마지막으로 성의 살림을 도맡아 하고 있는 귀엽고 깜찍한 나 '반시'.
왜인지 무서운 유령들만 살고 있는 것 같지만,
사실은 너무 착하고 귀여운 요정들이랍니다. 그걸 어떻게 믿냐구요?
그럼, 여러분들을 저희 성으로 초대할게요. 괜찮죠?

XNR-22-1
(주)학산문화사 발행 / 값5,900원

eXtreme novel

All You Need Is Kill

사쿠라자카 히로시 지음
아베 요시토시 일러스트
김용빈 옮김

eXtreme novel

"출격 따윈 실력 테스트 같은 거 아닌가?"
적탄이 몸을 관통한 순간,
키리야 케이지는 출격 전날로 돌아가 있었다.
도쿄의 머나먼 남쪽, 코토이우시라 불리는 섬의 격전지.
그가 속한 부대는 패배가 확실한 격전을 반복한다.
출격, 전사, 출격, 전사….
죽음조차도 일상이 되는 매일. 루프가 158회를 헤아릴 때,
연기가 피어오른 전장에서 케이지는 한 여성과 다시 만난다―.
과연, 케이지는 절망적인 전황을 뒤집고
아직 보지 못한 내일로 탈출할 수 있을 것인가?!

XNR-21
(주)학산문화사 발행 / 값5,900원

은반
컬라이더스코프
프리 프로그램 –Winner takes all?

2권

카이바라 레이 지음
스즈히라 히로 일러스트
현정수 옮김

eXtreme novel

■■

올림픽 대표로 뽑혔음에도 과격하고
거침없는 말투는 여전한 미소녀 피겨 스케이터, 사쿠라노 타즈사.
그렇기에 압도적인 안티 팬과 비난 여론은 그녀를
'빙상의 악마' 라 부르며 비하한다.
사실, 유령까지 빙의해 있으니, 어떻게 보면 맞는 말일지도….
이번엔 올림픽을 위한 새로운 프리 프로그램을 준비하는데….
과연, 이번에는 어떤 연기로 저지와 팬들을 매료시킬 것인지….
그리고, 올림픽 메달을 획득할 수 있을지….
기대하시래!!!!!

■■

XNR-20-2

(주)학산문화사 발행 / 값5,900원

우리 집의
여우신령님
6권

시바무라 진 지음
호덴에이조 일러스트
김수현 옮김

eXtreme novel

겨울방학의 어느 날. 손님이 오지 않는 케이크 가게 주인도 도와주고
공짜 케이크도 먹을 겸, 쿠우와 코우는 미니스커트 차림으로
손님들을 불러들이기 위해 케이크 가게로 향한다.
한편, 그 무렵 노보루는 집으로 돌아가는 길에 "야호ー!"하며
기묘한 말과 행동을 하는 검은 옷의 수상한 사람을 만난다.
무언가를 찾고 있는 듯한 그는 노부루에게 스즈노세 마을의 안내를 부탁한다.
케이크 가게 일을 끝내고 집으로 돌아온 코우는
토오루와 함께 우표를 사러 우체국에 갔다 오다가
곤경에 처한 노인을 구하게 되고 그 보답으로 노인의 집에 초대를 받는다.
전혀 관계가 없을 것 같아 보이는 이러한 일들이 순식간에
하나의 사건과 연결되어지는데, 과연, 그 사건의 정체는…?!!

XNR-15-6
(주)학산문화사 발행 / 값5,900원

무시우타
꿈꾸는 여행자
6권

이와이 쿄헤이 지음
LLO 일러스트
김해용 옮김

eXtreme novel

인간의 꿈을 먹는 대신 숙주에게 초능력을 주는 '벌레'가 출현한 지 10년.
꿈을 위해 노력하는 친구들의 꿈이 진심으로 이뤄지길 바라며
함께 응원하는 것을 기쁨으로 여기는 고교생 시오하라 샤치토.
그는 자신이 충빙임을 숨긴 채 친구들과의 즐거운 고교생활을 보내고 있었다.
하지만, 노란색 비옷을 입고 하키 스틱을 멘 소녀 시시도 이누코가
나타나면서 샤치토의 고교생활은 처참히 무너지고 만다.
이누코의 정체는 전사의 피를 가지고 있는 충빙을 발굴해
일류 전사로 키우는 특환의 스카우터.
그녀는 샤치토를 일류 전사로 키우겠다고 선언하면서 지옥훈련에 돌입한다.
한편, 섬멸됐다고 생각했던 신푸는
더욱 강력해진 모습으로 그들 앞에 나타나는데….

XNR-10-6
(주)학산문화사 발행 / 값5,900원

히라이 가이코츠의
추리 노트
3권

타시로 히로히코 지음
무츠키 문쿠 일러스트
박소영 옮김

eXtreme novel

늦더위가 기승을 부리는 도쿄.
"타이치 짱, 잊어버렸어? 나랑 결혼하겠다고 약속했잖아?"
다이쇼 12년. 가이코츠 선생의 제자인
카와카미 타이치 군을 찾아온 고향 소꿉친구 미도리코.
그런 와중에 무역업을 하는 아라이 家(가)의 양녀가
누군가에게 유괴되는 사건이 발생하고,
때마침 그 집을 엿보고 있던 미도리코가 범인으로 몰려 붙잡히고 만다.
가이코츠 선생의 도움도 받을 수 없고, 미도리코로 인해 사이가 어색한 스즈에
게도 부탁할 수 없는 처지인데….
카와카미 타이치 군, 소꿉친구의 혐의를 벗겨주기 위해
홀로 분연히 일어서는데….

XNR-19-3
(주)학산문화사 발행 / 값5,900원

마모루 군에게
여신의 축복을!
8권

이와타 히로키 지음
사토 토시유키 일러스트
주진언 옮김

eXtreme novel

남쪽 섬에 와 있는 요시무라 마모루입니다. 물론 학생회 MT이기 때문에
아야코 선배와 단둘이서 모래사장을 뛰어다니며 즐기지는 못하지만….
그래도 몰래 어떤 계획을 세우고 있습니다.
그것은, 두 사람의 사랑이 영원히 맺어진다는 무지개 언덕―.
하지만 화창하게 맑게 갠 푸른 하늘, 산호 빛으로 아름답게 빛나는 바다.
그 경치를 보는 것만으로 가슴이 뜁니다.
무엇보다 아야코 선배의 수영복 모습도 감상할 수 있고―.
아니, 아무리 그래도~. 에머런티아, 그 수영복은 너무 심한 게 아닌지….
뭐? 같이 바나나보트를 타자고?
우와, 에, 에머런티아, 수, 수, 수영복이――!!

XNR-12-8
(주)학산문화사 발행 / 값5,900원

*a Gargoyle is
the precious friend!*

요시나가 씨 댁의
가고일
4권

타구치 센넨도 지음
히무카이 유지 일러스트
김지현 옮김

eXtreme novel

■■

카즈미와 후타바와 가고일은
앤티크숍 '토텐샤'에 갔다가 잠에서 깨어나지 않는 이요를 발견한다.
옛날 꿈을 꾸게 해 주는
정체불명의 아이템 '기억발굴침대' 때문에
3일이나 잠에 빠져 있는 이요는
슬슬 깨우지 않으면 죽어 버릴지도 모르는 상태.
카즈미, 후타바, 가고일은 이요를 깨우기 위해
'기억발굴침대'를 써서 그녀의 의식 안으로 들어가는데….
그곳은 놀랍게도 쇼와 2년의 일본.
그곳에서 그들을 기다리고 있던 것은 과연 무엇일까?!

■■

XNR-17-4
(주)학산문화사 발행 / 값5,900원

니노미야 군에게 애도를
5권

스즈키 다이스케 **지음**
타카나에 쿄린 **일러스트**
오경화 **옮김**

eXtreme novel

■■

니노미야 가에 긴급사태 발생!
머리끝에서 발끝까지 검은 복장을 한 누군가가
니노미야 가를 습격했다.
그들로부터 벗어나기 위해 슈운고는
마유&레이카를 끌어안고 달린다.
슈운고의 남자다운 용맹한 모습에,
눈앞에 닥친 위기를 순간 망각하고 뺨을 붉히는 마유와 레이카.
그렇게 러브 배틀 제2탄 START!
목숨을 건 사랑에 때와 장소는 상관없다는 것인가?!

■■

XNR-11-5

(주)학산문화사 발행 / 값5,900원